福司満全詩集

「藤里の歴史散歩」と朗読ＣＤ付き

コールサック社

福司満全詩集

――「藤里の歴史散歩」と朗読ＣＤ付き

目次

第一詩集　流れの中で

一九七四年刊

流れの中で

月に思う

第二詩集　道こ《きやど》　一九九二年刊

村っこ渡すな

草虱

道こ

第三詩集　泣ぐなぁ夕陽コぁ　二〇〇五年刊

第四詩集　友《やづ》ぁ何処《ど》サ行《え》った　二〇一七年刊

一章　此処《こご》サ生《え》ぎで

藤里の歴史散歩

二〇一二年刊

単行本未収録　エッセイ・評論

川柳・俳句

病床ノート　二〇一八年　327

解説

付属CD　福司満　秋田白神方言詩朗読

藤里教育委員会主催「福司満朗読&トーク会」
二〇一七年二月二十八日
藤里町立三世代交流館図書室

〈収録作品〉
秋祭《まづり》
村唄百万遍
朝鮮牛《ちょうひんべこ》
蝮《くそへび》
熊
学校ワラシ
トーキョー
友《やづ》ぁ何処《ど》サ行《え》った

（収録時間約32分）

福司満全詩集

――「藤里の歴史散歩」と朗読ＣＤ付き

亀谷健樹
寺田和子　編
鈴木比佐雄

刊行にあたって

寺田和子

昨年から取り組んで参りました『福司満全詩集 「藤里の歴史散歩」と朗読CD付き』が新緑の五月いよいよ刊行の運びとなりました。心待ちにしておられた皆様と喜びを分かち合いたいと思っております。

二〇一八年十一月に福司さんから頂いた葉書には「～。とうとう十月二十二日ダウンしてしまいました。一進一退の病状ですが、詩祭には小生最後の朗読をしたいと思っていましたが、とても残念です。武田さんとも朗読会を秋のうちに（と）話していました矢先のことで、もう実現でき（そうに）もありませんが、この冬は越したいと思っていますが。～後略」と記されていました。覚悟の中にも無念の思いが伝わってきて、何とかしなくてはと思ったのでした。

翌年春、第四詩集を刊行したコールサック社代表の鈴木比佐雄氏から、福司さんは最初の方言詩集『道こ《きやど》』の再刊、エッセイ集、第四詩集以後に書いた方言詩をまとめ自作朗読CDを巻末に付けた第五詩集などの出版を構想していたと伺いました。また、「密造者」発行者の亀谷健樹さんからは「遺稿詩集をまとめたいのだが、どうしたらよいだろうか」とのご相談を受けておりました。

四月二十日、福司さんの遺言通り開催された〈福司満氏を偲ぶ会、秋田県芸術選奨受賞を祝う会〉（実行委員長武田英文さん）には大勢が集い、笑顔で賑やかに在りし日を偲びました。

六月八日、能代市民おもしろ塾で亀谷さんが「詩人福司満の秋田白神方言詩と死生観」と題して講演。三冊の方言詩集から選んだ十篇の朗読をまじえてのお話は聴き手の心に確かに届いておりました。この日、藤里町の福司さん宅で、亀谷さん、うぶなさんと共に、姪の佐藤美保子さんと遺稿詩集の件でお話しました。その折、福司さんの枕元にあったノートやメモなどを入れた紙袋を預かりました。その足でCafé岳での「偲ぶ会」のご苦労さん会に出席、武田さんのご配慮により遺稿詩集について話をさせて頂きました。

六月十六日、鈴木氏と藤里へ。二ツ井駅から亀谷さんの車でCafé岳に向かい、佐藤美保子さんと四人で今後について相談しました。この日、全詩集の内容、構成の概要が決まったのでした。

最後に、刊行にあたり惜しみなくご支援ご協力くださった武田英文様、浅利美津子藤里町教育長様、佐藤美保子様、田中若子様、出版の労を担ってくださったコールサック社代表鈴木比佐雄様、担当の座馬寛彦様ほか「呼びかけ人」を快く引き受けてくださった皆様に厚くお礼申し上げます。

まことにありがとうございました。

二〇二〇年四月

第一詩集

流れの中で

一九七四年刊

流れの中で

流れの中で

くずれ落ちた萱葺きの廃家
荒れ果てた障子を
初冬の風が軽くたたいていた

彼等の落し去った失望を
長靴で静かに踏んで行くとき
煤けた天井が
奇妙に語りかけてくる
裏山の真っ黒な杉林では
ピーンピーンと小枝が跳ね
樹脂がごうごうと流れている

アンバランスな
この光景の中で
ともかく
土のにおいを
いっぱいに嗅ぎたくなった

村泥棒

なんのためらいもなく
村泥棒たちが
ことしも暮れの上野へ群がり
ふるさとの大合唱をする

裏山を切りくずしても
減反地の雪をかきよけても
黒鉱の一片も掘り出されはしないのに
かれらは
また好奇に胸おどらせてやってくる
テレビも乗用車もあるのに
得意げに東京をしゃべりまくって

屈んでいるぼくらをひとまたぎするように
いつの間にか消えてしまった

なんにもないこの村に
かれらは
無造作に
またどっかに空洞をつくったのか
異様な風の流れがひびいてくる

枯れる村

老人の民話が風化してしまった居間で
テレビのウルトラマンは
異様に荒れている

村の暴落がはじまると
株主たちは
若者たちへGパンをはかせ

素知らぬ顔で背を向ける
誰の扇動で
村の輪郭がくずれ
馬鹿でっかい空洞ができたのか
もう復旧工事のブルドーザーも
ただ爆音だけを響かせているだけだ

あの少女の透き通った声が
村の原っぱで
ほんとうに
響き渡らないというのだろうか

過疎地帯

過疎というのに
ジャリトラが走り
道ばたの園児が
顔いっぱいで泣いている

寒気に追われ
いそいそと
東京へ出かける農夫
春風に乗って帰ると
ハンコを押した

どかどかと降り積る雪
無言のまま
這いあがる人々
過疎というデマに
ぐいぐい揺さ振られながらも
この
調和を
今日も黙然と守り続けている

村の中で

凱旋門の下で生まれればよかった
月収二十万円の霧の街で育てばよかった
それは勝手な戯言に過ぎないが
せめて
東京のどまん中で産声をあげたかった

村は
酸素が充満し
空のコバルトは無限に零れ落ちるというが
見事な舗装道路が直線に走ると
東京が直ぐそこにぶら下がり
東京がしきりに呼んでいる

中途半端で
へんてこな村が
どんな素晴しいコマーシャルをしても
東京の
あの東京の匂いが

ぷんぷん押寄せては
どっかと座っていられようか

村・過疎

きのうの森に太陽がのぼると
マイクロバスがやってきて
中年男たちをさらって行く

収穫跡の田園に夕陽が反射するとき
農婦の押す一輪車の上で
男の子が何にかをしきりに叫んでいる

人買いが来るというデマの中で
隣家の若者は
今朝から
故障の耕運機をいじり
まだ唸っている

真夜中に
この村が誰かに盗まれはしないかと
そうと表へ出てみる
…………
確かに
どこかで
砂の崩れるような音がする。

列島の北で

黒ずんだ朝
薄氷を破り褐色の土はまた燻ぶる
高緯度から南下する燃料
絶えまなく流れ燃え
冬になると
その勢いも急に激しくなる

陽は南線をまわり
凍りつく田園と
北の空を覆う銀嶺は
的確な呼吸を保ちながらレストにはいる

それなのに
あの煤煙は膨大な燃料を奪いながらも
まだこの巨大な資源を誘惑しようとするのか
雪が
無性に赤茶けて見える

荒れる村

四季を知らない雪原に
まっかな野バラの実が熟れる
乾いた空に舞う一羽の鳥に
飢餓のエレジーはない

かすかな地鳴り
それはどこかの地殻の崩壊
間もなくくる村の陥没
悲鳴のひとつもきこえず
村人たちの喉仏がごくりと鳴る

荒れ果てた雪原を
泥足のキャタピラーが横切り
オルゴールのきこえるアパートが建つ
村人たちは
不思議さもなく
テラスできょうの夕陽を見る
僕は札束を胴巻に突っ込み
もはや
北へ北への逃避するよりほかにない

ふるさとの話

まっ白な雪の落ちる音がする
ほのかな灯の燃える音がする
まだ地鳴りの遠いふるさとは
ひっそりと何にかを語り合っている

少年は走る
少女は駆ける
雪原のこのみごとな息吹き
そんな中で
おとなは東京へ出稼ぎに行き
東京の熱風を得意げに送り込んでいる
いつかどこかで病み
ひとつずつ崩れ落ちるふるさとの輪郭
それでも
少年は跳ねとび
少女はからからと笑い
北国の大空はきりきり乾いている

ごうごうと北上する不思議な音響を
老人は
背を向けたまま片手でおさえ
少年と
少女と
そして
むかし
もっとむかしの
ふるさとの話をはじめた

廃虚で

淡い桃の花も
白っぽい李の老木も
的確な谷間の鼓動の中で
ことしも
鮮かに咲き乱れているのに
萱葺き屋根からもれる静かな煙は

すでに跡形もなく絶えていた

何んのために
誰が連れ去ったのか
書き置きのひとつもなく
何百年もの歴史が
みごとにむしり取られ
村はどこかへ消えていた

その代償としてか
曲りくねった台地の水田に
杉の苗木が赤茶気て生えている

谷底から
ごうごうと吹き上げる風に
廃虚は
もはや口をつぐんで
色あせた土台石は
枯草の中に沈んで行く
そんな片隅で
何んという樹木なのか
異様なほど
真っ赤な花を
枝いっぱいに咲かせていた

廃村

長い冬が過ぎると
村はまたひとつ老いて行く
そういえば
あの農夫の前屈みが
どことなく気になるようになった

米を集め
米を捨て
杉や檜を奪い合っては
農薬を買いあるき
みんな勝手に村をいじりまわし
もう手におえないのか

誰も見向きもしない
やがて廃鉱のように
乾いた土が
地割れが
…………
そんなとき
村人たちはまっさおな顔で
ただ佇むばかりであろうか

砕ける村

大きな眠りから覚めると
谷間の村は
どこかへ消えていた
町はずれまでくると
小さなトタン屋根を見つけた
男は出稼ぎで留守だったが
老婆のにおいが
茶の間に落ちていた
女は
町工場へ行ったという

村は散った
ばらばらに砕けてしまった
また
大きな眠りから覚めた日
遺跡の発掘に
草むらを分け
ビー玉を拾っては
大騒ぎしているだろうか

狙われる地

地震がくると
街角の男がいう
薄汚い水分をかかえ
変色してしまったネオン
ガード下では
東北なまりのヘルメットが光る
這いあきてか
鉛色の空へのぼり
大きく溜息をすると
こんどは
北へ鋭い視線が向く

休耕地ではベルトコンベアがまわり
泥臭い百姓あがりの女どもは
中途半端な労働歌をうたう

地震がくると
天然木は倒れ
干あがった水田は地割れするのに
休耕地の測量は
今日もまたはじまっている

ある廃屋

低く重圧のかかる天井
年輪の剥き出た床板
放り出された何百年ものむかし

畳は破れ
置き忘れられた障子がどまん中に立ち
赤茶けた壁が
時間の中で崩れる
週刊誌のグラビアが風にめくられ
人間の体臭がまた風化する
そんな中で
野性に還った鶏が馬鹿でかく鳴いて逃げる

誰に言いつけられたともかく
何百年もの呼吸を荒々しい手つきで塞ぎ
永遠の沈黙が続く
亡霊のざわめきもないこの廃屋
もう誰も帰らないというが
それでも
彼等は振り返り振り返り
この谷間をくだって行った

帰省

この道を曲ると清水が湧いている
杉林をぬけると大きな峠がある
あの山を越えるとふるさとが見える
……それは彼等の勝手なたわごとにすぎない

エンジンが唸り

僅か十五分のドラマに酔い
プラスチックとステンレスのふるさとが
鮮やかに反射するとき
彼等は
ふるさとの風がほしいという

振向くもせず
ぼそぼそと畦道を行く村の男
大時計が
ボンボン鳴ると
痛快な笑いをしてどこかへ消えた

夜汽車

夜汽車は
また男をさらって行く
女は
縋りつくのを知らないのか

太い眉をかすかに動かすだけだ

あかい灯が
雪に押しつぶされる夜
あてのない対話
ときおり
あどけない女の子の声
もう童話の世界へ連れ去られたのか
その灯は早々と消える

羽をむしり取られた渡り鳥か
あのすばやさは
ひとかけらも見られない
まるで
護送される囚人のように
薄暗いデッキへ
男は振向くもせず消えて行く

村の女

香水の空びんを振り
女の擬装か
コールタールの臭う道を
硬化した筋肉の女が
誘致工場へ身売りする

日曜日
秋の陽に女は甦える
コンバインの唸る中で
かげろうの中で
女は土に燃える

なのに
女はまたコールタールの道を歩む
異様な体臭を残して
女は誘致工場へ急ぐ

出稼ぎ村

東京の冬は男を買いに来る
男はしきりに笑い出す
男のポケットは札束でふくれる
夕刻の地下鉄で
夫は現金封筒の宛名を書く

鉛色の空は
女を母だといわせる
それなのに冬は母を奪い
異常に母だと力ませる
春になると
女はほんとに母だと思う

出稼ぎという新聞記事を続ながら
男は
女は
夫は母は
ククックククッッと笑った

おかされる中で

それは
二十世紀後半の特異な病原菌であろうか
道は肥大し
畦は黒ずむ
人々は大声で旗を振り
様々な色彩の農薬を散布するが
ただ稲雀が群がるばかりだ

凄まじい動脈の変色
アスファルトの軟骨は異様にのび
クルマは何故か北へと急ぐ
それでも
モルタル造りの小住宅は
煤塵へ集まり
カラーテレビの光線が出窓からもれる

やがて
ビールスは畦道を這い

水田の錆びた油の中で
奇怪な植物の開花を見るだろうが
電子音楽の歓びの合唱は
甲高く灰色の空をひきさくだろう
だが
私は
積る柳葉の上に四つん這いになり
耳を大地にくっつけ
あの大自然の確かな鼓動を
いつまでもきき続けたいのだ

北の村へ

村よ
どこへ旅立とうとするのか
乾いた北限の原生地帯に
限りなくうねる南の洋に
まして
都会のどまん中に
おまえのあこがれは落ちていない

集落は錆びつき
あかい雪が降る
馬屋にトラクターが座り
倉庫代りの洋間にカドミ米がこぼれる
泥臭い女の鏡と
子どもの学卓子は背中合せの対話をする
……
奇形と変質の中で
何世紀もむかしの体臭がかすかに漂い
コンクリートの感触は
異様なぬくもりとなる
そういえば
あの空虚な断層の中を
手さぐりで無数のダイヤを求めよとするのか
かれらは
また旅先から帰ってくる

待つ少年

黒ずんだ封筒の中から
東京の煤けた雪がこぼれ落ちると
少年は
丹念にポケットへ詰め込んだ
明日は
真っ白な雪を送り返そうと
手ごろな容器を探しはじめた

牛も
緬羊も
一枚の紙くずに化したのか
厩の窓越しに
軽トラックの頭だけが異様に光る
少年は
裏口を抉り開け
箪笥から赤いセーターを取り出し
かすかな口笛を吹く
凪は

少年の素肌へ突き刺さり
母のぬくもりはすぐさま消えた

人間銀行の一室
杉の柔かさは奪われて
それでも
新建材の特有な感触が
少年の顔を紅潮させている
石油ストーブが
クンクン唸り
味噌汁の香が充満し
二十世紀後半のリズムなのか
少年の小さな鼻がピクピク動く

少年は
ひと冬何千円の予り料を支払われ
列記の条件などは
まったく知らない
ただ
九十度のひと隅を占有する権利を主張してか
背中をくっつけたまま

牢獄の高窓を見つづける
雪の落ちる音がしきりに響く

その夕刻
少年は
鉛色の空が
またたく間に真二つに割れ
何にか
ごうごうと湧き出ずるものを感じた

あくる朝
高鳴る胸をおさえ
分厚いドアーを静かに押した
……
だが
太い雪は小止みなく落ちていた
少年は
再び
人間銀行のドアーを押し
また一角に黙り込み
雪を見つづけている

黒ずんだ封筒が届くと
少年は
まっ白な雪を送り返そうと
また手ごろな容器を探しはじめた

少年の夢は裂かれ
その夜は
また猛吹雪にかわった
少年の深い眠りのそばで
携帯ラジオの雑音が
ときおり馬鹿でかくひびいていた

このすばらしい手と足を
忘れまいとしているのだが
…………

月に思う

生きる

手と足で歩いてきた人間
だれがゆさぶったのか
頭脳が急にあふれだした
歩くことを止め
あちこちに頭脳の小粒を散布すると
シュンシュンとダンプがうなり
キャタピラーが
荒廃地をよじ登って行く

排気ガスを鼻から吸い込み
黒煙とはこりを頭いっぱいにかぶり
内臓が黒ずみ
頭脳の変色がはなはだしい

ある葬列から

冬の雨の中で屍は消える
無言の葬列は
死者への最後の祭典
涙声は
生あるものの喜びの合唱
弔問者の悲しい表情は
気まぐれな会話
冬の雨の中で
ただ
落葉がひとつ舞うだけだ

あくる朝

音もなく消えた一葉は
巨大な土の中で
新しい生命の鼓動をきくことであろう

年金支給日

……ある郵便局の窓口で……

砂利道を這い
アスファルトを摩り歩き
バスから滑り落ち
老体は
またやってくる

それは僅かな紙幣という
生存証明書を受けとるために

ニュースフィルムのように
カウンターを流れる顔写真

生きることの執念なのか
二、三枚の紙弊を片手に握り
公衆室をうごめいている

僕にはかかわりのないことだがドアが
ギイギイと
ひとりあそんでいた

誕生

産湯の中のおまえは
わたしの子だというか
わたしは
おまえの辿る道を知らない
哀れな父なのだ

不思議なほど小さな肉体の中に
未知のダイヤが潜んでいるというが

すでに
わたしはその道を探りはじめている

酔いつぶれてうごめくおまえを
街角から抱きかかえて来るとき
わたしの瞳がきらりと光るだろうが
わたしは
それが自然だと信じているだろう

何んという不思議な現象なのだろうか
わたしには
切り落せない
一枚が生えはじめたのだ

収穫の頃

軽い風が流れて
穂波は静かに語り合う
何にが淋しいのか
麦ワラ帽子の農夫が
ひとり畦道に佇っている

広い黄金の土地を
無意識のまま
体内に詰め込んでしまう宿命
誰から教えられたこともなく
また
あくる日も繰返すのだろう

さやさやと
穂波は揺れて
農夫は重い足どりを家路へ運ぶ
…………
七年続きの豊作だというのに

冬の海で

冬の海にひかりがない
あの音は
何にか終極のつぶやきにきこえ
鉛色の雲は
誰をも招こうとしないのに
あの海は
私をよんでいる

あの果てに
静かな海と緑の島々があろうと
私には
何んのかかわりのないことだ
ただ
妻や子の声も遠ざかって
どこまでも
いつまでも
海の上をあるいて行きたいのだ

愛

限りない雪の原野へ
なまあたたかい
あなたを
両腕にかかえて
そうっと埋めて来よう

木枯も
寒波も知らないあなたは
深い雪の中で
じっと私を待ち続けるだろう

私が死んで
春がやって来ても
雪の原野よ
どこまでも
どこまでも続いてくれ

三つの歯車

私はおそろしい
私の歯車が
ぽっくりと欠けてしまいはしないかと

妻は
あくる日も視線を落とし
子は
夕餉のテーブルで待ちわびるだろう
雑踏の片すみで
ふたつの歯車は
かすかに動き出し
やがてカタカタと回り出すだろうが
その音は
無性に淋しい響きなのだ

今日もクルクルと回り続ける
この三つの歯車
不思議なほど弱々しいリズムが
どこからとなくきこえてくるのだ

車イスの少年

北国の空は乾き
少年は
沈黙の六療棟へ急ぐ

ただ生ある歓びが
車イスの金属音となり
長い廊下を渡る

今日も
何ミリグラムかの肉体が奪われるのを
あどけない少年は
母の乳房にすがりつくように
車イスにうなだれる

真冬というのに
枯葉がひらひらと舞い降りるのを
縞のセーターの似合う少年は
また車イスをギイギイならして
薄暗い廊下へ消える

療棟の子へ

療棟に桜が咲いた
だが
あの子には春がない

面会のベッドに持運ぶ私のざんげ
あの子は
ほそりゆく肉体で
それを転がし遊ぶ

夕映の療棟は
看護婦たちが足ばやに通る
あの子はまた涙ぐんでいるだろうか

何んの因果か
ああ
私は
砂漠のどまん中にひざまずき
夕陽に向って祈りつづけたい

月に思う

冷たく澄んでいる月は
いつも
私から涙を奪っている

何が不満で
何を求めようとするのか
人々は

月へ渡る避難道を
盛んに探すようになった

交通事故の子供を
病院へ抱きかかえて行くことも
妻と夕餉をとることも
まだ沢山の日課が残っているのに
誰が言い出したのか
地球は狭いという

私は
人々から反逆児だと言われてもいい
今夜も青い月の前に立って
いつまでも涙を流していよう

台風

低く轟々と押寄せる雲
南の海のどまん中から
死にもの狂いで突っ走ってきたと言うが
お世辞にも
ご苦労様などと言ってやるものか

青い海に
その足跡をくっきりと北西に延ばし
沖縄付近で急に東よりにひん曲った
コンピューターやレーダーは
あわてて回転しはじめたが
堂々と九州から上がり込んだ心臓の強さ

巨大な連隊を誇りながら去る後ろ姿に
オホーツクの海で
ひとたまりもなく炸裂することを
大声でさけんでやりたい

冬座る

あぐらをかいた冬に
雨の誘惑がある
かすかに脱ぎかけた白いベールも
何億年もの伝統に吸い込まれ
冬は
まんじりともせずにまだ座っている

暖冬異変という活字を
横目でちらりと見ながら
人間どもとは
何んの関係もないのだというように
どっかと座って
また
口笛を吹きはじめた

吹雪

雪は黒味をおび
寒さはえぐるように迫る
絶えまなくガラス窓をたたくのを
徐に覗くとき
「台湾坊主」は
ユーモアのひとかけらも見せずに暴れている
雪の幻想を
どこかへ吹き飛ばし
ごうごうと押寄せる
あの奇怪な使者たちは
何んの不満もないのに狂っている
そんな中を
酔っぱらった男が
訳のわからない歌を大声でうたって行く
私は
何にか凍りついているものが
大きく割れて行くのを感じた

雪の郷愁

あかい雪は
今日も降っている
町工場はまわって
去年も
あかい雪が降っていた

むかし
雪はまっ白だった
いろりから奏でる民話は
奇妙な音楽となって
深い夜に吸い込まれていた

季節風は
今日もあかい雪を運んでいる
あんなに
雪との対話のあった部落も
いまは
そのあかい雪さえも見失おうとしている

漁村にて

海水を吹雪が抉り
空に波頭が燃え
黒い断層が次々と襲うとき
そこに漁村のドラマがあるというが

村は
ただ黙り込み
汐やけした茶褐色のトタン屋根が
気まぐれに揺れているだけだ
ヒロインはどこへ行き
女は
再び帰って来ようか

崖の上のマイカー族は
真昼中というのにヘッドライトを点け
そこにドラマがあるという

黒い波頭を

黒い吹雪を
まるでスクリーンでも見るように

あたらしい年

何んのへんてつもない
きのうときょうの流れの中で
また
ひとつのうぶ声を求めようとしている

吹雪くシベリアで
密林のサイパンで
かれらは
かって
あの大自然があたえた強心剤の
そのうぶ声をきいたのだが
無遊病者のようにきき流し
すべてが奪われてしまった

だが
大自然は
素知らぬふりで
またひとつの誕生をもたらした
それは
まるで去年と同じだろうが
限りない未知の世界があるという

おれたちのくに

すっかり陽が沈んで
星が冴えている
金星にロケットが打たれ
地球は
ほんとうに小さいという

険しい山脈は崩れ

植物も
生物も
みんな死んでしまって
何億年前の地球に還るとき
俺たちは
遠く
青い冷たいあの星のくにへ行ってしまうだろう

いつだったか
どこかのくにで
俺たちの先祖が
同じように亡びて来たような気がする

夜の訪れ

その風は見えない
その雨は見えない
君たちの声も
みんな失われて
黒い海綿の空気が
声のない会話をはじめた

それなのに
君たちは
君たちの先祖は
何んの疑いももたない

明日という
漠然とした来訪者ゆえに
君たちは
黒い海綿の空気へ
すっぽりと吸い込まれているが
風も
雨も
抗しきれない麻酔に奪われているのだ

星

二十年もむかし
無邪気に星を数えあそんだが

十年ほどまえ
軽便鉄道で星のくにへ
たったひとり旅の夢をみたが

それが
いつのまにか
あの星をじっと見つめていると
無性に
涙がこぼれ落ちるのだ

数千年もむかし
エジプトの砂漠にも
あの星が輝いていたというが
それはまるで昨日のできごとのようだ
なのに
昨日のロケットの打上げは
私には
どうしても信じられないのだ

月

ほんとうに知らないだろうか
密林の中の
兵士たちのあの大合唱を
お前の柔かな心に触れて
音符はひとつひとつ静かに消え
やがて
かすかなハミングに変るとき
お前は
その声を
何度もきき返していたのに

二十数年は過ぎたというのに

何ひとつ語ろうとしない
夜を制した自負心など
ひとかけも見せず
過去も未来もいっさい無縁のように
ひんやりと素肌を浮べ
逆に
私から何かを奪って行く

春の訪れ

春はまたやってくる

去年の面影をちょっぴり残して
新しい来訪者は
春の歌を奏する

人々は
草木は
不思議な強心剤をうたれ
別人のように微笑む

太陽が南下する頃
人々は疲れ果て
草木は枯れ落ちてしまう

その頃
春は
再び救世主のように
またやってくるのだろう

序　証言としての詩

野添憲治

　この詩集の著者である福司満さんが生活している秋田県山本郡藤里町は、かってまだ藤琴村だったころに、わたしの住んでいた土地であった。現在では村から町に変わり、町役場や統合した学校は鉄筋コンクリート建ての立派な建物になっているし、国鉄奥羽本線の二ツ井駅から十キロほどあるデコボコの道路も、三分の二ほどが舗装されている。わたしが住んでいた十数年前に比べると比較にならないほどの大きな変わり方であり、年に何度かふるさとを訪れるたびに、その変化の激しさに驚かされることが多い。

　だが、わたしが住んでいたころには、どこでも見られた僻地や貧困そのものを象徴するようなものが、近代的なものに置き換えられていることは確かである。町内の建物や道路が立派になって、僻地や貧困のイメージを消してきているように見えるが、しかし、こうした物的な豊かさが、町の将来を明るくしたり、町民たちの生活にゆとりがうまれてきているとは、どうしても思われない。むしろ、こうした形だけの豊かさの中で、町そのものが破滅の道を歩みはじめたり、人々の生活の中に暗さがただよいはじめてきているとしたら、どういうことになるだろうか。

　わたしが村にいたころは、僻地や貧しさを感じさせるものは、確かにどこにでもたくさんあったが、しかし、まだ村は、破滅への道を歩みはじめていなかった。だが、それから十数年の間に、表面的には豊かに変化してきている中にあって、むしろ内部的には、破滅への道を歩みだしてきたのである。これは何も藤里町だけの特異な現象ではなく、日本のあらゆる山村について言えることであるが、その中でも、福司さんの住んでいる町であり、かってわたしの生きた土地の場合は、その影響をもっとも大きく受けている山村の一つに入るようである。

　福司さんはこうした土地で暮らしつづけながら、日本の山村がくずれ落ちていく時の哀しみの系譜を、ある時は山村の風景をうたいながら、またある時はドロ沼の底まで自分の足を運びながら、その傷口に視点をあてつづけてきた人である。自分が生まれ、そして生きている土地であり、いずれはどの人もそうであるように、死後に返る土地が変化していく状況を見つづけてきた苦しさや哀しさが、行間にあふれた詩を書きつづけてきた、数少ない人なのである。

淡い桃の花も
白っぽい李の老木も

的確な谷間の鼓動の中で
ことしも
鮮かに咲き乱れているのに
萱葺き屋根からもれる静かな煙は
すでに跡形もなく絶えていた

（「廃虚で」）

「淡い桃の花」や「白っぽい李の老木」の姿を借りて語られている、貧しかったが、しかし、まだ生きる嬉びをひめていたころの村の生活が、「跡形もなく」消えていった情景を、福司さんは村の語り部にも似たさりげない言葉で、静かに訴えている。それだけに、

何んのために
誰が連れ去ったのか
書き置きのひとつもなく
何百年もの歴史が
みごとにむしり取られ
村はどこかへ消えていた

（「廃虚で」）

と書き継がれてくると、詩の中での一つの情景をとおりこしていき、歴史の断面図となってわたしたちに迫ってくる。しかも、現実の生活に破れて去っていく民衆は、昔から書き置きなどはすることもなく、歴史のあぶくの中に消えてきたが、過疎という大洪水の中で、生まれて生きてきた土地を捨てて去る人たちの場合にも、こうした民衆の悲しい鉄則が生きていることを、福司さんの詩は知らせてくれる。それだけに、書き置きのしない民衆の語れなかった怒りや哀感を語ることは、大切な仕事の一つなのである。

だが、こうした変化の中にあって、福司さんは町が崩壊していくのを単に見つめつづけるだけではなく、その現場に何度も足を運び、自分のからだでもって確かめていることである。ある時は遠い親戚にあたる人が、またある時は知人が、苦しかった過去と暗い未来という重い荷を背負って、住み馴れた土地を去ったことだってあったのであろう。

くずれ落ちた菅葺きの廃家
荒れ果てた障子を
初冬の風が軽くたたいていた
彼等の落し去った失望を
長靴で静かに踏んで行くとき
煤けは天井が

奇妙に語りかけてくる

（「流れの中で」）

長く住んでいた人々が去ったあとの廃家が、声にならない声で「奇妙」に語りかける声を聞くことができる立場に、いわば民衆の位置に福司さんがいることを、この作品は教えてくれる。書き置きはしないが、いつの時代も、その時代の影響をもっとも強く受ける民衆が、果して何を語りたがっているのか、何を聞いてもらいたがっているのかを、福司さんは聞くことができる位置に自分を置きながら詩を書いているのである。数少い、得がたい人だというのは、このためである。

だが、東北の山村を鉄砲水のように襲っている過疎の流れは、単に農村の風景や人間関係を変化させているだけではなく、山村を内面的にも、大きく変えようとしている。

過疎というのに
ジャリトラが走り
道ばたの園児が
顔いっぱいで泣いている

（「過疎地帯」）

過疎現象の中で荒れていく山村の中を、土ぼこりを上げた土建用の大型ダンプカーが走っている風景は、たいていの過疎地帯で見られる現実である。福司さんの土地でジャリトラが走るのも、実は過疎を食い止めるために走っているのではないことを、園児をとおして指摘している。ジャリトラに象徴される過疎という破壊の嵐が、きょうも町の中をわがもの顔に荒れ狂ったように走りまわっていることに、福司さんの抑えた怒りが、いっそう重く語りかけてくる。しかも、道路が整備されることによって、地域住民のメリットも大きいかわりに、

きのうの森に太陽がのぼると
マイクロバスがやってきて
中年男たちをさらって行く

（「村・過疎」）

というように、通勤出稼ぎが大巾に発生するのを招く結果にもなる。確かに一面では、通勤出稼ぎが可能になったためにおこるメリットの面も大きいが、逆に、そのために失われていく農民の生活ということもまた、非常に大きいのである。昼も、夜も、町のほんとうの柱である中年男や青年たちが町に住んでいないということは何かを、福司さん

は叫んでいるのであろう。これは開発は否かあるいは認めるかといった表面的な問題をとおりこして、さらに本質的な問題へと迫っているのである。

しかし、表面的な豊かさの中で、農民たちの生活や、町のある部分がずり落ちていく事実を見つめながら、福司さんはこんな詩を書いている。

まっ白な雪の落ちる音がする
ほのかな灯の燃える音がする
まだ地鳴りの遠いふるさとは
ひっそりと何かを語り合っている

（「ふるさとの話」）

こうした山村の情景は、福司さんの脳裡に生きるなつかしいメルヘンであると同時に、理想を盛り込んだ夢でもあるのであろう。だが、このようなメルヘンを内蔵しているからこそ、激しく変化していく山村を、かぎりない愛惜を抱きながら、むしろつき放した中で見つめつづけていけるのだろう。詩を書く人の悲しい宿命とでもいったものを、垣間見るような気がする。

だが、わたしなどは、福司さんが心をこめてうたいあげている山村が、まだ本格的に崩壊がはじまる以前に、自分の生きる土地が風化されていくのに抗する戦いを止めて、十数年前に村を離れてしまっている。それだけに、今後、さらに崩壊の度合いが激しくなるであろう山村の変動を、その山村の真っただ中に身を置きながら、これからも「無名者」としてそれらの事実を見つめながら詩に結実させていくことを期待したい。

目を覆いたくなるように荒されていく風土の中から、いち早く逃げ去った者には、このようなことを望む資格はないこともよくわかるのだが、社会の傷口に絶え間なく視線をあてていく苦しみだけは、福司さんと同じにわかるつもりでいる。社会の傷口というのは、自分の傷口にもなっている場合が多いからである。そして、これからも、山村が崩壊しつづける状況を見つづけながら、証言としての詩にまとめて世に問うてほしい。それはまた、書き置きもせずに去っていく多くの民衆を抱いている山村に、さめた目で生きる人の責任でもあるのではないだろうか。

昭和四十八年八月十六日

（編註）詩集『流れの中で』原本の冒頭にあった「序」を移動したものです。

あとがき

都会と山村とでは、その変貌のテンポに大きな差異があるというものの、近年は農山村もずい分と激しく変化するようになった。私の住んでいる藤里町もこの十数年の間に、原形を見失うほどの変貌で、道路は舗装され、萱ぶき屋根は近代住宅に変り、奥地の集落は町の中心部に移転し、ダンプはひっきりなしに走っている。だが、そんな活気の中で農家などを訪ねてみるとあの特有な土間のにおいもなく、老人と子供の姿は見られるが、主人が年中留守がちであるのは実に寂しい。かって、出稼ぎといえば冬期間だけに限ったものであったが近頃は正月やお盆に帰る程度で、いわゆる〝年中出稼ぎ〟型の現象が多く見られ、しかも夫婦揃っての出稼ぎも別段珍しくなくなった。こうなると、何のための山村なのか、どうしてこんな山村に本拠地をおいて出稼ぎするのか、その背景の解明も難しいし、現在の農山村の存在価値さえも疑問である。僅かの水田や財産を手離して都会へ出てしまうのも当然であり、まして若者たちにはこの鉛色の空を耐えることができず学校を卒えると直ぐ離村するのも不思議なことではない。ともかく、この農山村を変えて行く大きな流れは、もはや一人の人間、ひとつの村では解決できない問題なのかも知れない。私も、ただ半ばあきらめながらその流れの中にまき込まれて行くようで自分の哀れさ、無力を痛感しながらもどうしようもないのである。

この小詩集は、そんな環境の中で書いたものを集めたのであるが、これも、二、三年前から野添憲治さんに仕事をまとめるいい機会ではないかとすすめられ、ようやく刊行できたのである。秋田魁新報に発表したものやＮＨＫ秋田放送局から放送した詩、更に職場の機関誌などに発表した作品がほとんどであるが、こうして詩集にまとめてみると、同じテーマを何か夢中で書いてきたような気がする。これを突き破る何かが欲しいと思っているが、これが私のこれからの新しい仕事なのかも知れない。

なお、〝月に思う〟は私が詩を書きはじめた頃からの作品を、一応整理のつもりでここに掲載したまでである。

また、本詩集の集録にあたって、臼井清治氏（印刷）、吉田朗氏（発行）、それに石岡素鳳氏（書）及び野添憲治氏のなみなみならぬ御厚意に深く感謝したい。

昭和四十九年一月

福司　満

第二詩集

道こ《きやど》

一九九二年刊

村っこ渡すな

待づ女《おなご》

私《わだし》も女《おなご》だス
誘致工場《こうば》からの帰《もど》り
ちり紙だの魚《さがな》コだば買って来るス
裏口《かぐち》の庇《ひやし》コで
ばだばだど雪《ゆぎ》コ払《ほろ》げば
婆《んば》ちゃの淋しさ《とんでテきもちコ》
障子コ開《あ》げで吹飛《ふっと》んでくるス

家計持《かまども》ぢの頃の
あの根性骨《こじょぽね》悪《わり》い顔《つら》コも消《ね》ぐなて
これほど《こんたね》萎《しな》べでしまえば
やっぱし哀れだ《いだんね》ス
優《ゆう》も
洋《ひろ》も
夫《あんだ》まで東京サ出《え》て
夕餉時《ままくうづき》なれば
何《なん》も喋《さ》べるごど無《ね》して
箸《はし》コ置《お》ぐ音《おど》コばり
かからっと響《な》るばりだス
私《わだし》も女《おなご》だス
家族《えのものど》の汚《きたね》いズボン
洗濯機《せんたぐき》サどかっと入《ひ》で
ぐるぐる回してみてス
昨夜《ゆべな》カラオケさ行《え》ったども
久《しばらぐ》しぶりで
胸コきゅっと絞《し》めらえで
大急《でたくた》ぎでど家《え》サ来《き》てス
夫《あんだ》の丹前《たんぜえん》コ掛げでみだども
涙コばり落ぢで
私《わだし》もやっぱり女《おなご》だス
一町五反の田んぼ見《み》で
去年《きょねん》も

一昨年《おどどし》も
まだ今年《こどし》も
春ばり待ってるス
夫《あんだ》の帰《もど》る頃《じき》なれば
胸コぽかあとするども
ただ
本当《ほんと》のごど
何に待ってるがよぐ分《わが》らねス
待《ま》づ女《おなご》なてがら
もうハア
南《しっぱ》の空見飽《みあ》ぎでしまたス

東京サ行《え》テ

地下鉄サ乗《ぬ》たば
西口《にしぐち》だ東口《ひがしぐち》だアて
躊躇《まやまや》めげば
田舎者《かっちのもっけ》ア
化《ば》げの皮ア剝げるンて
格好《きだふり》たげで
週刊誌
ぱらっと広《ふる》げだども
君達《んがど》ア
正面座席《むげえ》サ
じょっくり座ったまンま
嘲笑《わらう》もしねえンて
反感《むかっとくるず》するも当《あだ》り前《めえ》だベア
君達《んがど》だて
君《んが》の親達《おやど》だて
かさかさ〳〵鳴る稽蒲団《しべぶどん》で
時折《たまね》虫笑《むしわれ》コして育《お》がたもんだ
こんた虻《あんぶ》だンでら
蜂《はぢ》の化《ば》げ物《もん》だンでら
何千何億も唸るえンた音聞《おどき》げば
動転《どでん》しねえ訳《わげ》ねえべえ
吊り皮サぶら下《さ》がてばり居《え》ねえで
もっと
ばっちり瞳《まなぐ》ア開《あ》げでえ
大空《そら》コでも見上げるよう《みるえね》にしたらどだばア

彷徨い《まちやまちやして》
漸く《よやつと》

上野サ来たば
人《ふと》ばり多くて《よげで》
だども
何処か《どごだんでら》安堵《ほっと》して
ホームの枕木《まぐらぎ》サ降りで
線路《ひんろ》コ叩《ただ》えでみてぐなたおン
がかァーンがかァーンて
秋田の駅サ響《とど》ぐて言うども
誰《だ》も
それだば大ぼら《てんぽ》だて喋《さ》べるども
疲れてか《こやんでら》
顔色悪くして《つらコあおぐして》
駅構内《えぎのなが》ア
往《え》ったり来たりしてる奴《やつ》どア
あれだて
本当《ほんと》のごどア
用なしでない《からぽやみでねえ》筈だ

山間《やま》地だの
田《た》だのがら
逃《に》げで
追い出されて《ぼわえで》
東京サ
東京サって
まゝんで
谷間《たにこ》サ集《あづ》ばる緬羊《めんよ》みねえで
コンクリーだの
鉄《てづ》の建物《かだまり》サ
顔《つら》コあげで入《は》て行《え》ぐども
地盤《ちぢ》ばり重《お》ぼでくなて
何んだんでら
心配《あづこ》テ
あゝっ
東京の底抜《したぬ》げねえうぢに
急いで《ぐくっど》
家《え》サ行《え》ぐどおー

本家《おやがたのえ》

よく互い違い《よぐあぺこぺ》ネ
靴《けり》コ履えで
欅の下サ佇てだ童《あんちゃ》だけゃ
疾うに《えっちね》
東京サ
家《え》コ買う話コしてらてなぁ

三つも戸口コ並んだ昔家《むがしゃ》で
老夫婦《としよりど》あ
大黒柱サ凭《おかが》て
居眠《ねふかぎ》してらきゃ
三毛猫《さんけねご》のタマあ
台所《えどご》で
二声鳴《ふとぎやりな》えだきりで
東風《やまひ》も流れで来《こ》ねえ
茶間《ちゃま》の
炉縁《えぬぎ》コ無《ねえ》ぐなて

分家《べっけ》のオドぁ
どかっど
真ん中サ胡座《あぐら》かえでも
誰《だ》も
叱《きまぐ》も邪魔《じゃがねる》もしねえぐなた

限《き》りねえ青空《そら》コ好きだテ
杉コも頗る《しこたま》育《お》がたテ
水神様《かどこ》の水コも美味《んめ》えテ
格好《きだふりだ》ごとばり喋《さ》べぱて
んだら
急いで《ぐっくど》
帰《き》たらええべ

旋毛曲げで《えひけえで》
東京サ
縋っても《たもづかっても》
屋根サ
草コ生《お》がて
枯葉コ盛上《やま》なてらあ
奥屋敷《じゃすぎ》の灯《たま》コ

切れだままで
爺さまど
婆さまど
まやまやしてらばて
まさが
東京サ引越《まく》て行《え》がでねエべなあ

あの叫《さが》び

あの叫《さが》びあ
昔《むがし》あ
杣夫《やまこ》死んだ時《じぎ》の
狂乱《もじょ》なたアバの声サ似でしゃあ

あの涙《なだ》コあ
子供《わらし》の時《じぎ》見だ
雪崩《わし》サ巻《のま》込れだ若勢《わがじえ》の
哀れな《いだんね》顔《つら》ど同《ふと》じてしゃあ

あの苦悩《ひずね》みあ
一人《ふとり》息子兵隊《ちょへ》サ取らえで
遺骨《ほねこ》なて戻て来た時《じぎ》の
隅コで泣えでら婆《ばば》のようで《みねえで》

あの車だもだ
真面《まども》ね衝突《ぶつか》たきゃ
瞳《まなぐ》つぷたまま
ひと言《ふとごと》も喋《さ》べるもしねェで
救急車ばり
びがびがと光《ひ》かて

………

あれっきりであったおン

五日間《えっか》も
古ぼけた《ふるくしゃ》病室《へや》の中《なが》で
酸素《さんそ》吸入器ばり
ずーう
ずーう鳴て
妻《あねちゃ》あ

時々《とぎどぎ》思え出したえね
瞳《まなぐ》コ拭《ふ》えで室外《そど》サ出《え》ごおン

寒い朝《さびいあさま》
管《くだこ》の音《おど》コあ
急に《きたつと》静止《とま》たきゃ
どやどやど親族《ふとど》が群《あづ》ばて
あんちゃ
死んな！
父《と》おー、父《と》おー
逝《え》ぐな！
死んなよ！
んーな真青《まお》なて泣ぎ叫《さが》びすども
涙《なだ》コ一《ふと》つこぼすごと無《ねえ》ぐ
逝《え》てしまたおン
人生《ふと》の終わりにすれば《すめえねひば》
嘘のように《うそみねえね》脆《あわ》げねもだ
敷布《すぎふ》も蒲団も剝《たぐ》らえだ病室《へや》サ
双子の女童《おなごわらしど》あ
無言《だまっ》て手コつねで佇ってあったども
いつか《えづが》
昔々《むがしむがし》のことだって思うごどあっぺなあ

白神山地

冬山伐採《ふゆやま》始《はず》まれば
橇曳等《ばずひぎど》あ
ほえーほえ叫《さが》んで
沢コぶっ飛ばして来たもだ
林《やま》コあ
きりきり鳴《な》て
藁小屋《のまごや》がら
ぽかあーと煙コ出れば
杣人等《やまこど》あ
もちゃもちゃど桟道《さんど》コ登って行《え》ぐども
天然杉《てんすぎ》あ
動ぜ《ずらあと》ずして
天《てんじょ》 コ突《つ》であったもだ
だども

何回となく《なんぼぎやりも》冬越《ふゆこ》したきゃ
斜面《ひらこ》あ裸山《ぼんずやま》なて
さわさわど
風《かぜえ》コあ触《かす》れで行《え》ぐばんだ

物差《しやぐご》で線《ひん》コ引《ふ》ぱたえね
橅《ぶな》コあ伐らえで
伐根《ねっこ》ばり
どっからどっからど剝《つら》出して
その峠《ながれ》コがら
少し《さっと》背伸《のび》がれば
すぐそごサ

津軽の村コあ
温々《ぬぎぬぎ》ど
胡座《あぐら》コかえでらお

他所《ふとのどご》だば
全て《んーな》豊かに《えぐ》見《め》えで
誰《だ》がしゃべたんでら
白神岳《だけ》の胴腹サ穴開《あ》げれば
村コ繁盛すって

逞《ころま》し橅も
苔《こげ》コの生《お》がた楢《ならぬぎ》も
伐りたければ《きってあがら》
全て《んーな》伐ったらええ

山脈《やま》コあ爛《たぐ》れで
森《はやし》コあ突《つづ》がえれば
山神《やまのがみ》だの
魔物《もんこ》だの
空サ昇《のぼ》て行《え》ぎながら
大笑《おおわら》えしべしゃ

冬の川

冬の川だば
胴体《どっぱら》コあ縮《つづこま》て
呼吸《えぎ》コあ枯れで
烏あ

二、三羽
ばやばやめでるばんだ

時偶《ちよこちよこ》
怠け者等《からぼやみど》あ
魚取《じやがき》しね来て
鮠《ひごろ》コあ
白《し》れ腹あ
でっくり出《だ》ひば
雪《ゆぎ》あ
ばさあっと落ぢるおン

何時《えづ》だばあ
赤子《あがご》負《お》ぼた若妻《あねえ》飛び込《ご》んで
浅瀬《ひ》コサ引っ掛《ふかが》てしゃ
長男《おどごわらし》あ
ぽつーんと立てらきゃあ
夕刻《ばんかだ》の空あ
ぎりぎり凍《し》ばれでしゃあ
欄干《らんか》サおかがった見物人等《ふとど》あ
瀬音《ひ》コばり聞《き》で

背中《ひなが》コ丸るめで
上《かみ》サ
下《しぱ》サ
消《きや》で行《え》がァ

冬の川だば
心《こごろ》コまで冷《さっこ》えども
川岸《きし》サ行《え》て
猫柳《えぼぼち》あ
ぼっくり折《お》てみれあ
雪解水《ゆぎちりみづ》あ
どっと破《やぶ》げてくるえんたどもなあ

堤防《どでこ》の犬走りサ
ごろっと寝《ね》で
枯草《かのが》コ払《ほろ》ぐ
あの春あ
ほんとねえ
この村コサ
来っぺがなあ

お堂っコ

産土神《おぼすなさま》の石段サ
上《あ》ってみれ
少年の日《わらしだづき》の下駄の音っコ
カタカタど追《ぼ》ってくらあ

裸足で
苔っコ踏んでみだきゃあ
不思議な《おがしけだ》
温《ぬ》ぐみっコあて
やっぱし
神様の道《きやど》コだあ
色あせた《いろはげだ》檜《ひぬぎ》のお堂コあ
ぼかあーと
鼻サ突《さ》さってくっとも
四十年前《めえ》の
狂った《もじよなった》戦争《せんそ》の
祝宴《ふるめこ》の匂《かまり》も残《のご》ってしゃ

産土神《おぼすなさま》やあ
どこ彷徨《うろず》でらばあ
ジャワも
アッツ島も
もっくもっくど
草っコ生《お》がて帰《もど》れねぐなるど

惣兵衛《そんべ》の婆《ばば》あ
暫《しばら》ぐして
権助の《ごんすけあ》婆《ばば》あ
あちこちの婆《ばば》どア
んーな
鐘コ叩《ただ》えで
旅立《え》てしまたおン

曲角《かど》の石垣コあ
がらあーとして
時々《とぎたま》
見知らぬ《みだごとね》老婆《えとしより》コあ
ぺたあーと坐てるばんだあ

無性《うしこたんぺ》に大ぎぐなった天杉《すぎ》の合い間《あえだ》がら
村っコ
よぐ見《め》るども
お堂っコの中《なが》あ
さわさわど
風《かぜ》っコ吹えでるばんだ

風邪《かじぇ》ふがねべぎゃア
あのホラ吹《たいほうあ》きまだア
でたくたど逝《え》たもだお
やがて《やんでね》
山のような《やまみねんた》墓でも建づべのオ

——んだア

昔ァ
勇気の若者《きすけたがれ》
大手広《おおでふ》るげて鉄砲弾受《う》げで
慌てて《でたくたど》虹サ昇《あ》がて行《え》ったおン

——んでしゃア

嫁の裾《あねちゃのしぱちょり》あげ
ぱくっと引《ふ》ぱたきゃ
婆《ばっしゅ》ァ
にこっと笑たおン

——あやなア

気力《えんか》ぬげだ村っコ

旧家《おやがた》の槻《つぎぬぎ》ァ
葉っコむすれで
霙《あまゆぎ》ァ
ぼだぼだど降《お》づてくっとオ
辺《んーな》りは
外観《けなだりこ》えぐなって
中田《ながんた》の稲荷様《えなりさま》ァ

隣《となん》の童《わらし》ア
口《くち》あんぐり開《あ》げで
嫁っコ欲《ほ》しって叫《ごんぼ》ほってらけア

好《どんだり》い加減《かんだり》にすなやあ
天道様《むげのさま》ね叱《きま》がえとおー

ほらア
西陽っコ
ぼかっとあだってきたんでねエ
気力《えんか》ぬげだ村っコだども
ひと寝《ふとね》してみれ

まやまや《まちゃまちゃ》してれば
あのホラ吹《たいほう》きア
顔《つら》ア
でんとあげで
まだ
戻ってくっかも知れねどおオ

村っこ渡すな

畷《たで》の穂抗《ほによぎ》コ裸なて
ぶすぶすど稲藁《わら》コ燻《えぶ》れば
何処《どっ》からが人捜《ふとさらえ》の叫《さが》びだア
農夫等《おどごだ》ア　何《な》も抵抗《ずぐる》もしネで
庚申様《こしんさま》の道《きやど》コまっすぐネ下《くだ》って行《え》ぐども
一列《えづれつ》なって校舎《がっこ》サ向《む》ぐ童等《わらしだ》ア
来る日々《やんでね》
東京サ　ぶっ走《ぱ》ヒる癖《くひ》つでらどオ

石垣《えしがぎ》サ坐て居眠《ねふかぎ》してだ老婆《ばば》も
干涸《ふから》びだ手コで薪切《たぎもんき》りしてだ老夫《としよりこ》も
何故《なして》がゲートボールさ夢中《もじょ》なて
秋晴《あぎぞら》コ
かかぁーんかかぁーん叩《ただ》ぐども
夕暮《ばんかだ》なれば
薄暗《うすぐれ》え玄関《とぐち》サぼさっと夕刊《しんぶん》落《お》ぢでるばりだ

誘致《こう》工場《ば》帰《あが》りの農婦等《おなごだ》ア

自転車コ止めでよぐ見れ
夕陽コ見事《しこたま》燃えで
刈田《たもで》の水溜《がちやめぎ》ア
きらっと光れば
南《しぱ》サ向《む》がて泣《な》ぎ呼《さ》がびしたぐならア
だども　あの西空《そら》コの底《そご》で白魔《ふぎぼんば》ア
ごうごう吠える中《うぢ》だば
産土神《おぼしなさま》サ背中コ向げんなア

まだ一《ふと》つ冬越ひば
曲角《かど》の大ぎだ萱葺《くずや》屋《ね》も消ぐなて
炉縁ばり　でんと天向《そらむ》えでらおン
頑固者《かだつぱり》だの臆病者《いじやりきやし》ばり残《のご》って
村コ遺れるテ嘲笑《わらわ》えるども
狼狽《あわく》て田サ堆肥《こえ》コ散《ま》げば
一面《じつぱり》芽コ脹《ふぐ》れでくるおン
村人達《んんながら》の目《まなぐ》コも
過去《ふとごろ》の鋭《ひかり》さコ無《ね》ぐなったども
この大地《つち》サ四《ぬ》つん這《だば》て
必死《あがくれぐ》なって生ぎできたもン
この温《ぬぐ》みコも

この匂り《かまり》コも
余所者《だんだりがんだり》サ渡《わだ》してならねどおー

草虱

春風《かぜえ》コ

空屋《あぎや》

萱屋根《かややね》がら
氷柱《たろつぺ》だば下《さが》て
誰吊《だつる》したたんでら
干し大根葉《ほしばしぐさ》
ばふらあーと風《かぜえ》コサ揺れでらけぁ

凍てつく夜《しばれるばんげ》

星コ光かて
雪下駄《ゆぎげだ》コ無性《のりで》ネ鳴《な》れば
女達《おなごど》ァ
背丸めて《しぐだまて》
もちゃもちゃど
家《え》サ入《は》って行《え》ぐぁ

ポスト

夕方《ばんかだ》のポストサ
手紙コ落《おど》ひば
樺太《かばふと》も
松前《まづめえ》も
遠ぐ聞《んーなき》けでくるて
嫁達《よめど》ァ
冬着《どんぶぐ》の袖コサ手コ入《ひ》で行《え》ぐぁ

春風《かぜえ》コ

雪解道《がちやめぎ》ァ
どーんと跳《は》ねで
町角《かど》ァ曲《ま》がたきゃ
襁褓《しみし》コ
春風《かぜえ》コね
ぱたぱたど

揶揄《からがわ》れでらけおン

豆腐屋《とふや》

豆腐屋《とふや》の前《めえ》サ来たきゃ
早々《えつつね》と
電気《でんき》消《け》で
雪《ゆぎ》の下の堰《とよこ》で
ちょろちょろど
春ァ遊《あし》んでらけおン

爼《しやんばん》

憂鬱《やばち》ゥ雨

まだ今年《こどし》も
憂鬱《やばち》ゥ雨だァ

稲部屋《えなべ》がら
むかあーっと
汗臭《あひかまり》漂《ひば》えば
あれだば
下男若勢達《そんじゆぐわかぜエど》の体臭《かまり》だァ

婆様《ばさま》ァ
額《なずぎ》サ脂汗《あひ》かえで
背中《ひなが》サ本家《おやぎ》背負《しょ》って
土間《にわなが》うろづぐども
子 達《わらしだァ》都会《かみがた》がら帰《もど》て来《く》るもんでねェ
えーえ
こんたづぎァ
勝手口《かぐち》の槻《つぎぬぎ》の木で
蜩《かんかんひみ》ァ
どうーっと鳴《な》えでけれェ

爼《しやんばん》

夜遅《おしやぐなてがら》く
鍛冶屋の小路《こじ》コ来たきゃ

俎　の音コしたおン《しゃんばん おど》

俎《しゃんばん》　の音《おど》コしたおン
何故《なしてだんでら》か
亡兄《あんちゃ》兵隊サ行《え》ぐ前夜《ばんげ》の
あの小宴《ふるめコ》の風《かじえ》コ
ふわーっと
鼻元《はなづらもど》サ飛《と》んで来《き》たけおン

バラ苺《えづご》

庚申様《こしんさま》の石《えし》コァ
既《えっつね》に
魂《たまし》コ抜《ぬ》がえで
バラ苺《えづご》ァ
がっぱり被《かぶ》てらけおン
枝コ曳上《はちゃ》げだきゃ
全部《でろつと》実コ摘《と》らえで
藪の隅コサ
一粒《ひとつぶ》ァ
過去のように《むがしみねんに》
ぽたーんと落《お》ぢであったけェ

勘助の坂《さが》コ

勘助の坂《さが》コだば
離縁《だ》さえた嫁達《よめど》ァ
瞳《まなぐ》コ腫《はれ》らがして登《のぼ》ったもんだども
岱《でえ》っコ開《ひら》発げで
嫁達ァ
軽トラがら真黒煙《まつくれけむ》出《だ》して
躊躇《どうどど》なく
登《のぼ》て行《え》ぐおン

夏・村の構図《かだづこ》

雷　鳴《かみなりさま》

ぎらっと光《ひか》て
ままんで空コあ破壊《むじゃ》げるえで
軒下《のぎした》の童《わらし》あ

背中《ひなが》コぴたっとつけで
鼻緒《かだつぽ》あ切れだ下駄コあ
片手で
固《ぎりっと》く捕めでけらあ

蜥蜴《からへびこ》

土手コのイタドリ《さひどり》あ
赤黒《あがくれ》ぐ乾燥《はしらえ》で
蜥蜴《からへびこ》サ小便コかげだきゃ
くるっと目玉《まなぐたま》回して
踵《あぐど》コ
ちくらっと痛《いであ》ぐなたおん

蜩《かんかんひみ》

かんかん蟬《ひみ》あ
声コあ真っ赤ねしてら時《づぎ》
東京弁の童《わらし》あ
麻 袋《ずっくぶくろ》携《たな》えで
馬鈴薯《えもほ》掘んね行ぐって強請《きが》ねがったおン

青草

朝《あさま》の村コサ
裏《かぐち》の草刈山あ
大《おお》ぎた呼吸《えぎ》すれば《ひば》
青草の匂《かまり》あ
どっと降《お》りでくらあ

紫陽花

母《あば》あ
疲れ《こやこや》て《テ》
上り場《あがりっぱ》サ
ぺたんって坐たきゃ
籐籠《かこべこ》がら
紫陽花《はなこ》ばさっと転《おぢ》んできたきゃなア
梅雨《つゆ》なればまだ思えだすおン

村の構図《かだづこ》

村コの構図《かだづこ》あ

だんだん壊《ぶか》れるてしゃべっとも
涼台《すずみでえ》サ仰向《あぐでね》なって
星の群《かだま》りコ見でみれ
天の川
じょえじょえど
行《え》ったり来たりしてっとも
昔から同じた《ふとった》空コだ筈だ

土コサあがれ

たんコかまりのスはだぎァ
ころまし土よばるおど
ほきゃぎゃひば
ひながサおでんとさま降ってくらァ
じっぱりピヨピヨおがて
石コサあだる平鍬ひびで
ひづねごども
きまげるごども
どごサがきゃでしまて
ンだンだ
真っ黒ぇ土サだ

ふとむがしで
ぶかさえで
まだふとむがしで
おがすけダかちゃまし村っこなて
ふとどアまごづけば
やっぱし
はんかくしゃたが
ジェンこサたもづがるもだ

下肥の匂う畑
逞しい土の呼ぶ声
耕せば
背中にいっぱい太陽が降る
みごとに萱草が生え
小石に当たる平鍬のひびき
切なさも
怒りも
どこかへ消えて
そうだ
真っ黒い土に消えたのだ

ひと昔で
壊され
またひと昔で
奇形で騒々しい村に化し
人々がうろつけば
やはり
気が狂いだしたのか
金に縋りつく

コノゲきゃぐなても
オド来ねぇ
なしてあらどサ
そんたねええふりこがたばァ
あぐどごも
はっとごも
喰わひるまでしてけで
んだばて
アバだば
ふと冬気ぃ気でね筈だァ

だども
まずあの真っ黒ぇ土サあがてみれ
コメ売らねぇ
かひぐねえがねぇて
おおぎだ声で叫がびたぇぐなるべぇ
…えづが
あらど
村はずれサ来て
ヤッコみねね袋さげで
あがくれぐなるつらこ
しこたま面白れべなぁ

眉毛が痒くても
男は帰らない
なぜ都会のあいつらに
そんなに尽くすのだ
道をつくり
家をたて
食い物まで与え
けれど
女は
ひと冬男を待っているのだ

だが
まずあの真っ黒い土にあがってみれば
コメは売らない
出稼ぎには行かないと
大声で叫びたくなるのだ
…いつか
あいつらは
村はずれにきて
乞食のように袋を下げ
真っ青になる顔
さぞや痛快であろう

がんじゃの花コぁ

がんじゃ《ウツギ》の花こ見だけゃ
やひ《痩》馬こ
のりで《無闇に》ねえあらげでえしゃぁ
ながれ《峰》こサ
あが《登》てみれ
海ぁ
ぼやぁーとめで《見える》
………
遠ぎして
遠ぎして

夕日こぁ
こさびし《寂寥》ねえだぎ
あげ《赤》えして
だども
わがじえど《若勢達》
んんな《皆》がらぶっ走ひだおん

きゃど《道》こで
ごんぼほり《悪たれ》ワラシぁ
大ぎだ口あえで
足ばだぎしてあったどもなぁ

アバ《母》ぁ
ぎさばん《叫》なぁ
ひなが《背中》こ小ちゃぐなってえぐんでね
ほらぁ……

がんじゃの花コぁ
ぶすくれ《薄黒》ぐ咲ぐえねなって
えっこ《分家》のごがづ《田植》も終ったんでらぁ
コンクリートみねんた田面サ
だん《誰》もえね《居ない》ぐなったお
びっき《蛙》ぁ
ふとげぁ《一回》り鳴えだきりで
………

あした雨だべぎゃぁ

草虱《どろぼこ》

朝仕事

半鐘小屋の裸電球《はだかでんき》
ぼかあーと点《っ》で
隣《となん》の若妻《あねちゃ》ア
目《まなぐ》こすりこすり
長靴《ながけり》鳴《な》らして行《え》ったおン

死んだどヤ

朝ネ《あさま》表《めえ》サ出《で》だきゃ
農婦等《おなごど》ア
あちゃこちゃ寄合《だまな》て
みんな《んーな》同じ顔《ふとつたつら》して
みんな《んーな》同じ方向《ふとつたどこ》見でらけア

草虱《どろぼこ》

五《えづ》つなる童《わらし》ア
疲《こや》ぐなったんでら
草虱《どろぼこ》沢山《じっぱし》つけだまま
縁側《えがわ》で
微かな《ちょこっと》 鼾《はなおど》たでで寝てらけア

頬《ほぺだ》コ

男 童《おどごわらし》ど女童《おなごわらし》ど
堤防サ上がて
頬《ほぺだ》コつけでらきゃ
顔《つら》コ顰《しか》めで
ぶっ走《ぱ》ひで行《え》たおン

セリ市場《ひりば》

僻地《かっち》がらだおン
真夜中《くりやうぢ》がら牛追《べごぼ》て
市場《ひりば》近《ちきや》ぐなったきゃしゃア

やっぱし生《え》ぎ物《もん》だおン
じょっくり顔《つら》揃《そ》れで水飲《みづの》またン

薪山《はりきやま》

雪穴《ゆぎあな》サ入《は》て
楢《なまぎ》の木ア焚《た》えだけャ煙《けぶ》てして
だども
荷俵《なだら》の塩鮭《しおびき》握り飯《だまこ》
じゃっくり割ったきァ美味《んめえ》してなア

醤油っこ

隣《となん》サ
醤油コ借《かれ》んネ行《え》ぐたきゃ
長女《うえのおなごわらし》ア
恥《かわえ》んて行《え》ぐなどオ

茶碗コ

今朝《あさま》
飯食《ままく》てらきゃ
何んもさネども
茶碗コかちんと割れだきゃ
婆《ばば》あ
「あえっ」てしゃべたきり
もちゃもちゃど台所《たなもど》サ行《え》たおン

穂先《ほっこ》

石灰窒素

暑《あっー》い日《ひ》
畷《なで》サ立でば
とんぼ《じごくだんぶり》飛んで来《き》てしゃ
ぽかぁーと
石灰窒素の臭《かまり》コして来《く》るお

堆肥場《こやま》

乾いだ《はしなえだ》堆肥場《こやま》サ
裸足で上《あが》てみれ
どぺーんと引込《ふく》んで
黴ついた《かぶけだ》藁コ
もぐもぐど息《えぎ》あげらぁ
まるで老婆《ままんでばば》の温《ぬぎみ》だ

蝗《はたぎ》

筵《もしろ》の上《うえ》で
蝗 跳《はたぎはね》だきゃ
赤子《わらし》の瞳《まなぐ》コぁ
静かな 秋《おどなしええそら》だあ

穂先《ほっこ》

蹲んで《ちぢくばて》
穂先見《ほっこみ》でみれ
さわさわど

昔《むがし》の音《おど》コ聞けでくらあ

稲立《しまだで》

動転《どでん》したえね
蛙《びっきあ》 二つ鳴えだきゃ
お日様《ひさま》傘かぶたお
老農《としよりこ》ぁ
もちゃもちゃど
稲立《しまだで》かげんね行《え》ったどもなぁ

畔《くろこ》

畔《くろこ》サ座《ねま》てみれ
家《え》コだの
道《きやど》コだの
どうどど押《お》してくる様だ《えんた》なぁ

稲杭《ほんによ》

老夫婦《としより》

陽コ沈《お》ぢだでえ
稲《えね》っこ
空まで積《つ》んで行《え》がすなぁ
ほらぁ
支《つぱりこ》えかっておげぇ

瀬《ひ》っコの音《おど》

陽あだりコ

冬囲取《ふゆがきほごひ》れば
婆さま等《ど》石垣コサもっちゃり座らった

夕方《ばんかた》

割烹着《めだりこ》の女《おなご》ド会ったら《えぎあったきや》
孫祝の匂《まごぶるめえかまり》コしてくるっと振向《ふりむえ》だお

嫁見

大きた萱葺家《くずや》の前《めえ》で
女 等《おなごど》三人まやまやして居《ら》け

瀬《ひ》っコの音

表《めえ》の堰《ひぎ》サ水コ入《は》ッテ来て
コドコドコド何時《えづ》までも寝てしまた

快　晴《しこたんぺええそら》

堆肥散《こえま》エでもエエ天気なの《だず》に
田圃《たもで》サ人《ふと》コ一人《ふとり》も見《め》ねエもんだ

節分の夜《ばんげ》

囲炉裏《えぬぎ》サ足入《ひ》デ叱られた《きまがえだ》けなア
鳥苗代《やつたがなしろ》荒《かま》らすどヤ

朝仕事《あさじやげ》

寒　朝《さびあさま》
種籾《もぎ》パラッパラッて波コ立でで
食物《もの》サ口《くづ》つけネエデ
オドどご待ったけなア

暑い時期《あっちじぎ》

暑い時期《あっちじぎ》

湧き水《かどこ》サ
がばっと被ぶサッテ
水飲むあの顔《つらこ》だはぁア

昼寝っコ

どこかで《どごでだんでら》
除草機の音コ《おどこ》するけれど《すばって》
汗コ《あひ》たぷっとかえで寝てしまタ

祟り《ただ》

運動場《うんどば》の龍神様
赤　飯《あづぎまま》
カビはえでらケア《かぷけでらけあ》
何んの祟り《ただ》だばァ

道こ

深い谷間《ふけえさわこ》

背後《ひなが》サ
ドガッ
ドガッて
まるで《ままんで》
石で殴られたような《えしでふじゃらまえだえんね》
それっきり《そんなり》
脆くも死んだ《あわげねえぐしんでしまた》
…………
深い《ふけえ》
深い谷間《ふけえさわこ》サ
どごまでも落ぢで行くのだ《えがたおな》
…………
昔《むがし》
樺太《かばふと》サ出稼ぎに行った杣も《かひぐねええったやまこも》

やっぱシ
あのように《あして》
白い小箱で帰ってきたのだ《しらぎのはごさはってもどてきたおな》
…………
いつのまにか《えづのみやねが》
荒涼とした原っぱに出て《こさびしねえでやっこさではあて》
慌て駆けまわっても《うるだえではひまわたども》
広大で《ふりいして》
広大で《ふりいして》
どこサも
誰も見えないのだ《だもめねえたおなぁ》

夕刻《ばんかだ》
下手の墓サ《しぱのはが》
ぽかあーと
カス火コ灯《め》で
狼も吠えなくなれば《おおがみもほえねぐなったきゃ》
俺ぁ
君の《んが》
背中こ丸めて行くのを見ているのだ《ひながこまるめでえぐどごみでらた》
ほらぁ

冬着の雪《どんぶぐの雪こ》を払うのだ《ほろげじゃ》
夜になると《よまなれば》
カンカン鐘コ鳴《な》て
湯殿山の念仏ぁ
隣《となん》のカッチァを《どご》
ぐすっと鼻みず拭かせるが《こすらひっとも》
夜半になると《よまねえなれば》
夫と枕並べで《おどどまぐらなら》
眠ってしまうのだ《ねってしまわた》

あーえー
行くに行けないのだ《えぐにえげねえじゃ》
君の乳房《んがのちち》サ
ぴったり就いて《っでる》いるワラシぁ
ぴくっ
ぴくって
虫笑いして《むしわれえしてしゃ》
ほらぁー

泣ぐなじゃ

泣ぐなじゃ
俺だって《おらだばて》
悔しくて《きまげで》
悔しくて《きまげで》

だども
何んだんでら知らねぇども
深い《ふけえ》
深い谷間《ふけえさわこ》サ
まだ落ぢで行《え》ぐものなぁ

葬列空《だみぞら》

一群《ふとかだまり》
二群《ふたかだまり》
寒々《さびさび》ドした葬列空《だみぞら》
暇《なで》サ出ッとま
頬《つら》も何《な》も痛いほど《むじけったぎ》風吹い《かぜふえ》で

みんな横向きに墓《んーながらよごちゃねえはが》サ向《むが》て
誰《だ》もひとこと《ふとごど》もしゃべねェ
わなわなド震《ふ》って脇見ると《わぎみだきゃ》
赤んぼ《あがごわらし》をおんぶした《おぼった》叔母《ばばあ》のダンゴ
まっ黒だった《くれがった》

田面《たもで》の中の大き欅サ
雪混リ《ゆきまじやり》の川風《かわがえ》からがって
ジャランボの音も
ばやぁっと飛んで行《え》ぐあ
線香《ひんこ》も灯かず《つがねして》
骨《こつ》穴っコも
何《な》も暖さがない《ぬぐみっこねえ》
二十二の嫁ア
がんがん凍みた《しみだ》土っコ被せると《かぶひだきゃ》
わェーわェ泣ェでシャア
隣《とな》ンの父《とっ》ちゃ
「由《よしー》、エエどこサ生れで来エヤ!」って
大急ぎで《でたくた》埋《どんめ》だキャ
みんな《んーながら》
寒《さ》び

寒《さ》びって
鼻水拭《はなみずふえ》でらったア
同級生《ふとじとし》の若者《わげえもの》だア
顔《つら》も何《な》もどす黒く《ぶすくれぐ》して
畷《なで》ぶっ走《ぱ》ひで帰《え》ぐアたア
だども
川風《かわがえ》ア
まだ足元《あしもど》がら吹《ふ》ぎあげでくらったア
そんな中《そやんたごと》を
家《え》の父《おど》ア
下駄《げだ》の雪《こぼ》
ガッカめがして
後見《あどみ》
後見《あどみ》
戻ってくらア。

終り盆《しめえぼん》

赤く寂寥とした空《あぎやしてこさびしねえそらっこ》
夜の海《よまのうみぁ》が
ザワアッザワアッって
終り盆《しめえぼん》の囃子っこ
チェヒラン
チェヒラン
チャハレホレ

得意《えできや》ね踊った
遠い昔《まっとまっとむがし》
夏の終りに《ぼんのしめえに》
精いっぱい泣いたろう《しこたまなえだべなぁ》
だども
いつのまにか《えづのこめえねえが》
あの婆様共《ばさまど》
チェヒラン
チェヒランって
夜の沖へ消えてしまったようだ《よまのおぎさけえでしまったえだ》

凶作か《けがづとしだんでら》
初秋の風が吹き《あぎしねえのかぜえこふぎ》
まるで《ままんで》
耄碌した婆様共《ほじねえばさまど》
何故か《なんだんでら》
西サ
西サ踊って行《え》ぐ
チェヒラン
チェヒラン
チャハレホレ
チェヒラン
チェヒラン
チャハレホレ

疫病払《やみやばらえ》

じょえじょえど
ワラシドも
オドナも
数珠《じゅんず》さ
摑まれば《たもづがまれば》
岩根の婆サマ
〝サアー行《え》ぐど〟って
鐘コ鳴らしど

ナンマエダアー
ナンマエダ
ナンマエダンブツ
ナンマエダア
流行病《やみや》も
群なして《だまなって》逃げで行《え》グんテ
戻らせるな《しゃらひんな》ッテ
数珠広げ《じゅんずふるげで》
夢中《らんき》ならァ

守場の橋コサ来て見れ
見ものだぞ《みるもんだどう》
ホー
ホーッテ
叫けんで《さがんで》
追《ぼ》ってやるッたら

まるで《ままんで》
蛇体《じゃでえ》でも逃げで行《え》グエンネ
薄気味《うすつきび》の悪い《えぐねえばげ》夜だ

道《きやど》こ

世間体《じゃま》悪《わ》りども
暗《く》りゃ中《うち》に行《え》げ
んーな
この道《きやど》コぶっ走《ぱ》ひだった
遠《と》ぎー寂《こさびし》ねえ紡績工場《こうば》サ

あのワラシあ
何んた気で向がたんでら
〝バヤー〟ってさがぶなって

んーな
水溜り《がちゃめ》跨《きまだ》えで行《え》ったども
兄あ
うしろ向ぐな
まっ赤だ空ア
千人針の胴巻《どんまぎ》あ
落《お》どスなよオ

んーながら
下方《しば》の橋サ佇った時《づぎ》あったども
アバあ待ってだ
編上靴の音あ
戻《もど》て来ねえがった
ゴミソもイダコも
んーなウソだ
そらあ車サ轢《ふ》がれっと
えづまでも道コ《きやど》サ耳つけでんなア

ひ《ふ》とつもえーごとねえ道コ《きやど》だども
戻してけれエ
砂利の音コス道コ《きやど》だア
年寄《としょ》りもワラシも
足サまめ出して歩《あ》った庚申様《こしさま》の道コ《きやど》だ
ちょすな!
ぶかすな!
んーな
家《え》コあ逃げで行《え》があ
拡幅すれば《こしゃれば》
彼等《あらあど》戻《もど》て来る道コ《きやど》無《ね》ぐなるであ

何《なん》もねェ海

がらあーとした空だァ
黒松ア唸るもしねェで
海の息《えぎ》ア

無性《のり》でねェ高《たげ》ぐ聞けろン
干《ほ》ひけだ砂浜《はま》サ
年寄等《としよりど》追《ぼ》らエで
ベチョかえで歩《あ》げば
流木《かながれき》
ぼっきり折る音《おど》したォ

えづだんでらも
死体《ふと》漂着《あが》たって
おーえ
おーえ
叫《さ》がんでらけなァ
ばやっと風《かぜえ》吹《ふ》えで
どっからが
童《わらし》泣ぐ声したども
紙きれコ
ずーと飛んで行《え》ごおン

テトラポットぁ
半分面《つら》出して
薄陽コ当だれば
海ァ
小言《こごと》フとつづぐもンでねェ
夕方《ばんかだ》なれば
村人達《ふとど》
じょっくり集《あ》づばてくっとも
んーながら
海サ背中《ひなが》向げだままだ
糞《くそ》ねもなんねェ海ァ
何百年も
何千年《なんじえねん》も
たんだ坐ったまんまだども
大《お》きた夕陽っコ落ぢっつぎだば
村の若者等《わげもど》も
ちらっと振向《うしろむ》ぐでァ

オド居《え》ねぇ晩《ばんげ》

裏口《かぐち》の薦《こもこ》
ばぁふらぁと動《う》ごで
雪女《ふぎばんば》でも来たべぁ
潰《べっちゃぶ》れだ庇《ひやし》だども
鉄砲風呂ぁ
熱《あっち》してなぁ

嫁《あね》
土間《にわ》歩《ぁ》げば
馬《んま》
暗 闇《くらしなもど》がら
がらって
餌函《きっち》踏んで
親指《おでえび》の皹《ふび》
頭《あだま》まで痛《いで》してなぁ
火棚《ふだな》の雪靴《くづ》
乾燥《はしらえだ》ど思ったきゃ

だちらっと
雫《つゆ》落《お》ぢで
婆《ばば》
足《あしこ》 暖《ぁ》ぶて
まだ寝ふかぎしたお
着床寝《きどこね》の童ぁ《わらしぁ》
もっくり起《お》ぎで
母《あば》
母《あば》って
居間《えどこ》ぶっ走《ぱ》ひであったけゃ
八十年寄《としょ》りも泣ぎたぇぐならんてなあ

童《わらは》どぁ寝て
誰《だ》も
何《な》も
しゃべねぇぐなれば
囲炉裏《えぬぎ》の火っこばり
パチッ
パチッ
はづげだおん

柱時計《とげ》ぁ
ゼンマイ《じえんみや》こ緩《ゆ》りで
寒《しば》れる晩《ばんげ》だばて
春だば
まだ遠《と》ぎべなぁ

うだで雪《ゆぎ》だァ

婆《ば》さま
小言《こぼ》すな
皆《ん》ーながら
早ぐ春来えばえゝなァて
雨戸コ気ねしてらた
暗《くりや》うぢがら起ぎれば
石油焚ぐって叱《き》まがえるんて
ぐるっと寝返《ねげえ》りして
咳《ひぎ》でもして
陽っコ昇らじ

じーと待ってらんヒ
子等《わらし》ど
パンかじて
学校サぶっ走《ぱ》ひでも
父《と》ちゃ
牛乳ばり飲んで
畜舎《べごや》サ行《え》ぐども
何んも喋《さ》べてなんねェ
母《かっ》ちゃ
流《みんじゃ》しサ茶碗コ盛りげで
大急《でたくたど》で青貞（誘致工場名）サ行げば
怒《きまげ》ったぎ雪《ゆぎ》っコ降ってくろン
今《えま》の台所《えどご》だば
もちゃめでらえねエ
吉太郎の婆さま
漬物《がっこ》持《たな》えで
嫁《わげえものの》の悪口もっこ掘ってれば
何時《いっつね》か
午後《ふるま》のサエレン鳴ろおン

むがしだば
雪《ゆぎ》っコ降っても
まっとまっと降っても
真黒板敷《まっくれいたずき》ァ
ギイギイ鳴ってばしえで
足周《あしまり》の弱《きや》ね孫婆《まごばば》ア
何時《えづ》までも
流《みんじゃ》しサ立ってらたおン
沢水コ
冷たくて《しゃこえして》〳〵
そでも
暗《くりや》ぐなるまで立ってらたおン

皆《ん》ーながら
何んも喋《さ》べねエぐなって
テレビばり観《み》で
ときたま
思え出したえね
夜間《よま》の空っコ見で

三月だというの《だでんねえ》に
うだで空だじゃア
あえーさ
あえーさ
雪《ゆぎ》だば
あど要《え》らねエ
早ぐ
あの田面《たもで》コサ行《え》って
堰《ひぎ》の畦《くろ》コ
どかっと踏んでみたえぐなった
雑魚《じゃっこ》どア
もくっ
もくって
濁《み》ぐりコたでで
夢中《もじょ》なて逃げる
あの春だじぁ

村っコ

どろーんとした村っコだあ
萱家《え》の前《めえ》サ茣蓙《ごじゃ》コ敷げば
もっくらあど
陽コ撥ねらあ
童《わらし》等《だ》
蜥蜴《からへび》の尾っぱコサ
小便《しょんべ》コかげだきゃしゃ
何処から《どっからだんでら》か
がっぽらあ
がっぽらど
長靴《ながけり》の音《おど》あ聞けでくらあ

エサジャの塩辛《しおがら》っコ
ぼたっと落《お》ぢで
汗《あひ》コかえで昼寝ひば
おなご蟬《ひみ》ぁ
裏手《かぐち》の梅の木で
動転《どてん》したえね鳴げば

親父《おど》ぁもっくり起《お》ぎで

あのあだりがらだぁ
んーながら夢中《もじょ》なて
見事《びがめだ》な家っコ建でだども
縁側《えがわ》サ
かびついた《かぷけだ》干餅ぶら下がて
老人等《としよりど》ぁ
彷徨《まやめで》るばんだ
軒下の排水路《ひなぎど》ががら乾《ほ》ひで
からすぁ
ばだっと飛んでくるばんだ
がらぁーとした村っコでぇ
柱っコもゆっきゆっき揺ねぐなったども
戸《と》口サ突っ張り棒かったままで
何が起ぎるんでら知らねども
何処《おぐ》で
ダミコ鳥ぁ
カーン
カーンて
空までどろーんとしてしゃぁ

序

福司満の方言詩を最初に読ませて戴いてから二十年は確かに過ぎた。当時、福司満は、方言詩以外に詩をものとすることはしないがよいと進言したことを想い出す。

私は福司満の方言詩に、幼少の頃のこの地方の農山漁村の風俗人情は勿論、その躰《からだ》と自然環境、人と人との連鎖《れんさ》のなかにうごめく、濃縮された生命《いのち》を発見できるからであった。

近代化を拒絶する人間本来がもつものは、確実に現代人の喪《うしな》った世界であり、神々の使徒としての人間などという生やさしいものではない内面を、人々は福司満の世界に覗《うかが》うことが出来る筈である。

福司満が、多忙極まりない職業のなかに、このような世界を構築することは、両面の反面とでも解《げ》すべきか。

方言は、集落ごとに、アクセント、イントネーションが少しずつ異なる。だから、遠隔の人が聞くと同じ在所かと思われることも、近在では、その人の言葉によって、生まれ育った日常生活の集落が分かったものだ。福司満の生地、青森県境白神山地の麓《ふもと》の藤里町と、私の住む出羽丘陵の北端合川町とは、直距離にして南北に二〇キロと離れてはいない。しかし、彼と私の持つ言葉は厳密に言ってかなり異なる表現である。まして、日本列島津々浦々は、それぞれ固有の言葉を持ち、そして、日本の共通語も持っている人々が住んでいる。はたして、この方言詩が、普遍的に理解されるかどうか、大変気がかりである。

しかし、真に、その心を知りたい人は、アイヌのユーカラをはじめ、文字と全然かかわりなく、あるいは、現代人の言葉に頼らない方言という固有の言葉で綴った詩で、現代の恥部を照射することによって標準語といわれる共通語の詩を、いくら読んでも、究《たずね》ることの出来ない世界が、おどり出、あぶり絵のようにあらわれる筈である。

福司満その人自体もそんな人でもある。

この詩集が単に物理的に稀少価として遇《ぐう》されることをおそれ、現代詩のコーランとして、止揚《しよう》されることを希《ねが》うのは、私のみではない筈である。

一九九二年　秋

畠山義郎

（編註）詩集『道こ《きやど》』原本の冒頭にあった「序」を移動したものです。

あとがき

　この詩集をまとめるにあたり、何人かの方から〝いつごろから方言で詩を書きはじめたのか〟と訊ねられたが、その都度〝二十年は経ったかも知れない〟と答えている。おそらく、方言にこだわるその理由をきくための問いかけかも知れないが、書きはじめの頃は特別な理由や使命感があった訳ではない。方言で書けば何となく面白い詩ができるようだったので、共通語にない方言の楽しさを拾い書きしていたのがはじまりのような気がする。

　その頃、「密造者」の同人に誘われ、その一員として方言詩ばかりを書き続けたのだが、方言の世界を描く力不足の辛さもあって途中で何度か断念しようと思った。しかし、そのたびに畠山義郎氏や亀谷健樹氏に激励され、また煽られたりしてとうとう今日に到ったことになる。

　そんな訳で、書きはじめの正確な年代は私自身よく分からない。ただ古い作品を調べてみると、六〇年代後半に書いた作品も何篇かあるし、その後「密造者」の同人になったのが七三年であるから、この世界にのめり込んでから二十年以上になることは確かである。

　私は、詩とは、などという難しい定義めいたことはよく分からないが、自己に内在するものを詩的要素をもったことばで、どのように表現するかがひとつの条件であると思っている。だから、その表現のためには必ずしも共通語だけに限らないし、方言で書くことによって心情をより豊かに表現できる場合もあると考えている。

　ただ、方言を文字にすること、ましてや詩として表現することは、方言のもつ本来のニュアンスはもとより、その発音、イントネーションなどについても正確に書き表すことができるのかが難題であり、かつまた私の挑戦だと思っている。それを解明、完成しないままいまだに書き続けていることになるが、もちろん、それが方言詩として完璧なものに書きあげるようになれば、私のいまの仕事に終止符を打つことになる。しかし、それはいまの私のちからでは当分できそうもないと思っている。

　そんな意味で、この詩集にある作品はまだ推敲を残しているものが多いし、文体としてももっと整理が必要であることを反省している。

　それに、今日のように時代変化の激しい中では、方言そのものが大きく変化し、いまでは死語同然のものも随分多いことから、この詩集にある方言の響きは、同じ地域に住んでいながら特定の階層の人たちより理解できないことも多いと思う。また、情報機関等の発達により、どんな地域でも共通語が通用するようになった今日、敢えて方言で書くということは、果たしてそれほど意義のあることか疑問もあるが、一時代をその地域で生きてきた人たちの証として書き残すことも大切ではないかと自分に言い聞かせているつもりである。

さて、この詩集の殆どの作品は「密造者」に発表したものであるが、同じ傾向のものを三つに分け、はじめの「村っこ渡すな」は最近に書いたもの、次の「草虱《どろぼこ》」は小品ものを中心に、そして最後の「道《きやど》こ」には書きはじめの頃の作品という風に整理した。

また、作品の一部に手を加えたものもあるし、ルビについても、書きはじめの頃は片仮名を使ったが、この詩集では思いきって平仮名に統一したこともあるので、さきに発表のものと多少ニュアンスの違うものもあると思う。

最後に、この詩集の刊行にあたり、畠山義郎氏や安倍甲氏のご協力に感謝申しあげたい。

一九九二年一〇月

福司　満

第三詩集

泣ぐなぁ夕陽コぁ

二〇〇五年刊

村落《むら》

地震

ぐらぐらど来たきやぁ
誰《だ》サ懺悔《ゆわげ》るでも無《ね》ぐ
婆様ぁ真っ青《あおぐ》なテ
はえっ　はえっテしゃあ

産人《さんと》

一人《ふとり》ぁ男児《おどごわらし》産《も》たテ
胡座《あぐら》かえでしゃあ
小憎《うしゃらしぐ》ねぇして
爺《じい》ちゃぁの頭《あだま》ぁ
ぽこんと叩《ただ》えだおン

休憩《たばこ》

滅多ね無《ねえ》ごどだども
畦《くろこ》サ座《ねま》たきや
乳房《ちこ》サ摑《たもず》ぐ童《わらし》ぁ
けたけたど笑ってしゃぁ

浄土《あっち》

隣《となん》の婆さま
ずすずすど来たども
浄土《あっち》でも見《み》だんでら
ぐえっと戻テ行《え》たおン

山背《やまひ》

独《ふと》り爺ちゃぁ
客間《ちゃまえ》サ行って
まだ台所《えどご》サ来て
終《しめ》ねぇ縁側開《あ》げだきゃ
さわさわど山背《やまひ》コ入《は》テきてしゃぁ

秋

彷徨《まやめ》でらずぁ年寄《としよりこ》ばんデ
乾燥《はしらえ》だ秋ぁ
空っぽのバスの後《あど》ぁ
ちょこちょこど従《かだ》て行《え》がぁ

村落《むら》

田コ放置《ぶなげ》で
川コ掘起《ほっきやげ》で
家《え》コぁ解体《つぶし》テ
これだばハぁ
髭《ふげ》たでだ
肝煎《おやがた》でも配置《おえ》で
叱《きまえ》でもらうしかねべぁ

婆さま

ばさばさど雨雪だぉ
角巻の婆さま
道端《きゃどばだ》コ歩《え》ぐども
まだ休《とま》たぉん
桜コ咲ぐまで保《も》でばええどもなぁ

月ぁ

寒空《そら》のどまん中さ月ぁ出で
誰《だ》ぁ死んだんでらぁ
かりかりど雪下駄コばり鳴て
女等《おなご》の涙コ凍れば
月ぁ沈黙《だまった》ままだぁ

竈《かまど》きゃし

吹雪コぁばふらっと来て
熨斗板コ
まだ剝げで
竈《かまど》きゃしっテ
脆《あわ》げねもんだ
髭《ふげ》の旦那《のの》さまやぁ
風邪でもふえでねぇがァ

烏

雪藪《やぶこ》漕えで
馬鹿ぁ烏どぁ
朝から騒々《かちゃま》して
きょとんと北向《かみむ》げば
誰《だ》の番だんでら
三人だば死なたどや

嫁《あねちゃ》

土間《にわ》の隅コで泣ぐ嫁《あねちゃ》て
そんたごど無《ね》べぁ
今朝も
ばたぁんと戸締《とたで》で
軽トラでぶっ走《ぱ》ひだきゃぁ
婆《ばさま》ぁ

徐《こちょっと》に窓コ開げで見でらけゃぁ

稭《しべ》布団

街中ぁ歩《あ》ぐ人等《おどごど》ぁ
なんてごどねぇ
がさがさって
あの音コで育《おが》た童等《わらしど》だ
雪コ降れば藁コぁ
ええ温《ぬぐ》みコでなぁ

田植期《ごがづ》

田植期《ごがづ》だねね
ぽつらっと
農夫《ふとこめ》見るばんで
乾《はしら》えだ風《かぜえこ》ぁ
畷《なで》ぇ流《と》んで行《え》ぐばんだ
朝《はや》っから
老農夫《なかじじ》あ
田植機さ乗《ぬ》テらども
婿《もご》ぁ
揮発油《ガソリン》の匂《かまり》こ残《のご》して
雑魚《じゃこ》でも釣《つん》ね行《え》たンでら
脛《すねこ》モッペの娘等《めらすこだ》ぁ
皆《んんな》どごさが消《え》て
痩足娘等《やひからわらしど》ぁ堰《ひぎこ》も跨《まだ》がねぐなて
白粉《おしれこ》だばつけっとも
泥《どろこ》ぁつけるもンでねぇ
畦《くろ》こ草刈《かれ》っテ
委《ゆずげ》ねだども
長男《とお》ど嫁《かっちゃ》ぁ
息子《わらし》の野球《やきゅう》応援サぶっ走《は》でぇ

がらぁーんとした屋内《えのなが》ぁ
猫《たま》ばり
すたすたど歩《あ》てしゃぁ

長男《とお》だの
僅少《さっとこ》の水田《たもで》さ捉《つかま》てるども
噂《さべ》らえねぇね
竈倒《かまどきやし》って

孫だのサだば
二百年も前《めえ》ね
菅江真澄って人《ふと》ぁ
この畦道《きやどこ》を歩《あ》たもんだて
単《たんだ》ね教《おひ》るばんだ

俺《おら》もそのうぢね
あの馬耕だの
マングァだの
エビリだの様《みね》ね
村の資料館さ
ずらっと陳列《ならば》たば
もっと
高級服《ええふぐ》でも
買って置ぐがなぁ

騒《じゃわ》めぎ

新築《やどご》すテバ
カマス大工《でぐ》も
茅手《かやで》も
奉公若勢《そんじゅくわがじぇ》も
まなぐコさ血コ逆上《あげ》でしゃ
村外《はず》コの若嫁《あねちゃ》まで
人だがりサ潜《は》て
でんぐりど
破風《ぐす》ぁ空サ向えだもだぁ

大洪水《おおみず》きて
橋コ流さえだば
普請コだテ誰《だ》ぁ喋《さ》べたでもねぇ

目脂《めくそ》コ擦《す》ンながら
土方モッコ持て
唐鍬コぁぶつけで
丸太コぁ引張《ふぱ》て
そらっ、そらっテ汗コかげば
疾《えっつ》ね仮橋ぁ架《か》がてしゃ

田植《ごがづ》ぁ
じょっくり揃《そろ》た女等《おなごど》の尻《けつ》コさ
陽《ひ》コ跳ねデ
畔《くろ》コで
童《わらし》ぁ空コ抜げったぎの声で
旋毛《ごんぼ》掘《ほ》てらども
田面の中ぁ
話コぁあちゃこちゃ飛んでしゃあ

……

んーん
あの爺さま何ぼなたんでらなぁ
珠《たま》ね虫笑してっとも
あの村の息声《えぎ》コぁ

あの田面の騒《じゃわ》めぎコぁ
あの川瀬《ひ》コぁ
耳鼻科サ行《え》たテ癒《なお》るもんでねぇ

……

このごろぁ
晩方なれば
土手コさ立て
首《く》んたコ傾《か》さげであったども

……

あしたハぁ
でたくたど
ホームさ入居《えが》たどやぁ

村サ雪降んな

奥《おぐ》の本家《おやげ》も
手前《でわ》の分家《えっこ》も
何処《ど》サが行《え》てしまテ

のそのそ
朝《あさま》から雪《ゆぎ》ばり降ってしゃ
年寄《としょりこ》ぁ
土間《にわ》ぁ
もちゃもちゃど歩《ぁ》ぐども
にこっともスねもんだ

何十年も
雪ばり見《み》で
雪山《やま》ばり見で
そのたんび

大ぎだ溜息して
シャブロコ持たまま
裏口《かぐち》の薦《こも》コぁ潜《もぐ》て行《え》がぁ

栗福だの米福だの
あの遠《と》ぎィ話コも
薪《たぎもん》コぁぱちぱちど撥《は》つければ
年寄の瞳《まなぐ》コぁぴくっとスども

誰《だ》も居《え》ねばなぁ
息子等《わらしど》ね
早ぐ戻て来えテ
叫《さが》ぶもしねぇ
泣ぐもしねぇ
ままんで気力《えんか》抜けで
晩《ばんげ》なれば
水場《かどこ》の水コぁ
ちょろちょろど
落ぢでるばんだ

のそのそ
今日も雪降って
まだ明日も降って
ただ雪ぁ見でるばんだ
雪ぁ
あどえらねぇ
あどえらねぇテ

春まで雪ぁ降て

まだ家コ消《ね》ぐなて
やんでね
村コのごど
誰《だ》も
何も手助《ひ》ねして
ほうと立ってるばんだべ

遡上鮭《そごべ》

藤琴川も寒《さび》ぐなテ
葉っぱこ流れデ
遡上鮭《そごべ》ぁ
何匹も死んでしゃ
哀情《いだんね》ども
産床《ほり》こさ生《も》たんテ本望べぁ
あん時《じき》も
彼等《ありやど》ぁ

藤琴川下ったきりで
シベリアの雪原《はらっぱ》さ
比島《フィリピン》の峡谷《さわ》さ
四つ這《ぬだばた》まま
仰向返《でんぐりきゃ》たまま
脆《あわ》げねぐ死んだども
あれがらハぁ
淡々《たんだ》ね河ばり流れでるばンだ

死んだ婆様ぁ　よぐ喋《さべ》たもだ
彼等《ありやど》ぁ帰郷《もど》て来えば
隣家《となん》ども
屋敷喧嘩も無《ね》べしなぁテ
醤油こだて借れだべなぁテ

晩方なたきや
まだ藤琴川さ鮭《さげ》ぁ遡上《のぼ》て来てしゃぁ
尾鰭《おっぽ》こぁ　ぼろぼろさひで
はぁはぁ口開げで
あれゃ　きっと彼等《ありやど》だべぁ

だども
ぽつんと八十ぅ年寄《としょ》りぁ
彼所《あっち》ねも　此処《こっち》ねもって
鮭の死骸《しげぇ》こぁばり数《かじぇ》でしゃぁ

役場ぁ無《な》ぐすな

誰《だ》ぁ
破綻《かまどけし》たんでら
役場ハァ
廃止《ね》ぐなっとやぁ

辺地《かっち》サ行《え》って見れ
萱葺屋根《かややね》コも破損《べっちゃぶ》れデ
晩秋《あぎしね》の風《かじぇ》ばり
谷底《さわこ》がら吹ぎあげで
そんた村コぁ
あどハァ不要《えらね》どやぁ

昔《むがし》むがし
石《えしこ》拝んで
石鏃《やじりコ》で兎コ狩猟《と》テ
村人《んんながら》
掘立小屋《のまごや》の燻《え》ぶった炉《えぬぎ》で
真っ赤だ顔《つらこ》して
少々《さっとこ》　前歯《しれえは》コ光《ひか》らひデしゃぁ

あれがら
何千年も
何百年も経って
どごがの機嫌取《したばらこぎ》だの
どごがの策略《さんびゃぐ》者だの
無能者等《はんかくしゃづど》
首《くんた》コぁじょくり揃えで
合併だの
市民権だのテしゃぁ

そんたごど
覚《おべ》ったんでら

大和尚ぁ
咳払《ひぎ》一つして逝《え》ってしまたおン
ぼがぁ〜とした冥途《ひあだりこ》で
檀徒《んんながら》どこ待ってるべしゃぁ

落葉コ

落葉コぁ　かさかさど飛んで行《え》がぁ
ままんで　魂《たまし》コみねんたもんだぁ
痩殻《やひから》で　萎返《ほできゃ》て
風《かじぇ》コさ乗《ぬ》て　どごまでも飛ぶ気だたべぁ

彼《あれ》サも
親族等《おやまぎど》ぁ神妙《あおぐ》なって
一夜《ふとばげ》
ベッドさ縋《たも》づがたども
眼《まなぐ》コぁハぁ半分死んで

ままんで　落葉コぁ
脆《あわげ》ねぐ落《お》ぢで行《え》ぐえでしゃぁ
狼狽《うるだえ》で手コぁ引張《ふぱ》ても
疾《えっち》ねハぁ　どごがで彷徨《まごづで》らべぁ

若葉《は》コの濡《やば》つ時季《じぎ》ぁ
紅葉《もみぢ》コの騒然《かちゃま》し時季ぁ
誰《だ》も相手《あで》なるもしねで
今《えま》なればええ彼《ふと》だで
未練《のごれし》てしゃぁ

あどハぁ
落葉コなテ　どごまでも飛んで
大空《そら》の　もっと遠《と》ぎい大空《そら》サ舞《と》んで行《え》て

何時《えづ》が　ひらひらど落《お》ぢできて
地蔵《じんじょ》さまの陰さ滞留《だま》なて
将来《やんで》ね　土コねなるって喋《さべ》るども
それで終《しめ》だたば　情けねしてしゃぁ

足元サ飛んできた落葉コぁ
どんと踏んでみだきゃぁ
俺《おら》だばまだ頑健《きかね》ども
ずう~と落葉コ追《ぼ》って見《み》だば
どっからが梵鐘《かね》コみねんたづ聞ける様《え》で
やっぱし　空耳だべぎゃ

泣ぐなぁ夕陽コぁ

祠コ

山林《やま》あるたテ
田ぁあるたテ
屋号《え》ばり護《ま》ぶってらけゃ
爺《じ》も婆《ば》ぁも死んだふりこえでしゃ

こんた箬でねがったども
笑うなテ
君等《んがど》だテ将来《やんで》ねおがしぐならんテ

誰《だ》ぁ
骨コ拾《ふる》ってけるが
墓だば動転《どでん》スだぎ立派《ええ》もん建《たで》で
庇《ひやし》コも落ぢで

何んぼね売るばテ
子等《わらしど》ぁ騒立《さだぐ》ひば
祠コぁ屋敷の隅コで
えひっテ一《ふと》つ笑うばんだべぁ

五十回忌

腕白《えぐ》ね童《わらし》でしゃぁ
葬式ね祭壇《がんぎ》さ登たきゃ
バナナど一緒《ふとづ》ね落ぢできテ
「舌抜《ばげ》がれっとォ」って怒鳴《おごら》えだきゃ
その夜ァ
舌コ舐めたり
眼《まなぐ》コぴくらぴくらテ
ながなが寝れねぇしてしゃ

あれがらハァ
五十回忌だど

東京弁で
仏様の前《まえ》さ座《ね》またども
えひらえひらテ
片方《どっち》が笑ってらべぁ

飢饉《けがつ》

山背《やまひ》風吹えで
津軽がらも這《は》てきて
何百人も死んだもんだテ
天保の話だどもなぁ

鏡コみねんた田面コも
秋なれば
畷《なで》サどがどか米《こめ》袋ぶなげで
罰当だり等《ど》ぁ

七十の年寄《としより》ぁ

誰ね騙さえだが
トラクターあ乗《ぬ》って
それでも鼻唄コ歌って行《え》がぁ

さわさわど風コ吹げば
飢饉《けがつ》の亡霊《たまし》コぁ
また彷徨《まや》めでる筈だぁ

君《んが》ぁ行《え》ったらえべ

朝っぱらがら
戦死者《へえたえ》の扶助料《ぜえんこ》貰るテ
郵便局の客席《えす》サ
ずらっと座《ねま》てしゃァ
あの年寄等《としよりこど》ァ
再《まだ》び騙《だまか》さえだまま
何処《どさ》が行《え》てしまたおン

誰《だ》ぁの目論見《もごろみ》だんでら
居間《えどご》のテレビぁ
サマワさ行《え》げってテ
遺族金支給《じえんこける》ってテ
今朝《あさま》っから喋《さべ》っ放しでしゃァ

居眠《ねふかぎ》してら爺様ァ
もぐらっと起ぎで
「んだら君《んが》ぁ行《え》ったらえべ」ってテ
ぼそっと怒鳴《おご》たきり
もちゃもちゃど
小用《ひんち》さ向がたども
あれだば
昔々《ずっとめえ》の敗残兵の背中《ひながこ》だおン

鳥インフルエンザ

鶏だば土で飼《あずが》うもだテ
牛《べご》だば青草《くさ》で肥《こえらが》すもだテ
そんたごどァ
議員方《ひんひがだ》ァ
若議員《わがひんひ》もだァ
力説《くぢ》ばんで無《ね》ぐ
鶏冠《きのごこ》だの
角《つのこ》だのサ　摑《たもづか》てみれ

そらっ鳥インフルエンザだァ
そらっＢＳＥだテ
そんたごど
銀座のど真ん中で
熱弁《あがごえ》たでで叫《さが》べば良《や》だァ
夜鶏《よんどりこ》鳴《な》けば
火事も前触《ある》テ
ブリマスロック《ぶりもす》ぁ

一羽背負《しょ》て嫁《よめこ》なて来たテ
それだば
隣家《となん》の婆様の話だでばなァ
だども
朝　鮮牛《ちょうひんべごこ》ァ
田面《た》さ泥濘《ぬがる》ごども
鳥小屋《とりごやこ》ァ
狐等《やろど》ね襲《ねら》われるごども失《ね》ぐなテ
村っこも
だんだん空洞《からっぽ》なテ行《え》ぐども

待でよ
鶏ァ風邪《かぜえ》ふえだテ
牛《べご》ァ腰抜がしたテ
そんたごど
笑わひんなでばハァ

山津波

童《わらし》ぁ
蜂ね刺さえたら塩塗《しおぬ》テおげっテ
婆《ばば》ぁ
腹病んだら富山の薬でも飲まひでおげっテ
そんでも
ヤブ医者の前《めえ》だば消毒匂《かまり》して
晩《ばげ》なれば
ぽかっぁ〜と門灯《あがりこ》ぁ点《つ》でしゃぁ

岳サ雪降って
怠者《からぽやみ》等《など》ぁ
犬貝焼《いぬかやぎ》こ突《つ》づぎながら大話ひば
貧乏神の産土様《おぼすな》も
にゃぁっと笑ってしゃぁ

あれがら
畔草《くろくさ》ぁ刈ってだ農夫《おど》も
ホラ吹《こ》ぎのカマス大工《でおぐ》も
胴巻《どまぎ》の大馬喰も
北朝鮮サでも攫わえだんでら
村落《むらこ》ぁ
がらぁ〜んとしてしゃぁ

だども
あの地響きだぁ
黙ってみれ
沢奥《さわほ》の方がら
ごうごうド聞《き》けでくっぺぇ
空耳で無《ね》ぇ筈だぁ
きっと
人攫等《ひとさらえど》の山津波の声だぁ

泣ぐなぁ夕陽コぁ

何故《なして》だんでら
縁側サ座《ねま》テ

夕陽コぁ眺《み》でらきゃぁ
ぼろぼろど涙コ落《お》ぢでしゃぁ

まだ熟年《わげえも》だど思ってらきゃ
ずっとずっと昔の話コばり喋《し》テ
丸《ままん》で中風でも当《あ》だったえね
涙コばり出《で》でしゃぁ

母《あば》サ従《かだ》テ
峠《ながれ》コ越えだ時《じぎ》も
「あの臼ぁ逆《かっちゃ》ねした山コぁ寒風山だで」テ
ぼやぁ～とした夕陽コの中で
母《あば》ぁの実家遠《と》ぎぃして
何故《なして》が涙コ光《ひ》かテらけぇ
兄貴《あんちゃ》だて出征ス時《じぎ》ぁ
汽車の窓コさ寄添《おかが》テ
あどハぁ帰還《もど》るごど無《ね》ぐ
今辺《えまだ》り
ミンダナオの掘建小《こ》屋《や》コで
夕陽コ見ながら
「ここは御国の何百里」テ

鼻歌でも歌《うだ》てらべぁなぁ
伸縮《しかまた》ステテコ履《は》えで
今日も縁側サ座《ねま》たば
蜩《かんかんひみ》ぁ
どっと鳴《な》えであったども
夕陽コさ引張《ふぱ》らえだんでらぁ
だんだん声コも小ちゃぐなテ
何が未練《のごれん》でらぁ
一声《ひとぎゃり》ぁ鳴《な》えだきゃ
それきり
沈黙《だまっ》テしまテしゃぁ

あの真っ赤だお天道《でんと》さま
まさが
明朝《あさま》ね
昇《あが》ってくらず忘れる訳《わけ》ねぇべども
何んだんでら心配《あづこ》テしゃぁ
密かに《ちょこっと》西空《そら》ぁ覗《み》だばぁ
大急ぎで《でたくたど》攫《さら》テ
泣ぎ泣ぎ沈《おぢ》で行《え》ぐぁ

何んもかも回転《まぐれ》で行《え》がズ
勿体《いだま》シども
泣ぐなでばぁ
夕陽コぁ

独《ふと》り女《おなご》

国旗《はだ》コの影がら
「待ってれよ」テ
小声《こちょっ》と喋《さ》べた貴方《あんだ》ぁ
今《えま》でも耳元《みみ》がら離れねぇしてしゃぁ

あれがら
姑ぁオラどご不愉快《うしゃらしぐ》ねぇテしゃぁ
恋愛結婚《すぎづれ》の泣ぎ別れだぁ
この竈《かまど》サだば不足《たん》ね女《おなご》だぁ
年上《へら》だんて騙《だま》がしたテしゃぁ

それでも
朝草刈テ
昼間だば湯づげ飯食《みしか》っ込んで
夜《ばんがた》なれば
編上靴《くづ》の音コさ耳コ立でで
表《めえ》サ出はれば
貴方《あんだ》どご
疲《こや》ぐなったぎ待ってしゃぁ

先日《ひどな》ぁ又右衛門橋のゴミソさ行《え》ったども
昨日《きんな》まだ外割田《とわりだ》のイダコさ行《え》ったども
冥土《あっち》ねだば菜の花畑ばんで
人影《ふと》コ一人《ふとり》も居《え》るもんでねぇテしゃぁ
今夜《こんにゃ》あだり意外《べろっ》と来るっかも知んねぇテ

だども
夜中《よま》なれば
まだ布団コも冷《さっ》けぐなテ
戦地がら届《つ》だ
たった一枚《えづめ》の葉書コぁ

ぴったと肌コさ付けで寝るばんだぁ
やっと帰還《もど》テ来たば
白木《しらぎ》の空箱《はご》の中で
位牌《えふえ》ぁでんぐり転んだままで
姑ばり
あえあえ泣えでしゃぁ

オラも頑健《きか》ね時《じぎ》だんテ
春先なれば
若勢《わかぜえ》みねんね馬耕《がこ》かげで
晩秋《あぎすね》なれば
素早《どおど》ど北海道サ飯炊《ままたぎ》ね出稼《え》テ
男気も疾《えっち》ね忘れでしゃぁ
涙コ一つも出るもんでねがった

今《えま》だば
孫童《まごわらし》まで悪口《あぐで》つで
嫁ぁ
婆ちゃの漬物《がっこ》だば食《く》なっテ
ただ家《え》の中ぁ
もちゃもちゃ歩《あ》げば

脚気でも無《ね》べばテ足ばり重《おぼ》でして
息子ね
邪魔《あしからみ》なるテしゃぁ
んだども
まだ逝《え》がえねどごみれば
貴方の背中《ひなが》さ
ぎっちり縋《たも》づがてらたべなぁ

今朝ぁ
入院ね行《え》ぐ時《じき》ぁ
「親父の分まで生《え》ぎれやぁ」テ
ぎりっと摑《つか》めだ息子の腕ぁ
貴方の骨節《ほねっぷし》ど全《ままん》で同《ふとっ》テしゃぁ
んだきゃぁ
やっぱり老齢《とし》だべなぁ
涙コぼろっと一つ粒零れでしゃぁ
ああ～よやっと
独《ふと》り女《おなご》ねなたえで
あやなぁ
忘れ物も無《ね》ねべぁハぁ

やっぱし昭和の子《わらし》だ

あの日《じぎ》もだぁ
役場から使者《こばしり》来てぇ
息子あ名誉の戦死だどぉテ

父《おど》あ
居間《えどこ》の敷居《しぎ》サ座《ね》またまゝ
一言《ふとごど》も口《くち》ぁ開《あ》がねで
母《あば》ぁ
棚下《たなもど》でぐすぐすっテ鼻かんで
柱時計《とげ》の音《おど》こぁ
無闇《のりで》ね鳴ってしゃ

晩方《ばんかだ》なて
裏手《かぐち》の畑サ行《え》ったきゃ
馬鈴薯《にどえも》の花こぁ
一面《じょっくり》咲《さ》えで
祖母《ばば》ぁ
ばっくり一株《ふとかぶ》抜えきゃ
芋蔓《えもづる》がらばらばらど黒土《つぢ》こぁ落《お》ぢで
小言《こごど》こつぎながら家《え》サ入《は》て行《え》たおン

あれがら五十年だどやぁ
父《おど》も
母《あば》も
祖母《ばば》まで死んでしまってしゃ
誰《だ》サ立ち向う《はねがる》ごども無《ね》ぐ
陸《まるくた》なものも喰《か》ねで
たんだ仕事《かひで》ばりえで
ばたばたど逝《え》てしまたおン

萱屋根こぁつぶれでぇ
田の畔《くろ》こぁ動転《どでん》スだぎ細《ほひ》ぐなてぇ
誰《だ》も
臑《すね》こモッペ穿《は》えで歩《あ》がねぐなったきゃ

あどハァ
昭和も終《おわ》て
五十年も経《た》て
んーながら

前《めえ》サばり行《え》ぐベスってしゃあ

だども
俺《お》らぁ
やっぱし昭和の子《わらし》だびょン
父《おど》ど母《あば》の子《わらし》だびょン
何んて喋《さ》べらえでも
土《どんべ》の中《なが》ぁ這《は》て来《き》たあの匂《かま》りど
あの時代《じぎ》だばハぁ
体《からだ》こサ染《し》みだまゝで
一生《えっしょ》ハぁ
引《ふぐ》づて行《え》がねばならねべなぁ

魚屋清助

馬喰

胴巻《はらま》ぎサ札束半分ぶ込んで
セリ場サどがっと座《ねま》れば
牛《べこ》コまで鎮《おどな》しぐならぁ
何んたてあの髭《ふげ》コぁ
権力《もの》コ喋《さ》べらたべぁ

魚屋清助

錆だらけのリヤカー置《お》えで
婆の上り場《あがりば》で濁酒《どぶろく》飲んでしゃ
童等《わらしど》ぁ

蛸の臍《へっちょ》コ抜《ぬ》えでも
清助《ひんけ》ぁ
「魚ぁ魚ぁ」て叫《さ》がんで行《え》ごん

怠け者《からぽやみ》

怠け者等《からぽやみど》ぁ
川原《から》サ火コ焚《た》えで
どかぁと発破で川魚《じゃこ》炙《あぶ》て
喧嘩サ嵌《はま》たきゃ片手吹っ飛んで
んで栄三郎《えんじゃ》ぁ
徴兵《へえたえ》サも行《え》がねがったおン

親方

作業員《ふと》死んだばて
丸太コ払下《さ》げれば
新円がばっと入て来るってしゃぁ
担当区の旦那ぁ
床の間サべたっと座《ねま》て
罰も何んも当《あ》だるもんでねぇてしゃぁ

百姓

先祖がらの田面《たこ》だもん
騙されんなて
たんだ働《がば》てれば穂コぁ出でくらぁ
強権発動だて
土蔵《くら》サびっちり隠して置《お》げぇ
息子《ひがれ》の勝《まさ》サだば喋《さ》べんなよ

神様

ゴミソの婆さま
アバ等《ど》ど集《あづ》べて
灯《あがり》コ見《め》え来るってしゃ
兵士《ちょへえ》こちゃ顔《つら》コ向《む》げで
「来た来た」って
随分《たえした》遠《と》ぎどこだおなぁ
蠟燭《ろそぐ》コぱっと消《けえ》だきやぁ
こやんたごどもあるもだって

泥棒騒ぎ六題

籾《もぎ》

体操場《たえそば》の隅コサ
生徒等《わらしど》ぁ収穫《と》た籾《もぎ》コぁ
もろっと積上《もり》げでらけゃ
次の朝《あさま》ぁ
巡査来て
教頭も一緒《てんご》なて
一粒《ふと》の籾《もぎ》コ齧《かじ》んながら
あっちゃ行《え》たりこちゃ来たりして
誰《だ》ぁ盗んだもんで
巡査も教頭も
童等《わらしど》ぁ
ごじゃごじゃっ居《え》で
んんな腹へってら時期だぁ

嫁《あね》

勘兵のオドぁ
離縁《わが》れだ嫁《あね》どご
畑《はだ》ぎのど真んながで捕めで
巡査サ引張《ふぱ》て行ぐてしゃぁ
嫁《あね》ぁ
春ね自分《わ》蒔《ま》えだ玉蜀黍《ときび》だテ
夢中《もじょ》なて捥《も》えであったども

おなご童《わらし》コぁ
嫁《あね》の脛こモッペさ
ぎりっと摑《たも》づがて居《え》だけやぁ

堤破り

やるどやるどテ強制《じゃひ》かげらえで
どっきどっきだども
堤の蓋《ずんぼ》ばくっと抜えだきゃ

水ぁどうどうど落ぢで
恐怖《おか》ねがったぁ
鯉だの鮒だの
でっくでっくど裏返《か》っちゃなて
動転《どでん》したおン
んで……
「どごの童等《わらしど》だばぁ」って
川下《しば》がら田主《おやじ》の大声《さがび》で
逃げだ逃げだぁ
家《え》サ行《え》てったけや
アバね

ええ鮒だテ褒めらでしゃぁ

萱

長松のオドぁ
鉄砲山の萱盗んだて
萱コ背負《しょ》ったまま
爺ぇちゃぁごめんしてけれ
爺っちゃぁごめんしてけれて
馬道《んまみぢ》ぁ
何回《なんぼぎゃり》もぶっ転んでしゃ
爺っちゃぁ
どごで目《まなぐ》コ瞑《つぶ》たもんだんでらなぁ

番兵

農業会の倉庫がら
早場米《こめこ》ねぐなるって
番兵つけで
それサまだ番兵つけで
夜《ばげ》なれば

倉庫の中がら
鰯《えが》ぁ焼ぐ香《かまり》コしてしゃ
最後《しめ》なれば
二十も三十も俵コ足《た》んねぐならたどや

甘藷《さづまえも》

「この甘藷とるべからず」
巡査ぁ
この立札コ見《め》ねがぁて怒《おご》たきゃ
泥棒ぁ
晩《ば》んげだんて見ねがった

……

窓の外さ
ぎらぎらテ陽コ照《て》て
真っ黒《く》れ顔《つら》コした巡査の童《わらし》ぁ
丁寧《まで》ね洗《あら》だ甘藷《さづまえも》ぁ
真っ白《し》れ歯コで
がりがりど食《かじ》てあったおン

田面《たもで》の中で

田面《たもで》サ
ぼやぼやと陽炎《えぎ》立《あ》がてェ
産土神《おぼすな》の父子《おやこ》のように《みねんね》
あの声《こえ》コァ
山麓《やまぎし》サ木霊《まぐれ》で行《え》がァ
——お父《どお》ォ
何したァ
来えどォ
何処《どさ》
家サ
何《な》んだァ
ふとき
客《ふとき》来たァ
誰《だ》サ
知らねェ
男《おどご》がァ
んんー
一人《ふとり》がァ

んんー
んんー

誰《だ》も
彼《か》も
襤褸《ぼど》着《き》て
手こサ肉刺《まめ》出して
鍬《か》振《ふ》るましてれば
希望《ええごと》あるて
あの声こサ
耳こ傾《かし》げだもんだ
――休憩《たばご》だどォ
も少《すこ》したでば
昼食《ふるま》だどオー
暗《くれえ》ぐなれば
終業《あがっ》とおオー

四十年《しじゅうねん》も
五十年も経《た》て
春なて
田《た》も
堰《ひぎ》も
直線《まっすぐ》ねのびで
がらあん
がらあんして
トラクターさ乗だ若者《わげもの》ア
無言《むすらっと》で
通《と》って行《え》ぐばんだ

あれがらハァ五十年

上《あ》がり場《ば》サ座《すわ》て
地下足袋《たがじょ》コ脱《ぬ》ぐ兄《あん》ちゃの背中《ひなが》コぁ
汗匂《あひかまり》コ残《のご》したまま
あれがらハァ五十年経《な》ったどぉ

知らねえ親族《おやこど》等ばり集《あ》づばて
院号《いんご》だの居士号《こじご》だのテ
五十年経《な》た墓石《ひぎど》の前《めえ》でうろうろっテ

まだぁ秋《あぎ》ぁ暮《く》れで行《え》がぁ
隣《となん》の清坊《ひんぼ》だテ
よぐ我家《え》サ来てぇしゃア
にこっと笑《ひ》えば入歯《は》コ光《ひか》てなぁ
木化石《きえし》擬《みねん》ね顔《つら》コのごしたまま
知らねぇ国《どご》で凍《し》みで死《し》んだテ
誰《だ》ぁ見《み》だ訳《わけ》でもねぇども
シベリアのホ向《む》えで拝《お》がんで
村外れ《しっぱ》のホ向《む》えで待《ま》たども
父母《おやし》ど死んだきゃハァ
家《え》さ施錠《さんこ》かったまま
五十年も過ぎでハァ

田コ売買《ね》ぐしてぇ
萱葺家《え》コ壊《ぶ》かしてぇ
ええ服装《なりこ》してぇ
夜中《よま》なてもがんがり電気つデぇ
誰《だ》も
なんも喋《さべ》っこどねぇ筈《はず》だって
んんって頭《あだま》っコ振《ふ》ってとも

昔《むがし》ぁこごサ
ええ若者《わがえもの》ばり住《え》で
沢山《いっぺえ》足跡《あしあど》コつけであったテ
向い《むげえ》の老人《としより》コぁ
もちゃもちゃど歩《ぁ》てらけぁ

雪《ゆぎ》コぱやぁと降《ふ》った農道《きゃど》コぁ
車コ騒然《かちゃましい》だぎ走《は》ひで
人《ふと》コ一人《ふとり》も歩《あ》ぐもでねぇ
裏手《かぐち》まやまやめで
雪《ゆぎ》の上《うえ》がら小柿《こがき》コ拾《ふる》たば
ぽかっと温味《ぬぐみ》コあテ
兄《あん》ちゃも
清坊も
この大木《き》の下《した》サ来て
ええ顔《つら》コして
本当《ほんと》ね
あれがらハァ五十年
……思ったなァ

人の逝ぐ村

人《ふと》の逝《え》ぐ村

あ、奴《あれ》まで逝《え》ったてがぁ
まだ白《しれ》え月ぁ　残ってらズなぁ

あの若者《わげもの》も
林の中ぁ彷徨《まごづ》でぇ
ズボンさ草虱《どろぼこ》えっぺぇつだまんま
ぶらぁーと揺《つらえ》であったど

俄社長だて
紙きれ一枚《えづめ》も無《ねえ》して
ぶす黒《くれ》ぇ顔《つら》コしたまま
手コがら
瓶コころっと落ぢだてしゃぁ

んんな
ええ人ぁ早ぐ逝ぐどもなぁ

この村コだば
朝《あさま》なれば
ダンプばり走《は》ひでぇ

昼間なれば
がらぁーと穴コ開《あ》えでぇ

夜《よま》なれば
年寄《としょ》りも若者《わげもの》も
なんだんでら狼狽《うるだえ》でしゃぁ

にっぽん一
人《ふと》ぁ死に急ぐ村だテ
好人《ええふと》だぁ
いだまし人《ふと》だぁてばり
喋《さべ》てらえねぇべなぁ

こんきゃもええ空だズなぁ
抜げったぎええ空だズなぁ
だども
夜なれば
何故《なして》だんでら鳥目コなテ
ふわぁと飛んで行《え》ごうなぁ

終雪《しめえゆぎ》

隣《となん》の5号室ぁ
ばたぁっと静寂《おどなし》ぐなて
ん〜ながら
でたくたど寝でしまたベァ

あの爺さま
ずすらァずすらど
廊下歩《あ》てあたども
ままんで

死神どご背負《おぼ》ってらけおなァ
一晩《ふとばげ》ね
百刈りも稲《えね》コ刈《か》たて
誰《だ》ァ覚《お》べったばなァ
冬林《ふゆやま》で軽妙《しばしけ》ねぐ
橇《しゃぶぎ》引したども
助平たがれだて
娘等《めらしこど》ァ
ぽかっと頬《ほぺだ》コ赤《あげ》ぐしたもんだど

何時《えづ》がらがァ
誰も見向《あで》ねぐなて
気力《えんか》抜げで
厩《まや》だの
稲部屋《えなべ》だので
黴《かぶ》けでしゃ
疾《えっつ》ね乾燥《はしらえ》だきゃァ
あの姿《じゃま》だぁ
わえぇわえぇて
小便コ出ねして逝《え》てしまたおん

町医者の泌尿棟
深夜《ばんげ》の廊下だば長《な》げしてしゃ
ままんで死神等ァ
じょえじょえど従《つ》で
あの爺さままで来《く》らァ

便器《ひんち》の前《めぇ》で気張《ぎば》て見だきゃ
暗ぇ窓さ
六十六の俺の顔《つら》ァぼやっと写て
終雪《しめえゆぎ》こァ
ばふらぁっと降ってらけおん

A病棟556号室

部屋の者《もん》だぁ
この盆内《ぼんなか》ね何《な》してまだぁテ
怪訝《おがしけ》だ顔《つらこ》してらども

死に生《え》ぎの病気《やめ》でも無《ね》んて
この窓がら
海サ連《ながま》る白神山地でも見で
骨休みでもしべしゃなぁ

だども
一週間も
同じ《ふとった》天井コばり見デれば
手術室サ入《は》たまま
本当ね生還《もど》テくるもだべぎゃテ
どぎらっと心臓打ってしゃぁ

この春ぁ
元彦《もど》さん逝《え》た筋向《すじむげえ》の室サ
昨夜《ゆべな》も
看護婦だの
親族《おやこ》の者《もん》だの
どやどやド小走《はひ》でしゃぁ
小一時間もしたきゃ
廊下の空気《かぜこ》も
急《きたっと》に止また様《え》デ

あの晩《ばげ》もだぁ
とろっと眠《ね》たば
麻酔でもかげらえだえね
空も
土も
人《ふと》も
何《な》も無《ね》え
がらぁんとした薄闇の中《なが》ぁ
一円玉でも拾《ふる》んながら
元彦《もど》さんどご
あわくて
追《ぼ》て行《え》たえんた気してしゃぁ

残暑《あつつじぎ》も過ぎデ
片方《かだほ》の腎臓で
水コのんでら津軽の爺様ぁ
まだ来《こ》えやっテ
えひらっと笑たども
後戻《あどじゃり》して
ちらっと表札見だばぁ

A棟556号室
俺《おら》の名前《なめこ》ぁ
でたくたど消したば
それだば命乞《いのちほえど》だテ
来世《あっち》でも大笑《わら》えしてらべぁ

死に様《じゃま》

祖父《じっちゃ》ぁ
戸板《といだ》サ担《かづ》かえで
「童等《わらしど》ぁ見るもんでねぇ」テ怒鳴《きまが》だきゃぁ
腹コまで鳥肌たて
小屋コで首吊《くびかが》りだったどや
あれがらぁやっと墓建《はがた》でだども
ぼやっと輪郭《じゃま》コばり残るばんだぁ
親父《おど》もまだぁ

どろーんとした瞳《まなぐ》で
空ばり見でらきゃぁ
でたくたど逝《え》ってしまってしゃぁ
脳溢血《あだる》って怖《おか》ねぇもんだ
涙コぼろうっと零してがら
五十回忌なたてなぁハァ

なんぼ見栄《ええふる》こえでも
人って死に様《じゃま》だべぁ
長げえ生涯《えきじゃま》でも
泡粒《ぁゎ》みねんね
ぽつらぽつらど出《では》てくるばりで
何ぁ残《ある》って　しゃぇ

俺《おら》ぁ
毎朝《まぇあさま》ぁ土手《どで》コ散歩《あて》らども
この道《きゃど》コぁ
ずーっと冥土《あちゃら》サ繋がてらズ確実《ほんと》だべども
何時《えづ》がぁ
赤《あ》げぇぐ枯れだ鬼薊《あじゃみこ》サ倒《な》がまて
ふくらふくらめでれば

誰《だ》がぁ迎《む》げね来《く》っぺども
待でよ
明朝《あさま》から散歩《あが》ズ止《や》めっかなぁ

貧乏神ぁ

乳《ち》コぁ

もっくらド腫瘍《はれ》だまま
大工《でぐ》の妻《かっちゃ》ぁ
激痛《いで》って
苦闘《じぐ》って
狂乱《もじょ》なってしゃぁ

次の朝《あさま》ぁ
馬鹿みねね静寂《おとなし》ぐなたきゃぁ
マルべの漬物《がっこ》ぁ
食《く》てなぁテ

そのまま逝ってしまてしゃぁ

大工《でぐ》もハぁ
息子《わらし》ね自殺《し》なえで
五十なて脳卒中《あだ》て
眉《このげ》コぁ
ぴくらっ
ぴくらってテ
心中《はらわだ》コまで煮だてらべどもなぁ

炊事場《みんじゃ》の窓コさ
蕺草《いぬのへ》だの
千振《ひんふり》だの
乾燥《はしら》えだまま
風コさ煽《ふが》えでしゃぁ
婆っちゃ
ん、んーんテ溜息コ吐《つ》で
暦コ剝えだきゃ
明後日《あさって》だば友引だべしなぁテ
医者《えしゃ》の銭コも
パチンコの銭コも

魚コ　買う銭コまで
どっからも降ってくるもでねぇ
間合《どがかが》せなるもんだテ
本家《おやぎ》の親父《おど》ぁ怒鳴《おご》っとも
ただぁ同情《ええふり》振りこえでるばりだ

集落《むら》の女達《おなごど》ぁ
あちゃこちゃ集団《だま》なて
葬式見《み》で
誰《だどご》を
睨める訳でも無《ね》ぇども
ただぁ
じょろじょろど
善《じえん》の綱サ摑《たも》づがってとも
まだ
ぱくっと離れてしまうべしゃぁれ

だども
町角《かど》コで
九《く》ん十なる隣《となん》の婆さま
「かっちぁー」テ

絶叫《さが》んだきり
黙って手コ合《あ》ひでらけぁ

冥土ねだば
あどハぁ
貧乏神ぁ居るもでねぇ
彼方《どご》まで行《え》ったがハぁ
ずうと山奥《おぐ》がら
底雪崩《ちちなだれ》ぁ聞《き》けで来《く》っとぉ

冥土テしゃぁ

冥土テしゃあ
雨も無《ね》ぇ
雪《ゆぎ》も無ぇ
単純《たんだ》ねぇ
白州の川ぁ乾燥《はしらえ》でぇ
音コの無ねぇ風《かじぇ》コばり

時折《ときたま》
流れでぇしゃあ
驚異的《どでんしだ》ぎ
人間共《ふとだ》ぁ
通った道《きゃど》だども
足跡《あしかだ》ぁ
一《ふと》つも見《め》るもんでねぇ
急《うるだ》ぐ仕草《ふう》も無《ね》ぐ
白装束《しれきもの》コ着て
雑念《なんだかんだ》ぁ
沢山《じっぱり》背負《そ》って旅立《えった》ったども
一回《ふとぎゃり》も後見《あどみ》するもんでねぇ

後悔《のごれ》ごどぁ
火葬場《やきば》で
全《でろっ》と焼えだども
魂コだば
誰《だ》がぁ彼《か》がぁ
拾《ふる》テけっぺぁしゃぁ

真っ白《しれ》ぇ骨コも
かりかりど砕《ぶか》れだきゃぁ
あどハぁ
人間《ふと》の切符《たましこ》まで投げでしゃぁ

ずぅ〜と後ろがら
善悪雑音《えだでこだで》も聞けっとも
誰《だ》ぁ一人《ふとり》
後見《あどみ》ぁしもんでねぇ

この寂寥《こさびし》ね所《どご》ね
爺さまも
孫爺さまも
その孫婆《ばば》も
きっと何処《どご》ねが居《え》るべばテ
みんな背中《ひなが》コばんでやぁ

彼等《あらど》ぁ
独《ふと》りだんテ

逝《え》ぐなテ叫《さが》んであったども
この痩顔《やひづら》で
今更《えまなて》罪だべぁ

あとがき

方言で詩を書くようになってからもう三十年は過ぎている。方言詩は面白い、懐かしいなどといってくれる人もいるが、難解だ、草臥れる、表記方法に無理があるなど問題点を指摘してくれる人もまた多い。それらの意見を参考にしながら紆余曲折今日に至っているが、喋りコトバをそのまま仮名書きするよりも、ルビによる方言表記の文体が最も適当だと思い、結局はそこに落ち着いている。

また、なぜ方言で書き、なぜ拘るのかと問う人もいるが、一応「方言を残したい、荒廃する村の姿を描きたい」など、いささか気障っぽい使命感めいたことを述べてその場を凌いでいる。だが、そもそもは、当時秋田魁新報詩壇の選者をしていた畠山義郎氏に「君はありふれた現代詩を書くより、方言詩をきっちり書いて有名になれ」と進言され、多少不純な名誉心もあったのか、それを真に受けて書き続け、更に「密造者」の編集人である亀谷健樹氏からは「同人誌には方言詩は貴重だ」などと煽られ、十三年前には第二詩集『道こ《きやど》』をまとめることができた。だが、方言詩に没頭しているうちにいつのまにか古稀を迎えてしまった。

これは、方言詩とはさして関係のないことだが、萩原朔太郎の作品に「郵便局」という散文詩がある。その結びに「郵便局といふものは、港や停車場と同じやうに、人生の遠い旅情を思わすところの永遠のノスタルヂャだ」とある。時代的に、また都会と田舎では郵便局に対する人々の想いも様々だろうが、朔太郎が愛着した郵便局という場所で、私は半世紀近く働き、変容する農山村を見続けることができたのは、ある意味でとても幸せだと思っている。

しかし、このところの農山村の変貌は著しく、平成の大合併とか郵政民営化などで村の構図が根本から崩れそうになっている。特に郵政民営化は、百三十年にわたって全国津々浦々まで根をおろしてきた郵便局が、根こそぎ奪い取られようとしている。朔太郎が存命していたらどんな想いで見つめたのだろうか。日本人の心のふるさとであり、日本の農山村を築いてきたはずの場所を、なぜ葬るというのだろうか。

そんな想いもあって、いまの時期に荒廃する農山村の姿をしっかりと捉えておきたいという必然性のようなものに迫られ、かつまた古稀という人生の区切りにあって、第三詩集『泣ぐなぁ夕陽コぁ』を上梓することにした。

タイトルの「泣ぐなぁ夕陽コぁ」は、本詩集の中の一篇からとったものだが、他の作品も総じて、老人たちの蠢く農山村の荒寥とした姿を書いたつもりであり、その光景はまさに西へ大きく傾く夕陽の時間帯のように思えてならない。「陽はまた昇る」という当然の希望もない訳ではないが、この時刻になっていずれ誰かに、何かを託すよりほかにない心境である。

本書の出版にあたり、帯文を書いてくださった畠山義郎氏には、前述のように最初からお世話になり、出版をすすめてくださった亀谷健樹氏からは常に激励され、秋田文化出版の横山仁氏には何かとご相談に応じていただき、各氏に深く感謝申し上げる次第です。

二〇〇五年六月

福司　満

第四詩集

友《やづ》ぁ何処《ど》サ行《え》った

二〇一七年刊

一章　此《こ》処《ご》サ生《え》ぎで

此《こ》処《ご》サ生《え》ぎで

オラの生まれだ集落《むらこ》だば
オドぁ[*1]　朝草ぁ刈って
どさっと　厩《まや》サ置《お》けば
牛《べご》ぁ　餌箱《きっち》ぃ　でっくり反転《かっちゃ》ねして
鼻っコ鳴らしてしゃぁ
オドまだ
朝飯《あさみし》ぃ三膳《さんべえ》も食ってぇ
ソンでも空腹《はらへ》ったテしゃ
「あぇ仕方《しかだ》ね」ってテ
アバぁ[*2]　もちゃもちゃド[*3]
隣《となん》サ飯《まんま》ぁ借《か》れんネ行《え》ってしゃぁ
んだども家中《えのなが》ぁ軋轢《さだぐ》も無《ね》ぇ
オドぁ　無言《むすらっと》まだ田圃《たもで》サ行《え》ったおン[*4]

昨夜《ゆべな》も
この町の住吉町辺《あだ》りで
酔っ払った若者等《わぎゃもら》ぁ
喧嘩コでもしたんでらぁ
大ぎた声してらきゃぁ
石《えしこ》サ座《ねま》たまま　寝ふかぎしてしまったおン
翌朝《あさま》なってぇ
あちこちサ煙《けぶこ》あがって
汽笛ぁ
ボー　ボーって鳴ったば
一番車がら　どやどやド人々《ふとど》おりで来てしゃぁ
あれがら二十年経って
五十年経ってぇ

筋向げぇの婆さまも一人《ふとり》暮なテ
トタン屋根サ「ペンキこ塗ったらええべぎゃ」ってテ
空コばり見でるども
あれだば
東京の方向《ほ》ばり見でらたべぇぁ
ん、息子等《わげもど》ぁ帰郷《もど》るが分《わ》がらねどぉ

鷹巣の町だっテ
駅前《えぎめ》ぇ　ずうと歩《あ》ってみれ
シャッターばりおりで
その隙間《われめこ》がら
厳《きつ》い目玉《まなぐたま》で見でればええども
溜息も何も
聞けでくるもんでねぇ

誰《だ》ぁこんた集落《むらこ》ねして
誰《だ》ぁこんた町コねしたんでら
これも時世《よのなが》だって喋《さべ》るども
何千年もして
未来人等《おがしけだもんど》だぁ
伊勢堂岱《いせどうだい》遺跡みね*5ね
夢中《もじょ》なテ　土こ掘返《ほっきゃ》げる訳ぇでも無《ね》べぇ

んだども
オラ等《ど》ぁ　現在《えま》　此処《ここ》サ生《え》ぎでらたどぉ
どひば　どひばっテ　溜息ばり出でくっとも
あの森吉山見でみれ
何も変わらねで、ホレッ。

＊1　父　＊2　母　＊3　もたもたと
＊4　～のだ　＊5　～ように

急遽《ぐっくど》ぉ山サ来い

むがし
もっとむがし
人等《ふとど》ぁ　山サ　山サ入植《は》テ
平和《あじまし》ぅ暮らしコして
千年も経ったば
山ぁ　恐怖《お》っかねっテ
平地《まぢ》の各地《あちゃこちゃ》サ群落《だま》なっテ

んだども
この地球だば
何時《えづ》ぃ

ぐるっと反対サ向ぐんでらぁ
活断層みねね
馬鹿者等《ばかもんど》ど一緒《てぇんご》なっテ
ぼかっ　ぼかっテ
何時《えづ》い　火ぇ噴《ふ》ぐんでら
平地《まぢ》ぁ
みる残骸《じゃま》だべぇ

そんたごどで
心配《あんちこ》た訳《わげ》でねども
彼等《あらど》の血筋《まぎ》だんでら
得意《えっき》なテ
まだ平地《まぢ》サ
大勢《ふとどご》お集《あつ》べでぇ

ええ
たった一人《ふとり》でもええ
急遽《ぐっくど》お山サ来い

露月先生《ひんひ》ぁ村さ来た

汽車コも通らネ在郷《じゃんご》サ
露月先生《ひんひ》ぇ　左木《さぼく》先生《ひんひ》ぇ
京都がら三幹竹《さんかんちく》先生《ひんひ》も来《き》てぇ[*1]
素波里《すぼり》で吟行《はいくかい》だっテしやぁ

地主様《だんなさま》の厩《まや》がら馬《んま》ぁ三頭仕立《した》でデ
その後《あど》列サ近郷《そごら》の三文俳人《ひんひがだ》だの
屋根裏《うらにげぇ》の文学者気触《ものかぎかぶれ》だの
じょえじょえど[*2]野道《きゃど》コさ続《つづ》でぇ

村の百姓等《ひゃくしょうど》ぁ畔《くろ》コ立ったまま
あの怠者等《からぼやみど》ぁっテ悪態《あくでっ》吐ぐども
凡人等《ただのふとど》で無《ね》ったべぇ

崖山《いわがんけ》さ唸ってぇ　亦《まだ》一句書えでぇ
晩《ばんげ》なったば分校《がっこう》の体操場《たいそば》で
あれぁ佳作句《ええく》だ　駄句だのっテ
訳の分がらネ酒コさ酔ってぇ

三、四十人もごろ寝してしゃぁ

俺ぁの知ら無《ね》ぇ昭和三年葉月《はづがつ》でぇ
露月先生《ひんひ》ぁ村さ歴史《みやげ》コ残《おど》してぇ
「君を訪へば鮎の背音の高まさる」
碑ぁぽつんと建ったままでしゃぁ

＊1　石井露月、佐々木左木、名和三幹竹の俳人たち
＊2　ぞろぞろと

秋祭《まづり》

神社《おみや》の石段《えしだん》
はぁはぁ息切《えぎき》らして登《あが》たば
何時《いづ》の間《め》ねがぁ　百五段もあってえ
俺《おら》も　これで見納めだべなぁテ
つくづくど集落《むら》っコぉ一望《なが》めでしゃぁ

四年ね一回《ふとげやり》の当番丁《とうばんちょう》でぇ
黴《かぶ》けだ拝殿サ
氏子等《うじこど》ぁ　じょっくり頭コ揃えでぇ
神主《ほげんさま》ぁ　おーおっ　おーおっテ

遠ぎぃ瑞穂の国がら
産土神《かみさま》どご呼《よ》ばたばぁ
しゃりりん　しゃりりんテ
巫女《みこ》ぁ振る御鈴《おすず》サ
すうーと降臨《おり》で来てしゃぁ

氏子等《うじこど》ぁ大騒ぎして
産土神《かみさま》どこ神輿《みごし》サ乗《ぬ》ひれば
何処《どご》がらがぁ　猿田彦《てんぐさま》まで降臨《おり》で来て
神幸行列《ぎょうれつ》の道案内《きゃどばらえ》してしゃぁ

村人《おどな》だの　若勢《わがじぇ》だの
そらぁーぁ来た　そらぁー来たテ
笛ぇ吹えでぇ　太鼓《てご》ぉ叩《ただ》えでぇ
大名行列だの　駒踊りだのっテ
先祖の先祖がら
豊作だぁ　萬作だぁテ

産土神《かみさま》どご持成《もでな》してしゃぁ
だども
集落《むら》っコねだば　だんだん人影《ふとこ》も見《え》ねぐなてぇ

ああ
あの時《じぎ》の若勢等《わがじぇど》ぁ
駒踊りサ夢中《もじょ》なてあったども
誰《だ》ぁ連《つ》で行《え》たんでら
破《むじゃ》げだ軍服まま
サイパンの熱砂《すな》で
シベリアの凍土《つち》で
あの甲高げぇ笛コだの
ずしん　ずしんテ響ぐ太鼓《てご》だの
うつらぁ　うつらっテ聞でるべぇ

あの連中等《れんちゅうど》ぁ
今年《えま》だりだば
百五の石段も登れねぐなっテ
きっと神輿《みごし》サ乗《ぬ》って
ぐるっと集落《むら》っコぉ一望《なが》めでるべども
赤茶気《さび》だ空家の屋根コぁ見でぇ
顔《つら》コぁ顰《しか》めでるばんだべなぁ

集落《むら》コサ雪ぁ降っとも

念仏《ねんぶつ》コ終ったンでら
女達《おなごど》ぁ
雪下駄《ゆぎげだ》コぁ
きゅっきゅっど鳴らして
灯《あがりこ》の下サ潜《もぐ》って行《え》がぁ

こんたね凍《しば》れる夜《ばげ》だば
一週間《ふとなのが》ね三人死ぬテ
寒気《じゃわめぐ》する話だぁ

「今度《こんだ》ぁ俺《おら》の番だ」テ
年寄《としより》コぁ
小言《こごど》つぐふりスども
息子夫婦《わげえもだ》ぁ

小憎らしい《うしゃらしぐねぇ》ンでら
車でぶっ走《はひ》だじゃ　ほれ

この集落《むら》コも
何時頃《えづごろ》がらがぁ
雪《ゆぎ》降って
家《えっこ》つぶれで
鳥ぁ鳴《な》えで
人《ふと》ぁ死んで
まだ死んで

親方《おやぎ》の若旦那《ののさま》ぁ
何処《どご》で放浪《ほろけ》でランでら
屋根《やねこ》サ三尺も雪積《ゆぎあ》がたままでしゃぁ

そして

まだ冬来《こ》えば
分家《べっけ》の年寄達《としよりど》ぁ
じょっくり顔《つらこ》並べでぇ
雪《ゆぎ》の破風《ぐす》ぁ見上げっとも

何時《えづ》の間《こめね》が
眼《まなぐこ》まで狡《ずれ》ぐなて
すごすご
家《え》サ戻《は》て行《え》がぁ

雪《ゆぎ》ぁ

来年も降っぺぁ
まっと降っぺぁ

だども
やがて《やんでねぇ》
年寄《としより》コも
百万遍《なんまえだあ》の鐘《かねこ》も
んんな吹雪サ包《くるま》たまま
捲《ま》ぐれ飛んでえ
ただの雪原《だえっこ》ねならたべぎゃぁ*

＊雪原になるだろうか

雪

家《え》も屋敷《やしぎ》も
どがどがド雪《ゆぎ》さ埋《ん》まテ
ブルぁ大威張《おおえば》りで来《く》っとも
まだ降って　まだ降って
—俺《おら》ぁ昔《むがし》から此処《こご》さ降ってぇ
—此処《こご》さ降って何故《なして》悪《わ》りがテぇ＊

んだども昔の雪だば
もっと性格《たぢ》良《え》がった
踏んでも転んでも
ケラケラ笑ってばりデ

夜《よま》なれば
裸電球《はだがでんき》ぃ点《つ》で
飯《まんま》ぁ食《く》って　餅コ炙《あ》ぷテれば
雪等《ゆぎど》ぁ　ぼたぼたド来《く》っとも
よぐ聞《き》デみれ
小言コ吐《つ》ぎながら
すごすご戻って行《え》ぐべぇ

＊悪いのかと

村っこ五題

無念《おっちゅ》のオド

戦争敗げたきゃぁ
無念《おっちゅ》　無念《おっちゅ》ッテ
あのオドぁ
まだ其処《そごだん》で
彷徨《まちゃ》めでらベェ

悪童《ごんぼほりわらし》

足ぁバダめがひだ悪童《ごんぼほりわらし》ぁ＊
東京弁べらめがひデ

早ぐ嫁もらえじゃっテ
婆《ばば》ぁ
急遽《でたくたど》　墓石《えしこ》サもぐたんでね

ほれっ

*バタつかせた

不思議《おがしけ》だ夏《なつ》

涼台《すずみでえ》サ豆腐《とふ》コ置えだまま
誰《だん》だばぁこれ
蜩《かんかんひみ》　ね小便《しっこ》かげらえっと
ンだども
蟬ぁ急《きたっと》に止《と》まって
不思議《おがしけ》だ夏だなぁ

散歩

土建《どかだ》も不振《やずがね》んでら
ダンプも走《は》ひねぐなテ

裏道《かぐち》だば
ずすら*　ずすらっテ
まだ元教師《ひんひ》だベェ
息《えぎ》い切らしてらズぃ

*ずしずしと

んだんだ

怒鳴《きまが》えでも
んだ　んだって
首縦《くんたたで》ね振る奴《ず》
大勢《えっぺぇ》　居《え》であったもだ
横《よご》サ首振《くんたふ》る
隣《となり》の爺ちゃだば
シベリアがら戻テ来たおン*

*来たもの

米代川河口

二月の河口《かわじれ》って
こんたね静寂《おどなし》ってがぁ
川も海も
ぼやぁと寝だまままでぇ
眼《まなぐ》コ閉《し》めで
対岸《むぎやがわ》の家々《えっこ》ぁ見だば
偶《たま》ね
ちょろっと動ぐばんでえ*1
遠ぎ火力発電所の煙《けむこ》ぁ
村の火葬場みねね
真っ直ぐねのぼってしゃ

河口《かわじれ》の白《しれ》ぇ病院サ
まだぁ逃亡《にげ》で来たども
ステンレスの点滴棒サ繋《つな》がえでぇ
このまま
河口《かわじれ》サ投げらえだら反撃《どひ》ばなぁ
医者《えしゃ》も看護師《かんごふ》も

んんな親切《ええふり》こえでっとも
ぱたっ　ぱたっテ
夜中《よなが》のスリッパの音《おど》コ聞《き》でみれ

河口《かわじれ》の二本目の古橋《はし》サ
ヤマぁ（友人の愛称）飛び込んだヅ
五十年も昔《むがし》の話だ
今頃《えまだり》ぁ
河口《かわじれ》の海底《そご》で
にゃっと笑ってらべぁ

鹿角の奥ぐでぇ
白神の麓村《むらこ》でぇ
すぐ其処《そこ》の東雲原《しののめはら》でもだぁ
年寄等《としよりど》ぁ
食卓《テーブル》サ投薬《くすりこ》ずらっと並べでぇ
同《ふとった》　ぁ新聞ばり
何回《なんぼぎやり》も裏返《かっちゃね》して読んで
ただね
天気《そら》ばり褒めでしゃぁ
誰《だ》どご待って

何処《ど》サ行《え》ぐ気だんでらぁなぁ*2
鉛板《なまりこ》みねんた河口《かわじれ》ぁ
さわさわど
風コ《かぜえ》渡るども
あれだば
川底《そご》の人魂《たまし》っコの声だべぁ
鹿角がら流れでぇ
白神がら流れでぇ
東雲原がら流れでぇ
小石《えしこ》なって
んんな此処《こご》サ集《あ》づばってなぁ

ん
だどもまだ早じゃぁ
もう一回《ふとぎやり》米代川ぁ遡上《のぼ》ってみっかぁ

*1　ばかりで　*2　気なんだろう

村唄百万遍

ナンマエダー
ナンマエダ
婆様ぁ拝《おが》だきゃぁ
地震も止《と》まテ
赤痢疫痢《ひぎりえぎり》も　んな逃げだ
ナンマエダンブツ
ナンマエダ

オドぁ
夜明《くれえ》から田仕事《たかまし》しても
困窮《ひづね》ぇ家計《かまど》で　煙草もふげねぇ
んだども
ナンマエ
ナンマエダー

長男《あんちゃ》も次男《おんちゃ》も
日の丸背負《しょ》って
どごで死んだが　白木の箱《はご》だぁ

ナンマエダダンブツ
ナンマエダ

あれがら始《はじま》た子守唄《あだこうだ》ぁ
懲《こ》りね若者等《わげえもど》ぁ東京サ向《のぼ》て
彼方《あっち》ね此処《こっち》ね
空《からぽ》の飯詰《えちこ》
年寄等《としよりど》ぁ
ぴくらぁっと死んだふり
ナンマエダンブツ
ナンマエダ

平成なっても狼狽《うろず》ぐ村コ
空家《あぎや》もべっちゃり
大工《でご》まで追《ぼ》って
髭《ふげ》の若者等《わげもだ》
何処《ど》サ行《え》ぐが
膝小僧娘《ひじゃかぶめらしこ》ぁ
何処《ど》サ行《え》ぐが
その先《さぎ》ぁ
ナンマエナンマエダー

ナンマエダンブツ
ナンマエダー

大津波

天保四年の
その次の年がら
村ね　食物《くうもの》ぁ無《ねむ》ぇぐなって
三太郎の婆《ばば》も
甚兵衛の童《わらし》も
権助オドも
顎ぁ尖って
脚もなも柴ッコ様《み》ねんなテ
ばたばたどぉ倒れでぇ
ままんで
天空《そら》がらの大津波みねね
三百五十人も浚わえでしまったたドぉ

まさがぁ
まさがぁって思うべえ………
食物《くうもの》ぁ無《ね》ぐなったら
山がら蕨でも採って来えばえべすぃ
米っコ無ぐなったら
隣家《となん》がら借《か》れだらええべすぃ
銭んコ無ぐなったら
役場サ走《は》ひで行げはえべすぃ
そんた世の中だぁテ言うども………
人間《ふと》ぁ少し余裕《はらつりや》ぐなれば
不思議《おがしけ》だ事《ごど》やるもんてしゃぁ

んだべぇ………
この前《め》えの事《ごど》ぁ　忘れだがハぁ
筋向げの修一も
俺らの長兄《あに》も
南方の熱砂《すな》サ埋《ん》まテ
槻《つぎのぎ》の下の養太郎も
その弟《おんじ》の芳一もだぁ
ソ連の森林《やまなが》で凍《し》みでしまテ
なんぼ待っても
若者等《わげもんど》ぁ戻って来《こ》ねぇ
二百三十一人もだどぉ
あれだってやぁ
人間《ふと》の起《おご》した大津波であったべしゃぁ

こんどまだ
平成四十年なれば
村の住民《ふと》ぁ半分居《え》ねぐなるってよ
過疎だ
予告だ
予想だって言うども
それだば
さわっ　さわっテ　波コ寄《よ》ひる様《え》ね
誰《だ》ぁが仕掛《やら》ひでるごどだべぇ
地球サ罅《ふび》ぁ入《は》るどが
隕石《ほし》ぃ落ぢでくるどが
そんた予想ど違わたどぉ

それよりもやぁ
あの
ピカッと光って

シュシュって煙コ噴《は》ぐ
訳のわがらねえ大津波ぁ
何時《えづ》がぁ
天空《そら》がらでも来るがも知《し》んねえ
んだども
それだば人様のやってら芝居《しばや》だべぇ

止《や》めれっ
この猿回等《さるまわしど》ぉ

愛と恋の「獅子踊り」

幼少の頃《わらしだじぎ》ぁ
神社《おぼすなさま》の境内《にわ》で
獅子踊り見でらきゃぁ*1
どごだんでら
異様《おがしけ》だ感情《きもち》コなってしゃぁ

青獅子《ながじし》ぁ
ぽんぽん跳ねれば
黒獅子《おじし》ぁ
追駆《ぼっか》げで
背中《ひなが》コ引張《ふば》てぇ　首《くんた》コ捕《つか》めでぇ
どっちが　かっちだが分がらね程《だぎ》ぃ戯《たらけ》でぇ
それでも
チャランノレー　チュウレイライって
笛ど太鼓《てご》で　囃子《どんどん》めがしてしゃぁ*2

赤獅子《めじし》ぁ
ぼさっと立ってらきゃぁ
何《なに》ぃ思えだしたんでら
しなしなど摺り足で
その喧嘩《さわぎ》コさ入《は》ってぇ
青獅子《ながじし》さ　ぴたっと体コくっつけで
んだがど思えば
黒獅子《おじし》の腕コさ摑《たもづ》がて
チャランヒラ　チャランヒラってしゃぁ

四百年前のむがし

佐竹の殿様ぁ
常陸国がら国替《なが》さえで
なんもかも無聊《もやもや》してら頃《じぎ》ぃ
あっちの村でも
こっちの村でも
チャランノレー　チューレライって
殿様どご慰めだったどぉ

そんたごど　どうでもええども
んだども
よぐ見でみれ
あれだば悋気諍《やぎもちけんか》だべぇ
旅先での夫婦ぁ
若者ね　若妻《あねちゃ》ぁ略奪《かばら》えで
夫《だんな》ぁ　狂気《もじょ》なてしやぁ
叫《さが》んで　探して　立ち向《とっかが》って
漸《よやっと》く元の鞘さ収めだって話だぁ

あれがら
四百年もの間《あえだ》ぁ
なんだんでら　よぐ分からねども

誰《んんながら》もが
ん　ん　んって
相槌《あえづづ》ばり打って
見物してれば
ぽかぁーと温《ぬぐだみ》コきてぇ
踊ってみれば
愛だの　恋だっての　胸底《こごろコ》さ密《ちょこ》っと隠《かぐ》れでぇ
あーあぁ
これだば俺等《おらど》の生様《えぎざま》だぁ
ずうと　ずうと
この村コさ残《のご》しておくべぇ
んだべえ
そだべえ

（第二十九回国文化祭朗読詩）

＊1　見ていたら　＊2　鳴らして

待合室にて

薄暗え廊下の長椅子サ
誰《だ》も彼《か》も
地蔵《じんじょ》コ様《みね》ね
ずらぁっと座《ねま》テ
二時間も　三時間も
目玉《まなぐたま》ぁ
伏ヒだり回したりしてえ
漸《ようやっと》く　番号札ぁ　呼ばれだば
返事もしねェで
もちゃもちゃど歩《あ》ってぇ

仕事ぁ辞めだ時《じぎ》
ままんで凱旋でもした様《え》ね
診察室で胸っコ広《はだ》げで
緩《ゆ》りだ心臓の箍《たが》コ填めなおして
胃腸《はら》穴コ鋳掛《えがけ》だきゃぁ
何処《どこ》だんでら塩梅《あんべ》コ良《え》えして
ずるずるど

詰所ねして仕舞テぇしゃぁ＊1
確か
現場ね居《え》だころ
この先ねえ
真っ白え大ぎだ広場コある筈だテ
ぐっと睨めであったども
今《えま》だば
からからど乾燥《はしら》えだ
果《めね》で見ぇ道路《きゃど》コぁ
どかっとあるばんだ

ああ
この足で
石巻サでも
寄り道《みぢ》してみっかぁ。＊2

＊1　仕舞いたいんだな　＊2　見ようか

二章　まだ生《え》ぎでらたがぁ

まだ生《え》ぎでらたがぁ

この冬がら春先《はるさぎ》サかげで
ごろごろど　人《ふと》ぁ死んで
その度《たんび》ね
頭《あだま》コぁ
わった　わったど[*1]　叩《ぶったら》がえでしゃぁ

其処《そご》辺《だ》りサ　蹲《つづぐば》て
大《おお》ぎだ呼吸《えぎ》して
親指《おでえび》ぃ　人差し指《ふとさしえび》ぃ　中指《ながえび》ぃって
順序ね折ってみだども
やっぱし俺《おら》サ
順番《ばんこ》ぁ　来たたがも知れねぇ

六月なって
庭石サ坐《ね》まてれば
ひゃっと山背《やまひ》ぁ吹《ふ》ぐども
腰だんでら　膝《ひじゃかぶ》　だんでらぁ
顔《つら》ぁ一杯《えっぺ》ぇ顰《しか》めでるども
不思議《おがしけ》だ皮膚《かわこ》ぁ光線《びら》めがしてぇ
青大将ぁ
にょろり　にょろり這ってしゃぁ

龍神様ねも見捨《ばがね》さえだが
そこで蜷局《へっちょま》巻えでぇ
「まだ生《え》ぎでらたがぁ」だどぉ
なに　なにぃ
んだら
石でも打付《ぶつけ》でやっかぁってテ
痩《や》ひだ筋肉《うでつぷし》ぁ摑《つか》めでみだば
ぴくっ　ぴくってしゃぁ
ん

俺もまだ戦《や》れるなぁテ
其処《そご》サ
石《えし》ぃぼだっと落どしてみだおん[*2]

＊1　ばんばんと　＊2　みたのだ

朝鮮牛《ちょうひんべご》

世《よ》ん中《なが》ぁ騒然《がや》めでも
和牛だの短角だば
悠然《やぐやぐ》ど青草《くさこ》食《く》ってあったモだ

んだども
朝鮮牛《ちょうひんべご》ね産《ん》まれだばンで
鼻環《はなかん》入《ひ》らえでしゃぁ

田掻《たかまし》なれば
しゅっ　しゅっテ
鞭《ぶち》アとんできて
そんでも
目《まなぐ》コぁ細《しぼ》めで
谷地《やち》田《た》コ漕《こ》えでしゃぁ

時々《たまね》
畔草《くろくさ》アぱくっと食《け》ば
「この狡助《ずろすけ》っ」ってテ
まだ後方《しっぽ》がら
ばしっとくらぁ

元々《もどもど》ぁ
牛《べご》ってテ鈍重《のれ》もンだども
誰《だ》も知らねふりしてしゃぁ

夜《よま》なれば
厩《まや》サごろっと寝でぇ

肋骨《あばらぼね》アばりばりってテ鳴っても
ゆったりど反芻《はみぎや》スばんで
一回《ひとぎやり》ぐらえ
モーってテ泣《な》えだらえべぇ

大昔《むがし》ぁ
丸木舟《ふね》で大海原《うみ》越《こ》えで来《き》てぇ
この前《めえ》の戦争《いくさ》でも

輪送船《ふね》サ乗《の》ひらえで来てぇ
彼等《んがど》より
もっとええ血筋《ちこ》ぁ溢《あく》てらべばテ
朝鮮牛《ちょうひんべご》だァ朝鮮牛だっテ
童等《わらしど》ねも使役《つかわ》えでしゃぁ

そしてらうぢね
訳《わげ》の分《わが》らねまま交尾《かげ》らえで
厩《まや》の藁《わらこ》サぼどんと落《お》ぢだばぁ
それっ朝鮮牛《ちょうひんべご》だぁ
それっ廃牛鍋《なんこなべ》だっテしゃぁ

んでえ
何時《えづ》の間《めぇ》ねが
畷《なで》がらも畔《くろこ》がらも
全然《でろっとえ》居ねぐなてぇ

親父等《おどど》ぁ退屈《とんでえて》ぐなて
少々《えっとま》韓国サ行《え》って来るっテしゃぁ
今度《こだ》まだカルビー食《く》ねがぁ
この罰当《ばつあだ》りぁ

蝮《くそへび》

踵《あぐど》サ　にょろっと触《き》テ
―足元《した》ぁ見だば
銭形《じぇんこがだ》ぁ付《つ》だ胴腹《どっぱら》ぁ
ぬらっと捻《ま》げで
口がら
かっか　かっかテ
毒ぅ吐《は》ぐども
オラの靴サだば
歯もただねべえ
……
様見《じゃまみ》れえ

草叢《くさわら》サ
蜷局《へっちょ》まえで
眠《ね》だふりして
人間《ふとさま》どご狙っとも
世の中ぁ
そんたね甘ぐねもんだぁ

黙って
鼠でも食テればええものぉ

何年も前《め》ね
隣りのオドぁ
地下足袋《たがじょ》まま
ぼっつり齧《かじ》らえで
二月《ふたづき》も入院してしゃぁ

その敵《かだぎ》でもねども
鉈《なだ》で
すぽっと首《くんた》ぁもえだば
頭ばり跳ねでえ
びくらっ　びくらっテとも
やっぱし執念《ねっちょふ》深けたなぁ[*1]

そんでも
君達《おめど》の仲間《ながま》ぁ
妖艶《びら》めだ体色《はだ》して
半端だ体長《たげ》して
まだぁ

にょろにょろど這テ
人間《ふとさま》の心臓サ
冷水《ひやみず》ぃ　ぶっかげで
知らねぇふりしているテがぁ
ごろっと
石の上サ横《なが》まテよぉ

あれだば
何十億年テ生ぎできた自信だべぇ
んだども
オラみねんた嫉妬家《やぎもちやぎ》も居《え》っとぉ
躊躇《まちやまちや》めでれば
じゃっくりど
トドメ刺さえっとぉ[*2]

＊1　深いだろうな　＊2　刺されるぞ

熊

成田与四郎（八八歳）
………の話だぁ。

昔ぁ
シベリアで何回《なんぼきゃり》も
死ぬめねあったども

………
三年前えだぁ
山畑《はだぎ》で休憩《えっぷぐ》してらきゃぁ
べろっと親子熊《くま》ぁ出でぁ
心臓ぁ破裂し程《だぎ》
だぐだぐっテ
髪の毛ぁ
じゃわじゃわど逆立《たって》ぇ
これで一巻の終わりがぁっテ

親熊ぁ
真ん前《め》でぇ
ンーウーって
真っ黒《くれ》え胴腹《どっぱら》から唸ってぇ
唾《えぎ》い　どくんとのんだども
慌《うるだ》ぐなっ
視線《まなぐ》ぁ離しなぁテ[*1]
親指《おでえび》ぃ　ぎりッと握ぎてみだぁっ
一〇秒　二〇秒………
尻《けっち》までびりびりした時間《どぎ》

どかっと　何が
手鎌《かま》サ当った様《え》だども
気ぃ　つだば
真っ黒《くれ》えもの二つ
どんどド逃《は》ひで行《え》ったおン

あの時間！
あの時間！だ
三月十一日も
あん様《た》　時間の中《なが》ぁ
ンーンな海サ
浚《さわ》わエでぇなぁ[*2]

＊1　離してはならない、と

＊2　浚われたよなぁ

猿

山猿《やまじゃる》　子猿《こじゃる》
今朝も
山岸の稲コさ　小便コかげで
葱の白株《ねっこ》ぁ
全部《でらっと》毟って
尻捲《けっちま》ぐって
吹飛《ふっと》んで行《え》ぐども

オドぁ
無念《おっちゅ》　無念《おっちゅ》ーテ
唇《くぢ》ぁ尖《とが》けでも
藪《じゃらかぶ》の中で
真っ赤だ顔《つら》コして
えひっと笑っテ
えーえっ
この畜生　くたばれ
山猿　子猿

んだらっテ
隣《とな》ンの兄《あんちゃ》ぁ　どどんと一発
片目っコ瞑《つぶ》て　ライフル構えだば
嫁《あねちゃ》ぁ
動物愛護だの
なんだのテ叫《さ》がんでよ
兄《あんちゃ》ぁ
檻《ろう》さ入《ひ》らえるっテの騒ぎだぁ
岳《やま》のど真ん中さ　道路《きゃど》コ通《と》して
清流《かわ》さダム建設《こしゃ》だば
君達《んがど》の縄張りだぁてえ
それ　誰《だ》ぁ決めだもんだぁ

待《ま》でよ　待で　待で
俺達《おらど》だテ縄文《むがし》時代がら

此処《こご》の主だどぉ
粟も　蕎麦も　黍《きび》も植えだたどぉ

君達《んがど》ども
先祖様ぁ一緒《ふとつ》テ喋《さ》べっとも
笑わひんなぁ＊
頭脳《あだま》コぁ違うし
怠者《からぽやみ》でもねぇどぉ
それさやぁ
君達《んがど》ぁ産児制限もしてるがぁ

んだども
見でぇ見ねぇ振りス　人様《ふとさま》も居《え》でえ
ほら
今日もまだぁ
山村《やま》がら人《ふと》ぁ下りで来《く》らぁ
空家ねなったば
熊吉《くまぎち》まで来て
そんたね笑うな
この山猿　子猿めえ

＊　笑わせるな

老猫《くろ》

薄暗《うすぐれ》ぇ裸電球《でんき》の下で
八百匁《もんめ》の赤子《あがご》ぁ
ばちゃばちゃど
盥《たらえ》コで洗わえでぇ
三島由紀夫だば
生《ん》まれだ時《づぎ》の光景《あがり》コぁ
ぽかぁーと見《め》だテいうども
あれだば嘘だべぇ

三つなった時《づぎ》ぁ
堰《ひぎ》さ流さえで
草《くさ》コさ摑《たもづ》てらどご
悪童《あくたれわらし》ね助けらえで
子守《あだこ》ぁベソ《べちょ》かえでえ

あの悪童《わらし》もハぁ戦争で死んでしまっテ
学校さ入学《あが》っだごろ
親方の山桜の実コ盗《と》ってぇ
樹木《き》がら落ぢでぇ
前歯《めば》ぁ二本も欠げでぇ
出店《めひ》のアンチャね
医院《えしゃ》まで抱《だ》かえでしゃぁ
アンチャの汗臭《あひかまり》コぁ
今《えま》でも　つぅんと鼻さ残ってぇ

国民学校四年の時《づぎ》ぁ
森林軌道《ひんろ》の草取りしてらきゃ
豆訓導《ひんひ》ぁ
童等《わらしど》どご
ずらーっと並べで
殴《ぶったら》 えでぇ
自分《わ》も
何故《なして》ぇ叩《ただ》えだが
よぐ分がらね顔《つら》して
それでも

ちゃんと校長《こうちょ》先生《ひんひ》ねなってしゃぁ

このごろぁ
そんたごどばり
頭脳《のみそ》がら零れでぇ
だんだん空っぽなって
ソファーさ
ごろっと凭《ながま》てら老猫《くろ》みねね
眼《まなぐ》コぁ
閉《つ》ぶたり開《あ》げだりしてっとも
それでも老猫《くろ》だば
天井がら
するするど蜘蛛ぁ降りで来たきゃぁ
もっくらど背中《ひなが》コぁ丸めでぇ
大ぎだ欠伸《あぐび》してがら
もちゃもちゃど歩《あ》てらきゃぁ
ぐるっと振り向えで
「君《んが》も来え」だど

学校《がっこ》ワラシ

旗コ持った
男だの
女《おなご》だねネ囃《はや》さエで
戦争サでも行ぐエね
手コあげて
コンクリートの
学校サ入《は》って行《え》ぐ童等《わらしど》ぁ

本コ読めば
ぺらぺら
野球やらヒれば
額《なずぎ》サすぐ汗コかえで
風邪《かじぇ》コふえでぇ
早熟《まひ》だ女童《おなごわらし》ぁ
隣家《となん》サ遊《あし》ぶね行《え》げば
「お邪魔しました」ってテ
急いで《でたくたど》　戻って来《く》っとも
あれだば

ぐやぐやどした街の童等《わらしど》ど
どごだんでら似でるども
ん〜ん
学校ワラシがぁ
大分《おおぎだね》　違うなぁ

ずう〜と昔《むがし》
オドもオガも
学校サ送るもしねども
弁当食ってぇ
午後《ひるまから》なれば
山サ　川サ　畑サ
ぶ走《は》ヒでぇ
そしてるうぢね
鉄砲ぉ担づぐごど覚《お》べで
爆弾で死んで
それごそ
本物の
学校ワラシだってぇ喋《さべ》るども
んでも
違うなぁ

やっぱし
違うなぁ

昔ぁ
じょっくり揃テ
騙さエだ学校ワラシどぁ
こんどまだ
横断歩道だの
道端《きゃどばだ》で
そら行げ　そら行げって
背中《ひなが》コ押してっとも
ん、
ん、
先生方《ひんひがだ》も
間違《まぢが》うなやぁ
その旗コぉ

だんじゃぐこぎ

ままんで
我侭童《だんじゃぐわらし》の様に《みねね》
あちこち　ぶ壊《か》して

それもまだ
面白《もし》れ　面白《もし》れっテ
投票《ふだこひ》入る馬鹿者等《ばかもど》ぁ

新聞もまだ
煽《ののめがして》って
吠えれぇ　吠えれテしゃぁ
その日の夕刊サだば
小さく《ちょこっと》
土方《どがだ》の社長《ぼがしら》コぁ
首吊《っ》テ死んだテ

先《ま》んズ在郷《じゃんご》サ行《え》ってテみれ
家《え》がらだんでら

田がらだんでら
老人《としよりこ》がらだんでら
ばりっ　ばりっテ
不思議《おがしけ》だ地響《おど》コしてしゃぁ
あれだば空耳でねぇどぉ

そんでも
あの我侭《だんじやぐ》こぎぁ
五年も荒げデらきゃぁ
あど飽ぎだんでら
あんぐり口開《くちあ》げでぇ
鼾《はなおど》　立《た》ででらども
きっと極楽《ええどこ》サだば行《え》げねどぉ

だども
彼《あれ》ごったおん[＊1]
もっくり起ぎデ
まだ壊《や》っとテ
ケタケタど笑っかも知《し》ねどぉ
ケタケタどしゃぁ[＊2]
ケタケタどだぁ

＊1　彼のことだから
＊2　ケタケタして

事件の後

ぼやぁとした雲ぁ
半月も垂れでぇ
時折《ときたま》腕章かげた若者等《わぎやもだ》ぁ
どやどやど
車がら降りで来っとも
街中《まちなが》ぁ
死んだ様《え》ね静寂《おどなし》ぐなテぇ
役場の広報車《くるま》ばり
同じ所《ふとったどご》
ぐるぐるまわってしゃぁ
六つなる男童《おどごわらし》コぁ

川縁《かわぶち》の虎杖《さひどり》の中で
首コ締めらえでしゃぁ
女童《おなごわらし》コまだ
雪解水《ゆぎちりみず》サ投げらえでぇ
ぶす黒《く》れ顔《つら》コぁ
瀬《ひ》コさ引《ふ》かがテしゃぁ
いだんねして
いだんねして
向《む》げの婆様《ばさま》ぁ
ランドヒル
ぎっちり摑めでしゃぁ[*1]

ええ街コでぇ
ええ人等《ふとど》ばりでぇ
あれがら狂るテはぁ
夕刻《ばんかだ》なれば
ちらっ　ちらっど
上瞳《まなぐ》コぁ動がして
んんな家《え》サ入《は》って行《え》ぐども
もし《わ》か《ひ》する《ば》と
この街全部《まぢまんま》
地獄だんでらサ
どかっぁと落《お》ぢでしまう様《え》で
少し心配《あっこ》テきたどもなぁ

そんた中ぁ
乾燥《はしら》えだ舗装路《きゃどこ》ぁ
爺様ぁ
ずすらぁ　ずすらぁテ
まだ止テ
孫童《まごわらし》だべぎゃぁ
「あえぇ」って笑ったけゃぁ[*2]
体コ捩《ねっ》けらひでしゃぁ
…………
元《もど》ぁ偉《さがし》い人《ふと》であったたどやぁ[*3]

＊1　摑めてさ　＊2　笑ったら
＊3　あったそうだ

大正の婆《ばば》

娘《めらす》だ時《ずき》ぁ
霙《あまゆぎ》の中ぁ
畚《もっこ》 背負《しょ》っテ
護岸工事サ稼《かひ》デ

奥地《さわ》の百姓サ
嫁なって
どさぁっと朝草ぁ刈っテ
牛飼《べごあずが》っテ

日《ひ》ぇ暮《く》れデ
大急《でたくだ》ど食事仕度《まましたぐ》しテ
ぼかぁと裡電球《でんき》ぁ点《つ》げば
居眠《ねふかぎ》しながら綻《ほころび》コ縫テ

まだ
出産《わらしも》テ
漸《よやっ》と大学サ入学《ひ》だば

そのまま
鉄砲弾《てっぽだま》でしゃァ

んで
今度《こんだ》ぁ
老人ホームさ行《え》げどお

だども
下駄の鼻緒コぁ
こんたね緩《の》びで
これがら
ずずら　ずずらって歩《あ》げてがァ
捻挫《きんげえり》でもひば
此処《こご》サ卒倒《ながま》るばりだべぇ[*1]

あぇあぇー
大正の婆《ばば》だテぇ
そのうぢね
お前等《めど》だテ　来《く》らたどぉ[*2]
ん
庚申様《こしんさま》の石コさでも坐《ねま》テ

待ってみっかァ

＊1　卒倒するばかりだ
＊2　来るんだぞ

遺跡

かさぁっ
かさぁっテ
枯葉《は》コ積《た》まテ
遠《と》ぎい遠ぎい昔であった
羚《あおしし》　担《か》ずで来た若者《わげえもど》ふたり
甕鉢《かめばつ》携《たな》えで来た女《おなご》の尻《けっち》見《み》で
くくっと笑った筈だぁ

手コ握《と》られデ
よちゃよちゃど石コさ坐《ねま》った統領《おやがだ》ぁ
広場《にわ》のど真ん中で

ごほんテ咳《ひぎ》しテ
あれで三十二だどぉ
百年も威厳《えばて》テ来た顔《つら》コしてらでばなぁ＊1

ずらっと置石《おぎえし》並べでえ
白髪の 婆《んばばぁ》
んわぁん　んわぁんテ
呪棒《ぼうかしら》振るまして
神様ぁ
来たどー来たどっテ

あれがら
木実《きのみ》ぃ喰って
兎ぃ獲《と》って
雑魚《じゃっこ》ぉ掬《す》くて
皆《んんな》　死んで
ふあらぁ　ふあらぁテ＊2
枯葉《は》コ積《た》まテやぁ
深え《ふけえ》火山灰《つぢ》コ掘《ほ》っけげで
人骨《ほねコ》がら黴《かぶ》けだ血《ちコ》ながれでぇ

きっと俺等《おらど》の先祖だべぇテ*3
石棒《なだ》だぁ石斧《まさがり》だぁテ
叩《ただ》えだり裏返《かっちゃ》ねスてらども
何てごどねえ
せめて《ひめで》
孫爺様《まごじっちゃ》の臭《かま》りでもスて
銭《じぇんこ》ぁ
じゃらじゃらど出でこねぇがぁなぁ

*1　しているようだが　*2　ふありふありと
*3　先祖だろうと

踠《もが》ぎ

ああこの年齢《とし》なって
脚ぁ病んで　腰ぁ病んでぇ
顔《つら》ぁ顰《しか》めでぇ
疾《えっつ》ね死んでもええ筈だども
まだ医者《えしゃ》さ通《かが》て
どぐどぐど薬ばり呑んでぇ
あれぁ藪医《やぶう》者だども
そんでも
胸だの　腹だの撫でしゃぁ

昨日《きんな》も
同級生ぁ死んだテ
俺《おら》の背骨《ひぼね》さ
ぎちゃぎちゃど針でも刺さえだえね
まだぁ生《え》ぎでらじゃ　この格好《じゃま》でぇ
妻《かっちゃ》だの　息子《わらし》だの　家《え》財っコだの心配《あんじこ》てぇ
やっぱし
度胸《じぐ》なしだがも知んねぇ

近所《そば》の人等《ふとど》ぁ
君《んが》ぁだば死んでならねぇって
誰《だ》も彼《か》も喋《さべ》っとも
腹の底《そご》だば分《わ》がるもんでねぇ
反逆児《ごんぼほり》だかも知《し》んねども
この年齢《とし》で　痛《い》でぇ痛でぇてれば

根性《しょっぱね》まで曲がってしゃぁ

んでぇ
この頃ぁ漸《よや》っと杖っコ突《つ》ぱて
あちゃこちゃ彷徨《まやめ》でれば
院号だ　居士号だって

仏心《ほどげごころ》ぁ付《つ》でぇしや
線香《ひんこ》の匂《かまり》コまでして
本当《ほんと》ね冥土《あっち》さ引張《ふぱらえ》るえでぇ
じゃわじゃわめでしゃぁや*1

曲がりかどの地蔵《じんじょ》様さ
この二股道《きゃど》コどっち良《え》ばぁって聞《き》だば
そんたごどお前《め》さ聞げって
ぽこんと頭《あだま》コ叩《ただ》がえだんて
お前《め》えて誰《だ》んだばって
ぐるっと見渡《みわだ》しただども
そのお前《め》ぇ何処《どご》ねも居《え》ねしてやぁ*2

ああ
菩提寺の和尚さんサでも
聞《き》でみっかぁ

*1　寒気がして　*2　居ないのだ

トーキョー

東京サ集合《あづ》ばれドぉ
……
新幹線サ四時間も乗《ぬ》っテぇ
地平線《はでぇ》も見《め》ねだぎ家《えつ》コぁ在っテぇ
ぼっつらぁ　ぼっつらド
細長《ほそなが》ぇコンクリの塊《かだまり》ぃ建っテぇ
これだば
ままんで大海《うみ》の墓場だべぇ
……
そしてら中《うち》ね電車《くるま》ご地下サ潜《もぐ》テ
土竜《もぐらもち》みねね顔《つら》コぺろっと出したば

トーキョー
東京駅《えぎ》だド
………
煩《うるしゃ》ぁ天井《てんじょ》の下ぁ
ぐやぐやド人間等《ふとど》ぁ行《え》ぎ来《き》して
急遽《でたくた》ド電車サ座《ねま》たば
鼻先《はなつらもど》サ
娘の脛《めらすすねから》ぁべろっと出デぇ
隣席《となん》の兄《あん》ちゃだば
新興宗教《かみさま》でも拝んでらたがぁ
目玉《まなぐたま》ぁ少々《ちょこっと》も動ぐもんでねぇ

会議だ　懇親会だテ
紙屑ばり多量《ずっぱり》ぃ渡さぇで
先生《ひんひ》だの
官僚等《やくにんど》のホラ話サ頭コ下げデぇ
これだば
棚下《たなもど》で晩酌してらホぁ
よっぽド安堵《あじまし》じゃぁ
今《えま》でも崩落《おじ》でくる様《え》だビルぅ

斜めだの　真上だの見でらきゃぁ
首の骨コぁ
かくらっと外れる様《え》デしゃぁ
ホテルさ入ったば
二十階のシングルだドぉ
二、三歩蹌踉《まやめ》げばドアさ当《ぶっ》かテぇ
これだば独房《ろうや》だべぇ
地震きて　火ぇ燃ぇで
このまま骨コなるてがぁ
先刻《さきた》から
胃コぁ　ちりちりド病んでぇ
呆然《ぼさっと》してらば
朝《あさま》なってしまっテぇしゃぁ

あぁ　あぁ
東京がぁ
トーキョーねなってしまったがぁ
………
だども
待でよ
あしたでも

原宿のど真ん中サ
牛《べこ》コぁ
五、六頭も放してみっかぁ
あの
蒼い顔《つら》コの若者《わげえもの》も
顎ぉ外れったぎ笑うべがなぁ

八十歳《はぢじゅとしより》の詩

漸《よや》っと八十歳《はぢじゅとしより》なったきゃぁ
水田《た》も　山林《やま》も　人間《ふと》の値打《ねうぢ》まで無《ね》ぐなテ
欠伸《あぐび》ばり出でしゃぁ
ストーブの傍《わぎ》さ　ごろっと着所寝《きどごね》したば
曾孫《まごわらし》ね踏《ふ》んづげられで
もっくり起《おぎ》でぇ
「オレまだ生ぎでらたどぉ」テ叫《さ》がんでも
誰《だ》も見向ぎもしねぇ

寝ぼけだ眼《まなぐ》で
ぼやぁっとテレビぁみでれば
戦争ぁ知らねぇ政治家等《ひんひえがだ》ぁ
原発だぁ　集団自衛権だぁテ
ままんで雀コ　嘴《くじっぱし》ぁ尖《とが》けでらえね
力説《ええふり》こえでっとも
背広の下から
下心《したごごろ》コぁぺろぺろど見《め》えでぇしゃぁ

そのうちね
老人等《としょりど》ぁ総て《でらつとえ》居ねぐなって
他国《どっ》からがぁ攻撃《ひめ》らえでぇ
んだら　負げねで砲火《どっか》めがひばええっテ

何ぃ　それ当然《あたりめ》だテ
あえあえー
ゆっくり昼寝もしてらえねでぇ　ほれ

（本作品は一六年賀状の詩を一部改作したものである）

三章　友《やづ》ぁ何処《ど》サ行《え》った

友《やづ》ぁ何処《ど》サ行《え》った

後ハ《あどは》ぁ
再起不能《やづねえ》ってがら
籔医者《やぶ》ねも診《み》で貰ってらたがぁ
霊魂《たまし》コねもなれねで
雨戸《あまど》コぁ一《ふと》つ叩《ただ》ぐもしねで
無念《おっちゅ》　無念《おっちゅ》ってテ逝《え》ってしまったぁ

なんぼ温厚《おどなし》い善人《ふと》でも
幾多《ずっぱり》ぃ功績《てがら》コぁたででも
心臓《どまんなが》の管《くだ》コぁ
ぶつっと切れれば
八十歳《はぢじゅうとしより》の暖簾《めひ》コでも
閉鎖《ただむ》よりほがねべぇ

家族等《えのもんだ》ぁ
棺《がんおげ》サ涙《なだ》コ零《おど》しても
火葬場だば
からからど乾燥《はしら》えでぇ
死水《しにみず》ねもならネまま
全部《でらり》ぃ焼げでしまったおン

罐《かま》がら
驚愕《どでん》しだぎ　真白《まっしれ》ぇ遺骨《ほね》コなて
ばさばさど骨箱《はご》サ詰《ひ》らえでぇ
ぱたっと蓋コ閉《さ》えだば
これぇ来世《あっちゃ》サ送《お》ぐっとってテ
戒名《ふだ》コ付けらえでしゃぁ

しゅんしゅんど[*1]　友《やづ》ぁ飛んでぇ
大勢《んんながら》ぁ楽園《ええどこ》サ行《え》げよって叫《さが》ぶども
凩ぁばり　にひらっと笑うばんだぁ
そのうぢね寒《さび》ぃ寒《さび》ぃって
友《やづ》どご誰《だ》も探索《さが》さねぐなってしゃぁ[*2]

＊1　すばやく　＊2　なるんだな

英霊《たましこ》

ニューギニアの
洞窟《あなぐら》サ
比島の
密林《ジャングル》サ
シベリアの
凍土《ツンドラ》サも
四つ這《ぬだばた》まま
放置《ぶなげ》らえでェ
貴方等《あんだがだ》ぁ
村サ
帰還《きて》みんてテがぁ
村人《ふと》も
萱屋根《やね》も

田面《たもで》も
総て《でらっと》変貌《かわ》てェ
偶《たま》ね
年寄《としより》コど会っても
次の日ェ
ころっと
死んでしまうどぉ
村辺《そごだり》でぇ
戸惑《まやめ》でれば
ほれっ
童等《わらしど》ね
蹟《けつまげ》らえっとぉ

同級生

露草《ほだるぐさ》ぁ　漸《よやっと》く咲えだ朝《あさま》ぁ
眠《ね》った様《え》ね
ムラぁ　死んで

去年まだ
紫陽花一枝《ふとえだ》　ぽきっと折れだきゃぁ
フミオ死んで
十五年前《め》ぇねも
喉がら食事《ものこ》　落ぢねぐなってテ
タガシ死んでしゃぁ

これでムラオガぁ三人
全部《でらっと》　死んでぇ

その前《め》ねも
ヨシオも　マサミも
ヤマケンまで死んでぇ

生《ん》まれだ年ぁ
大冷害《おおけがづ》であったってテ
婆様《ばば》がら聞《き》だども
そんでも　弱々《あおらあおら》ど生《え》ぎでぇ
昭和十六年なったば
牛《べご》サ焼判《やぎばん》でも押したえね
校舎サ入《ひ》らえで
戦争ぁ　敗げだきゃ
子供《わらし》のまま
百姓だぁ　大工《でぐ》だぁ　土方だぁテ
稀《なが》ね
高校だぁ　大学だぁテ
ばたばたど　放さえたども

何時《えづ》の間《め》ねが
同級生等《んんながら》
死ぬ日の戸口《とぐち》サ　彷徨《まやめ》でぇ
吉日《ええひ》も
悪日《わりいひ》も無《ね》ぐぅ
制服《くれふぐ》着てぇ
君《んが》だ　俺だテ

引張《ふっぱり》じょっこして
そのくひ
よぐ見れば誰彼《だもかも》　後退《あどじゃり》して

まず家《え》サ戻って
ごろっと　寝で
新聞でも読んでみっかぁ
だども
今日もまだ
背中《ひながこ》で　ごそごそっテしゃぁ
きっと
同級生《ありゃど》等の仕業だべぇ

七十年経って

軍人百八十六万
一般人六十六万
実数《ほんと》だばその倍も死んでぇ

戦争ぁ終った

あれがら七十年経った

俺《おら》の長兄《あんちゃ》も
赤紙ぁ来《き》たきゃぁ
文句《ごもめぐ》もしねでぇ出がげで
ミンダナオ島の
密林《やまおぐ》で死んでぇ
この村の若者等《わぎゃものど》ぁ
シベリヤの凍土《つち》で
満州のコーリャン畑で
ニューギニアの壕《あなこ》で
レイテの海で
二百三十一人も死んでしゃぁ

そんた事《ごど》ぁあったてがぁテ
スマホの女の子《おなごわらしこ》

んだども
あった。

屍の子守歌

お前達《おめど》ぁ
ミンダナオ島のウマヤン地方って
覚《お》べでらがぁ

んだんだ
内地だの大陸《まんしゅう》だのがら
平壌《へいじょう》サ　んーんな集めらえで
太平洋サ出で
秋田がらの兵《やづ》も
青森の兵《けやぐ》も
山形の兵《おんちゃ》も
島サ上陸したば
どかーん　どかーんテ
密林《やま》サ逃げでも
ばさばさど[*1]生《お》がてら大羊歯《おおしだ》の下サ隠れでも
まんまで火山サでも遭難《あ》ったえね
総員《でらっと》死んでしまってぇ
昭和二十年六月二十九日のはなしだぁ

あれがら
雨サ曝《かく》さえで
河サ流さえで
鳥ね突突《つづ》がえでぇ
七十年経ってぇ
なんも無《ね》ぐなったども
生温《なまぬり》い南風《かじぇ》サ乗《ぬ》って
ねんねんころりん　ねんころりん　ツテしゃぁ
幼少《ちっちゃじぎ》ぃ聞いた　兄《あな》の声ぁ
実家《え》までも聞けでしゃぁ
現地《あっち》でも　戦友等《ど》サ聞《き》がひでらべぇ[*2]

んで
永田町辺りで
目《まなぐ》ぁ開《あげ》だまま居眠《ね》てらぁ若《わげ》え議員等《ひんひがだ》ぁ
それでも気障《ええふり》こえで
海外派兵だの　後方支援だのってしゃぁ
んだ　んだ　って野次ったりしてしゃぁ

んだどもやぁ

そんだげ暇だば
ウマヤンさでも
テニアンさでも
レイテさでも行《え》って
ねんねんころりん　ねんころりんっテ
今《えま》でも地鳴り様《み》ねんね響《ひび》でくる
あの屍の子守歌《こもりうだ》ぁ

若者等《わげえものど》の悲痛《ひづね》ぇ　叫《さが》び歌《うだ》ぁ
しっかりと聞でこい

聞《き》だら
本当ねぇ
知らねぇふりしんなよ

＊1　大きく重く　＊2　聞かせているだろう

死に場

父《と》ぉジュース飲まひでけれっテ
それっきりだったべぁ
なんぼが苦《ひず》ねがったんでらぁ

どかぁ～と頭でも叩《ただ》がえだ様《え》で
絆だが何んだが
ぶっつり切れる音してぇ

夢中《もじょ》なて叫《さ》がんだども
他人《ふと》ごどみねね
瞳《まなぐ》コぁばっつり開《あ》げだままデぇ

骨コど皮コばりなテ
そんた格好《じゃま》して
何処《ど》さ行《え》ぐテがぁ

ベットさ
何《な》も彼《か》も放置《ぶな》げで

親ね跡片づげれっテがぁ
こんた暑《あっち》い時期《じき》ぁ
急《うるだ》えで
死に場ぁ探さねばテなぁ

あどハぁ
骨箱も裏返《かっちゃね》して
体も魂《たましこ》も　皆《んんな》　放《ほろ》っテしまたたどぉ

だども　じっとしてれば
過去《むがし》ばり
喉元サどっと登ってきてぇ

今日も瞳《まなぐ》ぁ熱《あつ》ぐなて
祭壇の前《め》サ座《ねま》てらけゃ
後ろで女房《かっちゃ》もぐすぐすってしゃぁ*
漸《ようやっと》く歩《あ》ぐ様《え》ねなテ
今頃ぁ「クソ親父」テ
舌打ちしながらにやっと笑ってらべぁ

* 泣いて

死の淵《ふぢ》

八十年も抱《たな》えできた五体《からだ》ぁ
何時《えづ》の間《め》ねがぁ頭《あだま》ばり重《おぼ》でぐなテ
とうとう後戻《あどじゃ》りでぎねぇ
死の淵《ふぢ》サ来たがも知れねぇ

このごろ
棘《とぎ》だの葛《つら》だの絡まてら叢《くさわら》ぁ
ぼやぼやど彷徨《あり》てらばぁ
死の淵だって顔《つら》の無《ね》ぇ声ぁしテ
戻れ　戻れっテ
誰《だ》も叫《さが》ぶものも居《え》ねしテしやぁ

この前だば蜷川幸雄ってス

偉《え》らぇ人《ふと》ぁ
若《わげ》ぇ医師団《えしゃこど》ね囲《かご》まぇでぇ
大騒ぎの中《なが》ぁ
深々どした淵《ふぢ》サ落ぢで行《え》ったども
その後《あど》ぁ
ぽつんと花コぁ浮《うが》んでるばんでしやぁ*

だども　昨日《きんな》の朝《あさま》ぁ
同じ町内《まぢ》の二つ年上の友《やづ》ぁ
でたくたど逝ってしまってぇ
涙《なだ》コぁ　ぽたっんと落《おど》したばぁ
淵《ふぢ》さ大ぎだ波紋《わこ》ぁ広《ふる》がって
底《そご》がら夜泣《うなり》ぁ聞けでしやぁ

ああ　俺らも
逃げんね
逃げらえねぐなったがも知《し》んねぇ

川原《から》の石《えし》コさ座《ねま》テ
どぽんと　小石コ投げでみだば
恐怖《おっか》ねぇものぁ

なんも無《ね》ぐなったテぇ
空元気《からげんき》ぁたげでみだどもやぁ

首の無《ね》ぇ声コぁ聞《き》だり
脚部《あし》だの　頭部《あだま》だの
ふわら　ふわらっテ飛んだりひば
やっぱし　寒気《じゃわ》めでぇしやぁ
戻《もど》っ場所《とご》ぁ　きっと在るどテ
あっち　こっち眺めでるどもなぁ

ただやぁ　今《えま》の世の中《なが》だぁ
八郎太郎どこでも呼ばテ
淵《ふぢ》ぁ　どうど乾上《ほし》てしまえば
医者等《えしゃこど》も和尚《ぼうさん》も
仕事《しごど》コねえして　少々泡食《ちょこっとあわくう》べどもなぁ
死者等《ありゃど》だば
黄泉《あっち》さバイパス造営《こしゃ》でぇ
白装束ぁまま
なんも喋べねで待ってるべなぁ

* ばかりで

会葬

大物ぁ逝《え》ってテ
切符でも買う様《え》ね
受付サ
じょえじょえ*1ど集《あづ》ばテ

本堂サ入《は》たば
ずすっ　ずすっど膝《ひじゃ》コ折《っ》で
騒然《がや》めぐ中ぁ
後退《あとじゃり》ス年寄《としより》コも居《え》でしゃぁ

鐘ぁ　ごぁ～ん　ごぁ～ん鳴って
ごくっと息《えぎ》のんだば
線香《ひんこ》まで
一瞬《きたっと》　止まってしゃぁ*2

頭上《あだま》がらお経ぁ　どどっと降《ふ》テ
これだば「下に下に」の格好《かっこ》だべえ
小一時間も
畳の縁コでも見でっかぁ

焼香だて
放浪息子《ほろけ》ぁ先頭《さぎ》なテ
孫だ　本家だ　分家たってしゃぁ
系図でも見でるえね　次々《どうど》と続《つづ》デ

町長ぁ上《うえ》座サ坐《ねま》て
議員も支店長も
家来コみねね眼《まなぐ》コつぶテしゃぁ
今度《こだ》まだ弔辞だどぉ

ラストセレモニーだおな
誰《だ》も彼《か》も縄文時代の顔《つら》コして
手コ振る訳《わげ》でもねぇども
仏様なテぇ　旅発《え》ってしまたどや

どやどや
出口サ群《だま》なる黒《くれ》え背中《ひなが》コぁ
葬送立会人でもなたえね
小《ち》ちゃぐ溜息コしてしゃぁ

爺様ぁ　待でじゃ
この参道だば
オラより先に帰《もど》るテ
それだば順序《ばん》コ違《ちが》っぺしゃぁ*3

*1　ぞろぞろと　*2　止まってよ
*3　違うだろう

順番《ばんこ》

長兄《あんちゃ》ぁ戦争さ行《え》く時《じぎ》
「今日よりは顧みなくて
　大君の醜《しこ》の…」ってテ
万葉の世辞歌《けはぐうだ》ぁ　うだわひらえで
霊《たましこ》なったば
漸《よやっと》く小言《ごご》めでしゃぁ

ジャイアンツ勝った翌朝《つぎのあさま》
難病神《やめえのがみ》ね攫《さら》わえで行《え》った倅《ひがれ》
「親父の無力者《えじやりきやし》」ってテ
悪態《あくでえ》でも呟《つ》でらんでら
耳朶《みみたっぽ》も痒《きや》ぐなってしゃぁ

オラも臆病者《じぐなし》であったども
叫《さが》んでもみだ
泣えでもみだ
「行《え》くな」って引張《ふば》ってもみだ
んだども
長兄《あんちゃ》も
倅《せがれ》も
順番《ばんこ》来たってテ
訳《わげ》のわがらねまま
どごの馬鹿者《ばがけ》ねが
荒々《どうど》ど攫わえでしゃ*

んんな仕事《しごどこ》忘れだ歳《としこ》なテ
木陰《ひかげこ》でだば
命乞食《いのちほえど》だの

狡猾者《なまずれ》っだの
法螺吹《じほこぎ》だの
懺悔《くまかぐし》ね
ゲートボールさ夢中《もじぇ》なテとも
強《つ》えも弱《よ》やもねぇ
順番《ばんこ》だば必ず来《く》っから

そのうぢね
オラさも呼出《よびだし》かがっぺども
待てよ
その前ね納戸《なんど》サ入つて
こちょっと
宝くじでも調べてみっかぁ

＊　攫われてよ

めいど号

行《え》っても
行っても
誰《だ》も戻って来ねえ
地球って本当《ほんと》ね丸《まるきゃ》テがぁ

此処《ここ》まで来《き》て
童《わらし》みねね　後戻《あとじゃ》りして
腹ぁ痛《い》での
靴《けり》い互違《あっぺ》だのテ喋《さべ》ても
背中《ひなが》で
歩《あ》べ　歩《あ》べってしゃぁ

ぐるっと後ろ見だば
来る　来るぁ
銭《じぇんこ》だの
女《おなご》だの
酒《さげこ》だの
政治もだ

何《な》もかも全部《でろっと》　携《たな》えでしゃぁ
斜目《ひがらめ》で見だば
火事だぁて
婆《ばば》ぁ腰巻振ってあったども
誰《だ》も見向きもしねでぇ

生《ん》まれだ時《じぎ》から
膨大《おおきだ》な
冥土行《えぎ》の
めいど号サ乗《ぬ》ひらえで
漸《よやっと》く　ここまで来たば
前列《めえ》の連中等ぁ
顔面《つらこ》蒼白《あおぐ》して
狼狽《まやめ》でしゃぁ

それもそだ
その先だば断崖《はんぶこ》なて
どどっと落ぢれば
底なしのまっ暗闇だどぉ

地球ぁ
丸《まるきや》っテ喋《さべ》っとも
やっぱし嘘だ

がん告知

CTだ
MRIだ
ウソ発見器ばり
ずらぁっと並んで
あの音《おと》コぁ
パチっパチって
心臓サ刺《さ》さってくるものなぁ

刑事みねんた目玉《まなぐたま》して
「君《んが》ぁ命コ全部使《でらっとはだ》えだど」だど
瞬間《とだん》ね
わなわなど動悸《ふりい》きて

背骨《ひぼね》の中ぁ
どうど血コ走《は》ひでぇ
そのまま
独房《ろ》サ収監《ひ》らえでぇ
天井ばり見でらば
空窓がら
風ぁ
さわさわど流れでぇ
偶《たま》ね
昔の鐘コぁ
カーンカーンって鳴ってしゃぁ

家《え》サ帰《き》たば
妻《かが》ぁ
少々《さっと》ある命コ
算盤で弾じでぇ
如何《ど》ひば
如何《ど》ひばてぇしゃぁ
子《わらし》ぁ
ベソ《べちょ》かえだまま
ぺたーんと座《ねま》てしゃぁ

仕方《しかだ》ねじゃぁ
俺《おら》ね
人間《ふと》ってス資格《しょうべえ》え
「辞めれっ」だどやぁ

だども待でよ
毎日《まいにち》い命乞食《やっこ》ばりしても
埒《らじ》ぁがねぇ
偽札《にひさづ》でも
びらめがして
大蒜食って
茗荷食って
行《え》くどごまで
行《え》ってみっかぁ

老い一日

四時《よンじ》なたがぁ
新聞も未だ来ねべえ
ぼやっと天井《てんじょこ》見でらきゃぁ
誰《だ》んだば
俺《ふと》の脳味噌まで掻回《かま》して
あえあえ
飽ぎだ飽ぎだ
んでも死ぬもひねでぇなぁ

もちゃもちゃど起《お》ぎだば
灯油《あぶら》コ勿体無《いだまし》いテ
怒鳴《きまが》えでぇ
地蔵《ぢんじょ》コ様《みね》ね
ぺたんと座《ねま》てらば
九時《くンじ》なって
薬コだぁ　血圧だぁ
ちょこっと散歩《あ》て来っかぁテ

一時《えじンじ》なて
ごろっと着床寝《きどごね》したば
「死んでらたなぁ」だど
誰《だ》ぁ死人ぁ返事スもだて

五時　六時　七時
骨コも皮コも乾涸《ひから》びて
眼《まなぐこ》まで
しょぼしょぼめで
どらぁ
肝玉《きもたまこ》でも温《ぬ》ぐだめっかぁ

まだ目ぁ覚めでぇ
時計の音《おど》コ数《か》じぇだば
行《え》げっ行《え》げっ　行《え》げっ行《え》げっテ
何処《ど》サ行《え》げばええっテがぁ

鱗雲《うろごぐも》

兄《あん》ちゃぁ
其処《そっ》から見《め》っかぁ
南サ横《なが》まてら
あのうろご雲の尾っぱコ

弘前連隊の演習場《くさわら》で
這《ぬだば》ったり起《お》ぎだりした時《じぎ》も
あのうろご雲ぁ見だべぇ
平壌で禿げた山肌《やま》サ上《あ》がた時《じぎ》も
あのうろご雲の下でだば
絶対《えっしょ》　死なねど思《おも》たべぇ

赤道辺《あだ》りまで転《え》進テ
骨《ほねこ》まで真っ赤ね燃えで
そのまま砂サ蒸《む》さえでしまたべばテ
今頃《えまだり》
種々《いろん》だ空コ見で
種々《いろん》た風《かぜえ》コ聞《き》でるべばぁ

今日もまだうろご雲ぁ出《で》でぇ
風《かぜえ》コ吹えでぇ
落葉コぁふわっと飛んで
縁側の週刊誌ぁ
ぱらぱらど捲《めぐ》らえだきやぁ
変人男《おがしけだおどご》ぁ
靖国神社サ賽銭投げでらども
兄《あん》ちゃぁ
今度だば
間違ても拾《ふ》るてならねでぇなぁ

福司満 秋田白神方言詩集『友《やづ》ぁ何処《ど》サ行《え》った』

「凝縮された生命《いのち》」を方言に宿す人

鈴木比佐雄

1

世界遺産の秋田県白神山地の麓に広がる藤里町に暮らす福司満さんが、第四詩集の秋田白神方言詩集『友《やづ》ぁ何処《ど》サ行《え》った』を刊行した。第一詩集『流れの中で』は共通語であるが、第二詩集『道《きやど》こ』、第三詩集『泣ぐなぁ夕陽コぁ』と同様の秋田県北部の藤里町周辺の方言によって書かれた詩集だ。福司さんが編纂委員会会長と編集委員長を兼務して二〇一三年に刊行した『藤里町史』(二段組・七〇四頁)によると、藤琴と言う地名の由来は八、九世紀にわたる蝦夷平定のために坂上田村麻呂がこの地に入った時に琴を見つけ、それを弾くと無類の音が響き渡り「不二琴」と名付けたことにより藤琴になったとか、藤の花咲く地に琴を弾く高貴な美女がいたことから「藤琴」になったなどの説の他に幾つもの神話的な説が紹介されている。藤里町は豪雪地帯であるが、白神山地から藤琴川と粕毛川が流れて一つになって、米代川に合流する流域の町で豊かな山河の恵みと米の産地でもある。藤琴村の「琴」と粕毛村の景勝地の素波里《すばり》の「里」を取って「藤里村」が一九五五年に誕生し、一九六三年には「藤里町」になったことが記されてあった。福司さんは郵便局に勤務しながら一九七五年に『藤里町誌』の編集をした経験から、二〇一三年刊行の『藤里町史』の編集と執筆の中心的な役割を担った。それに収録されている「藤里町民歌」の作詞者名も福司満と記されてあった。きっと福司さんは藤里町の生き字引のような郷土史家であり、この地の言葉が心の奥底から溢れ出てくる詩人でもあり、多くの町民から敬愛されているのだろう。

なぜ福司さんは標準語で詩を書くことを止めて、方言で詩を書くことになったのだろうか。第二詩集『道《きやど》こ』のあとがきで次のように語っている。

私は、詩とは、などという難しい定義めいたことはよく分からないが、自己に内在するものを詩的要素をもったことばで、どのように表現するかがひとつの条件であると思っている。だから、その表現のためには必ずしも共通語だけに限らないし、方言で書くことによって心情をより豊かに表現できる場合もあると考えている。

ただ、方言を文字にすること、ましてや詩として表現することは、方言のもつ本来のニュアンスはもとより、その発音、イントネーションなどについても正確に書き表すことができるのかが難題であり、かつまた私の挑戦だと思っている。

（略）

情報機関等の発達により、どんな地域でも共通語が通用するようになった今日、敢えて方言で書くということは、果たしてそれほど意義のあることか疑問もあるが、一時代をその地域で生きてきた人たちの証として書き残すことも大切ではないかと自分に言い聞かせているつもりである。

あとがきのこれらの箇所を読むと、福司さんが「自己に内在するもの」を表現する場合に、「方言で書くことによって心情をより豊かに表現できる」という、心情に突き動かされる思いから始まったことが分かる。その方言詩を書くことは、ニュアンスやイントネーションなどを正確に再現することの困難さを抱え込んだ、新たな詩的言語の挑戦であるという創作行為を語っている。さらに「一時代をその地域で生きてきた人たちの証」である郷土の人びとの言葉を芸術に反映させたいという強い語り部的な使命感を明らかにしている。

あとがきでは、方言詩は昭和四十年代後半から試みだし、同人誌「密造者」に一九七三年に参加して本格的に書き始めたという。それは隣接するかつての合川町（現・北秋田市）などの「密造者」畠山義郎さんと亀谷健樹さんたちが方言詩の試みを当初から高く評価し激励していたからだ。私も二人からこの「密造者」を一九八〇年代頃から寄贈されていたので、福司さんの詩篇を読むことが出来た。福司さんが方言詩を書き続けてこられたのは、このような秋田北部の詩的土壌に深く根差して、そこから新しい方言詩の可能性の試みの価値を知っている詩友の存在も大きかったのだろう。

2

福司さんの使う方言は、秋田方言の中でも北部方言でさらに米代川流域方言に入るのだろうが、さらに厳密に言ったら先に触れた藤琴川・粕毛川流域における秋田白神方言と言われるのが適しているのかも知れない。私の妻は秋田県鷹巣町（現・北秋田市）生まれであり、時々秋田弁に触れていた。例えば「お茶」は「おぢゃっこ」、「味噌汁」は「オズゲッコ」、「砂糖」は「サトッコ」であり、物だけでなく「力」は「ちからっこ」などのようになんでも「こ」を付けることが可能なようだ。身近な物などに親しみを持たせる効果がある表現だ。一九九二年に刊行された福司さんの初めての方言詩集『道《きや》こ《ど》』の「こ」も「道」に特別な思い入れを託していることが理解できる。この詩集は合川町の町長を四十年以上も務めた詩人畠山義郎さんが序を次のように書いている。

「福司満の方言詩を最初に読ませて戴いてから二十年は確かに過ぎた。当時、福司満は、方言詩以外に詩をものとすることはしないがよいと進言したことを想い出す。私は福司満の方言詩に、幼少の頃のこの地方の農山漁村の風俗人情は勿論、その躰《からだ》と自然環境、人と人との連鎖《れんさ》のなかにうごめく、濃縮された生命《いのち》を発見できるからであった」

そのように畠山さんは誰よりも早く福司さんの方言詩の価値を見出し、米代川流域に生きる人びとの「濃縮された生命《いのち》」と評価し、その達成を願って激励していた。そのタイトル詩「道こ《きやど》」の冒頭の二連を引用したい。

世間体《じやまわ》悪りども
暗《く》りや中《うち》に行《え》げ
んーな
この道コ《きやど》ぶっ走《ぱ》ひだった
遠《と》ぎー寂《こさび》しねえ紡績工場《こうば》サ
あのワラシあ
何んた気で向がたんでら
〝バヤー〟ってさがぶなって

んーな
水溜《がちやめ》り跨《きまだ》えで行《え》ったども
兄あ
うしろ向ぐな
まっ赤な空ア
千人針の胴巻《どんまぎ》あ
落《お》どスなよオ

福司さんは故郷の町から他郷へ出ていくその道を見ると、世間体が悪いと暗い早朝に紡績工場に親に売られて走り去っていった少女たちの「何んた気」を思いやっている。また水溜まりを跨いで千人針を巻いて徴兵されていった兄を想起している。その道は悲しい思い出が詰まった別れの場所である「道こ《きやど》」でしかないのだ。

秋田方言の特徴は、カ行やタ行が濁音化してガ行やダ行になるという傾向がある。例えば男の子は「おどごのこ」や蜂蜜は「はぢみづ」になる。また単語の読みも独特なものがあり、当時を記録し再現するには福司さんにとって濁音化などは自然な表現方法なのだろう。最終連を引用してみる。

ひ《ふ》とつもえーごとねえ道コ《きやど》だども
戻してけれェ
砂利の音コス道コ《きやど》だア
年寄《としょ》りもワラシも
足サまめ出して歩《あ》った庚申様《こしさま》の道コ《きやど》だ
ちょすな！
ぶかすな！
んーな
家《え》コあ逃げで行《え》があ
拡幅すれば《こしゃれば》
彼等《あらあども》戻て来る道コ《きやど》無《ね》ぐなるであ

昔ながらの「道コ《きやど》」は拡張され舗装されてしまったのだろう。その道で繰り広げられた記憶を残そうと福司さんは書いたのであり、「道コ《きやど》」はかつての現実の道でありながら、この故郷の痛切な出来事を後世に刻む言葉をとして甦らせようと試みられたのだ。つまり福司さんの方言詩は、方言で生きた人びとの多様な暮らしを掬い上げ、その消え去ろうとして方言を生きている人びとの暮らしそのものの情感を残そうとする。共通語の潜在意識となってしまう方言の魅力を記録しておけば、いつかまたそれを生かそうとする人びとが現れることを願っているのだろう。第三詩集の『泣ぐなぁ夕陽コぁ』のタイトルの中にも「夕陽コ」があり、「コ」が付くことによって夕陽を見詰めている人とは「夕陽コ」を共有していて、夕陽を見ている他者の様々な切ない思いが胸に迫ってくるような詩だ。

3

新刊の方言詩集『友《やづ》ぁ何処《ど》サ行《え》った』は一章「此処《ここ》サ生《え》ぎで」十二篇、二章「まだ生《え》ぎでらたがぁ」十四篇、三章「友《やづ》ぁ何処《ど》サ行《え》った」十三篇の合計三十九篇から成り立っている。一章は「此処《ここ》サ生《え》ぎで」は章タイトルの詩から始まる。「此処」は濁音で「ごご」になり、「生きて」の「い」は「え」に近い曖昧な発音になり、「き」は一般的な濁音「ぎ」（GI）ではなく、鼻濁音（ngi）になり、最後の「で」はただの濁音になる。この濁音化と鼻濁音化の重なり合う秋田弁を聞いた際には、鼻濁音を使わない地方の人びとは戸惑いを感じるのだろう。しかしこれら「い」と「え」などのいわゆる訛りや濁音化・鼻濁音化が米代川流域の人びとの生きた言葉である。それを一言でいうなら「此処《ここ》サ生《え》ぎで」であると福司さんは私たちに率直に語りかけているのだろう。冒頭の一連目を引用してみる。

オラの生まれだ集落《むらこ》だば

オドぁ[*1]　朝草ぁ刈って
どさっと　厩《まや》サ置《お》けば
牛《べごこ》ぁ　餌箱《きっち》ぃ　でっくり反転《かっちゃ》ねして
鼻っコ鳴らしてしゃぁ
オドまだ
朝飯《あさみし》ぃ三膳《さんべえ》も食ってぇ
ソンでも空腹《はらへ》ったテしゃ
「あえ仕方《しかだ》ね」っテ
アバぁ[*2]　もちゃもちゃド[*3]
隣サ飯《となんまんま》ぁ借《か》れんネ行《え》ってしゃぁ
んだども家中《えのなが》ぁ軋轢《さだぐ》も無《ね》ぇ
オドぁ　無言《むすらっと》まだ田圃《たもで》サ行《え》ったおン[*4]

＊1　父　＊2　母　＊3　もたもたと　＊4　～のだ

山里の農民一家の朝の日常が子供の視点から描かれている。働き者の「オド（父）」が朝の草刈りをして厩《うまや》に餌を置くと、牛が嬉しそうに鼻を鳴らすのだ。「オド」は大飯食いで三膳を食べた後でも腹が減ったといい、「アバ（母）」は仕方がないと、もたもたと隣にご飯を借りに行ってくる。それでも家の中は穏やかで、「オド」は無言でまた田畑へ働きに出ていくのだ。村落共同体も一つの家のようで、ご飯の貸し借りが自然に行われていた。この一連目を読むだけでも、福司さんが半世紀以上前の藤琴村や粕毛村の暮らしの味わいが立ち現れる。このような情感に溢れた光景を描き出すには方言の果たす役割は重要だ。

二連目以降は、藤里町に隣接する北秋田市の鷹巣駅前の寂れたシャッターが閉じた商店街で暮らし東京の息子たちを思う「婆さま」の心情を伝え、最終連で次のように語らせるのだ。

んだども
オラ等《ど》ぁ　現在《えま》　此処《こご》サ生《え》ぎでらたどぉ
どひば　どひばっテ　溜息ばり出でくっとも
あの森吉山見でみれ
何も変わらねで、ホレッ。

村や町から子供たちが出ていき、後継者がいなくなった「婆さま」は溜息ばかりだが、悲観することなく森吉山を見上げることで、ありのままの現実を受け入れて、いま此処で生きることの尊さや素晴らしさを伝えているように思われる。

三章の詩集タイトルになった詩「友《やつ》ぁ何処《ど》サ行《え》った」も

福司さんの死生観がにじみ出た詩篇だろう。死んでしまった友を偲ぶ思いがこのタイトルの「友《やつ》ぁ何処《ど》サ行《え》った」なのだろう。その詩の一連目を引用してみる。

後《あど》ハ《は》ぁ
再起不能《やづねえ》ってがら
藪医《やぶ》者ねも診《み》で貰ってらたがぁ
霊魂《たまし》コねもなれねで
雨戸《あまど》コぁ一《ふと》つ叩《ただ》ぐもしねで
無念《おっちゅ》　無念《おっちゅ》っテ逝《え》ってしまったぁ

友が霊魂になって雨戸を叩くこともなく、「無念《おっちゅ》　無念《おっちゅ》」と言い続けた言葉を噛み締めているのだろう。人はそのようにこの世にやり残した仕事や思いを残して死んでいくものだと物語っているようだ。最後の連も引用したい。

しゅんしゅんど[*1]　友《やづ》ぁ飛んでぇ
大勢《んんながら》ぁ楽園《ええどこ》サ行《え》げよって叫《さが》ぶども
凩あばり　にひらっと笑うばんだぁ
そのうぢね寒《さび》ぃ寒《さび》ぃって
友《やつ》どご誰《だ》も探索《さが》さねぐなってしゃぁ[*2]

＊1　すばやく　＊2　なるんだな

仲間たちは「楽園《ええどこ》サ行《え》げよ」と叫び心から友の来世を願い、方言の温かさが行間から染みてくる。「凩ぁばり　にひらっと笑う」というユーモアも友の照れ笑いを想起させてくれる。同時に生きることで精一杯で「そのうぢね寒《さび》ぃ寒《さび》ぃって」、友を思い出さなくなることも、致し方ないとどこか達観している。そんな人間の弱さと温かさを同時に感じさせてくれる詩だ。その他の詩篇のどれも藤里町やその周辺の戦前から現在までの掛け替えのない暮らしの心情を再現してくれている。そんな秋田・白神方言詩集は数年前に亡くなった畠山義郎さんの指摘した「濃縮された生命《いのち》」である。その言葉の魅力が多くの人びとに理解されて、この地に暮らす人びとや全国の方言詩に関心ある読者に読み継がれることを願っている。

（参考文献）
秋田教育委員会編『秋田のことば』（無明舎出版　二〇〇一年）

あとがき

本音をいえば、最後の詩集だからまだ時間もあり、あと二、三年はじっくり整理しようと思っていたが、八十路を過ぎると体力は衰え、物忘れも酷くなり、ときおり持病に悩まされ、しかも同年代の友人、知人がばたばたと倒れては何となく心細くなった。そんなところへ古い友人から「そろそろまとめたら」というハガキが届き、心が動いた。

生れてこのかた白神山地の麓から一歩も踏み出したことのない私が、その住処に微かな地割れの響きを感じたのは昭和三〇年代であろうか。ムラは終戦という怒涛の大波をかぶりながらも新しい人間像や環境づくりに躍起になり、その方向性は大きく変貌した。やがて新時代の到来となったが、人為的な地盤は脆くも崩れ、何千年、何百年と続いたムラは大音響で亀裂が走るようになった。

少々大袈裟だが、その頃私は否応なしにその渦中で喘ぎながら拙い詩を書いていた。共通語による第一詩集をまとめたのであるが、どことなくすっきりせず詩は地域のコトバで表現するのが最適と思い、新聞投稿などでたどたどしくそれを謳った。当時、秋田魁新報の詩壇選者をしていた畠山義郎さんがそれをみたのか「方言詩に徹したほうがいいな」と進言してくれ、更に昭和五十年第二次「密造者」が発足した際には、編集人である亀谷健樹さんが同人誌にそのスペースを割いてくれた。

それ以来、わが道を歩いてきたが、使命感や責任感があった訳ではない。結果が今回の詩集につながり、最早タイトルのように私自身を含めて「友《やづ》ぁ何処《ど》サ行《え》った」ということになった。これからはムラ外れをよろよろと歩きながら遣る瀬無い時代の大空を眺め、何かを求めることができればと思っている。

本詩集の上梓にあたりコールサック社の鈴木比佐雄さんが、わざわざ私の住んでいる町まで足を運び、その地域環境などをきっちり抑え、第二、第三詩集などの作品とも対比しながら編集してくれ、心あたたまる「解説」を書いてくれたのには頭の下がる想いである。

また、表紙絵を描いた杉山静香さん、装丁をした奥川はるみさん、題字を揮毫した船山渓石さん、三人のご支援に感謝しております。

因みに「秋田白神地方」というのは、平成四年に「白神山地」が世界自然遺産に登録されて生じた新語による地域区分であるが、その線引きも曖昧で秋田県北部一帯を指すのだが、はじめは何となく抵抗があったものの、時間の経過により地域の人たちにはすんなり捉えられるようになっている。

二〇一七年一月　**福司満**

藤里の歴史散歩

二〇一二年刊

藤琴「小能代」

仙北市の角館が「小京都」といわれているように、藤里町の藤琴地区を昭和のはじめ頃までは「藤琴小能代《このしろ》」と呼んでいた。能代が古くから港町として栄え、さらに県北一帯の山林を抱えた木材の町としても活気を帯びていたのになぞらえ、山間地にしては珍しくまとまった町並みがあり、農村でありながら商家なども入り混じって、一つの経済圏をつくっていたことから、小さな能代、つまり「小能代」と呼ぶようになったのだろう。

『享保群邑記《きょうほぐんゆうき》』（１７３０年）によれば、藤琴村には２５９軒の民家があり、そのうち藤琴地区には１５１軒が集中し、周辺では能代町の約１２５０軒に次ぐ大きな集落であった。

その調査後の寛政元年（１７８９）、秋田藩士の井口《いぐち》来宣《らいぎ》ら３人による『巡見之時雑記《じゅんけんのときざっき》』によれば、「村をみたところ、上町、下町など言うように村が二筋にあった。そのうえ小路が所々にあるので大きな村居《そんきょ》と思われる」とある。その頃から「小能代」と呼ばれたのかは定かではないが、二筋の上町、下町を能代町と同じ町名、すなわち大町、荒町（能代はのちに万町）、後町、新町、川反町などの名称で町並みを分離し、いまでもその俗称は引き継がれている。

もちろん、集落の多くは百姓屋づくりで構成されていたが、いわゆる大通りである大町、荒町には旅籠《はたご》屋、染屋、そば屋、小間物屋、造酒屋、紙漉《かみすき》、鍛冶《かじ》屋などの商家や肝煎《きもいり》、寺院が並び、一応町方の気風も整っていたようである。それは、奥地に太良《だいら》鉱山を控え、人と物の交流、中継地点となったことで特有な集落構成がなされていたのがうかがえる。

なかでも、文政11年（１８２８）の『六郡造酒屋人別』によると、造酒屋が能代には10軒、藤琴は5軒、荷上場2軒、鶴形、桧山、仁鮒など各1軒となっており、能代は別格としても山間地の藤琴の5軒は突出している。そういえば、藤琴集落のどまん中を大堰が流れていた頃、その流れはいつも酒米をとぐ水で真っ白く染まっていた、という話は近年まで伝えられていた。もちろん、その造酒のほとんどは太良鉱山へ舟で運ばれたのである。

太良鉱山を活気付け、「小能代」とまでいかれた集落をつくったその原動力、大動脈はいうまでもなく藤琴川とその舟運であった。人々を乗せ、たくさんの荷物を積んだ舟が頻繁に往来したのは明治のすぐ前あたりまであった。藤琴川の川幅は広く、水量も満々として、当然頑丈な堰堤などもなく、美しい流れの光景が見られた頃の話である。

袋小路

1　東西南北へ道延びる

さきの平成大合併で、能代市と山本郡が統合した「白神市」案が浮上したとき、藤里町はその構想から離脱し、単独立町を選択した。その対応に「袋小路」だから住民たちも閉塞的で、大局的な見地で判断ができないという批判があった。四方が山に囲まれ、国道も鉄道もなく、隣県の西目屋村へ通じる県道がただ一本だけで、それも冬期間は奥地が閉鎖され、いうなれば出入り口が一ヵ所の「袋小路」で、地域格差はもとより住民意識もなお閉塞的になるのは当然である。

「袋小路」という表現には地域の後進性も含まれているが、藤里地方でその現象がみられはじめたのは意外に新しい時代である。羽州街道が国道として整備され、鉄道も二ツ井地域に敷設、開通したのが明治34年11月であるから、その頃から「袋小路」として取り残されるようになったのかもしれない。

もともと、藤里地方には東に旧綴子村へつながる「大沢間道」があり、西には旧種梅村へ山越えし、さらに谷間を縫って海岸線まで延びる「ハタハタ道」があった。北には津軽へ通じる「釣瓶《つるべ》越え」の道があり、南には現在の県道・岩堰の裏手から山越えをする古道があった。藤琴川の舟運も大きなルートで、「袋小路」どころかたくさんの風穴が開いて、それぞれの時代に交易が盛んだったことがうかがえる。

特に「大沢間道」は、まだ桧山安東氏の北上支配が及ばない時代、つまり14、15世紀の米代川上流が南部、比内浅利氏などの支配下にあった頃は、人々もこの山道を幹線として辿《たど》り、新天地の藤里地方へ続々と移り住んだのである。『奥羽永慶軍記』にもあるように、比内長岡城主の後継騒動で浅利氏の嫡子《ちゃくし》も「藤琴へ退くべし」と、その危機を逃れて、密かにこの道を辿り藤里地方に落ち着いたほどである。いずれ16、17世紀になっても、鬱蒼《うっそう》とした山道の往来は頻繁で、道筋にある二の又集落の牧歌的な風景に心を癒やし、藤琴や粕毛まで足を延ばし居を移したのは確かである。

また、この「間道」は幾筋にも分かれ、旧黒澤村にも通じる大沢滝之沢口は戊辰戦争で政府軍と南部軍の熾烈な攻防戦があり、大沢集落が焼き打ちに遭うという激戦地となった。もちろん、人馬が走り、大砲などを運搬したのだから山道にしては比較的道幅も広く、いまでも生活道としてその面影が残っている。

現在は県道矢坂糠沢線として、「袋小路」の風穴となる工事が進められている。

2　ハタハタ道

藤里地方の西側には、山越えする古道がいくつもあった。薄井沢や下の沢（釜の沢）、真土などから旧種梅村へ抜けるルートは一部住民たちに細々と利用されていたが、各地の幹線道路が整備されるに伴いほとんどが廃道になってしまった。

そんな中で、現在建設中の米代線の道筋は、古い時代から「ハタハタ道」と称して海へ通じる重要な生活道路であった。その沿線といっても山越えをしてのことだが、藤里地方から旧種梅村、旧常盤村、旧塙川村へと結び、人的にも産業的にもその交流が盛んで、特に婚姻などは山を越え、谷を縫って遠く旧塙川村へ嫁ぐのも珍しいことではなかった。それが鉄道や自動車など交通機関の発達により、一部の接続道を除き往来もなくなってしまったが、親戚縁者のつながりはいまだに続いている。

この道を「ハタハタ道」と呼ぶようになったのは、室岱集落の豪農だった佐々木家という説がある。米代線が計画されたころ、佐々木家の子孫である元県議会議員の佐々木守一氏（故人）へその由来をたずねたことがあるが、「持ち馬を数頭連ねて、八森まで叺《かます》でハタハタの買い出しに行くのが佐々木家の重要な行事であったらしい。米などで物々交換もしたようだが、何しろ家人が多く、大量のハタハタは越冬用の食料として欠かせなかったようだった。晩秋の季節になると『馬道づくり』と称してハタハタ道を一家総出で整備をしたそうだ」ということであった。

その佐々木家だが、豪農だけに確かに大人数であった。分家も数軒ほどあったが、ほとんどが住み込みの若者で、ハタハタの買い出しにもその若者たちが加わり、集落全般の分まで一手に引き受けていたようだった。

安政5年（1858）2月、近所からの出火で佐々木家が類焼している。当時、家人は4歳未満3人を含む43人という大所帯で、持ち馬も36頭であった。家屋の大きさは約120坪、土蔵1棟と小屋も2軒全焼している。ちなみに石高は74石2斗となっている（『藤里町誌』による）。

佐々木家の敷地内には、現在も米倉とつながった味噌倉の土蔵が1棟残っている。安政の火災後に建てたものだが、優に140〜150年は経っている。藤里地方に残るただ一つの米倉だが、冬期間はハタハタや鰊《にしん》などの海の産物もここへ保管されたようで、その風格に歴史を感じてならない。

3　釣瓶越え

袋小路の藤里地方で、最も奥地の集落が太良鉱山である。昭和33年の大水害で森林軌道が寸断され、鉱山産業の衰退傾向もあって結局は全面閉山になったが、今では山林を管理する事務所と精錬所の煙突1基が高々と立っているだけで、約800年にも及ぶ鉱山の歴史が脆くも崩れ、50年ほど前までの栄華など人々の記憶から遠ざかるうとしている。

この太良鉱山は、「大同年間（806〜810）或《あるい》は文永年間（1264〜75）の発見」と太良鉱山沿革史にあるが、『寿山随筆』などの参考資料によると、文永年間の開発説が最も有力視されている。中央では鎌倉幕府が蒙古《もうこ》襲来などに怯えた時代であるが、その頃の太良鉱山には、すでに諸国から山師などが大勢集まっていたことになる。

皮肉にも、太良鉱山が閉山されてから藤琴川沿いに、釣瓶落峠を越え、津軽に出る県道二ツ井西目屋線が完成した。これが太良鉱山の繁栄時代に開通していたら、藤里地方の歴史もまた大きく変貌したに違いない。

この「釣瓶越え」県道の道筋は昔もあった。関所などを置く公道ではなかったが、津軽の尾太《おっぷ》鉱山と太良を結ぶ重要な山道であり、飢饉《ききん》で苦しむ人たちが大勢逃げ込んだ道とか、津軽からの嫁入り道とか、その伝説も多いが、ただ、釣瓶落峠付近の崖道はロープを頼りによじ登るほどの難所で、もちろん牛馬や荷車は通れず女こどもにはとても難儀な坂道で、いわば特定の人たちだけの密かな山道のようだった。

江戸時代の紀行家菅江真澄は、寛政8（1796）年11月に津軽西目屋の暗門の滝付近を訪ねて雪の山小屋に泊まったとき、「出羽国藻琴から来たという樵《きこり》にあった」（『雪のもろ滝』）という。釣瓶越えで津軽へ出稼ぎに来た人の記述である。その6年後の享和2年4月には、太良鉱山を訪ねた折に水無集落で「津軽郡鰺ヶ沢生れの平《へい》之《の》の妻だという老女にあった」（『しげき山本』）とある。平之は民話に出てくる怪力の若者だが、その嫁が「釣瓶越え」で津軽から嫁いだことが記述されている。

戊辰戦争では、新政府軍が太良に役人を派遣するなどして津軽軍の侵攻を警戒し、峠ではたくさんの松明を焚き、大勢の見張兵が立ちはだかるような偽装をしたという話もある。

いずれにせよ、この急峻な道は津軽藩に結ぶ隠れルートとして、多くの人たちがロープを手繰りながら登り下りしたのは確かである。

移住の地として

1　浅利一族、比内から逃避

中世末における県北地方は、桧山安東氏が徐々にその勢力拡大し、比内に居城する浅利氏を制圧したほか、鹿角の南部領域まで攻め込むほどの勢いだった。

その頃の藤里地方は、今の常識で考えると地形的にも人材交流という点でも、当然桧山安東氏の支配下にあったものと思われるが、実際は遠く山々を隔てた比内浅利氏の領域であり、その比内から藤里地方へ人々が流れ込み、山深い未開地を次々と草創したという話も単なる伝説ではないようである。

さて、比内浅利氏であるが、長岡城主の浅利則祐《のりすけ》は、永禄5年（1562）安東愛季《ちかすえ》に敗れて生害し、その弟の勝頼が愛季と内応もあって城主となるが、この安東攻めで則祐の遺児となった辰若丸（のちに則治《のりはる》、範治とも書く）は、わずか8歳で母とともに藤琴に逃れたことになっている（『奥羽永慶軍記』による）。

ただ、『長崎氏旧記』によると、いささかその経緯などにも違いがあり、7歳のときに一旦仙北田沢まで落行《おちゆき》、元亀元年（1570）9月には比内に戻り、そこで元服して則治公となるが、もちろん城主である叔父の勝頼は家督を譲るどころか抹殺を計略し、それを恐れてわずか7カ月後の同2年3月13日夜、二人の付人とともに密かに藤琴へ立ち去ったことになっており、その記述も実に詳しい。

『奥羽永慶軍記』と『長崎氏旧記』は、それぞれ異にする記述も多いが、則治の逃れ地がいずれも藤琴であるのは共通している。なぜ逃亡先が藤琴であったのかその詳記はないが、もっと古い時代から比内や南部の隠処《かくれが》として、あるいは落人たちの静かな山懐の地として囁《ささや》かれていたのかも知れない。

その藤琴には則治の系統である子孫やその位牌、墓地なども現存しているが、付人の二人は『長崎氏旧記』にあるものとは別人のようで、小比内集落の山田、藤田の家系だという伝説も残っている。

ただ、則治の子無徳が開基したという修験安養院は、17、18世紀の検地帳や『寺院御調帳』などにその名称は記されているものの、跡地を確証する資料がほとんどない。

藤琴集落を一望できる丘陵の斜面には、戦乱の地から逃れた浅利一族を忍ばせる墓石が3基、ひっそりと並んでいる。建立の時期も読み取れないほど朽ちているが、その傍らに樹周2・7メートルほどの大赤松が遠い昔を物語るように聳《そび》えたっている。

2　湖底に眠る大開集落

素波里《すばり》ダムが完成してから約40年になる。ダム湖は満水し、湖面は季節によって鮮やかな色彩に変貌するが、湖底に眠る17軒の住家や分校、事業所などは人々の記憶から忘れられようとしている。

その大開《おおびらき》集落の歴史は、縄文遺跡も発掘され、何千年も蓄積されてきたが、一般的な伝説は「前九年の役」で敗れた安倍貞任《さだとう》の一族が、この地に落ち延び草創したことになっている。もちろん、これも９５０年も前の話なのでそれを確証する資料も全くない。

また、一説には藤原秀衡《ひでひら》の長男錦戸太郎国衡《くにひら》が近くの根城岱に居住し、その後比内達子森《たっこもり》に移り、そこで死去したという系図が旧粕毛村の神官であった青山氏（現住しない）に残っており、大開にもその一族が永住したという記述が『加秀祁《かすげのむかし》』にある。それと混同した一説には、比内城の戦乱から逃れた落武者たちが、平穏に暮らそうとして、十孤森《とっこもり》とか馬洗淵《うまあらいぶち》、館跡、塚の跡、エゾ岩屋など古里比内の地名を名付けたという口伝もある。

前回触れたが、中世の藤里地方は南部や比内のつながりが深く、比内浅利氏の嫡子が藤琴へ逃亡したほか、寛永年間（１６２４～４４）には比内中野村から萱沢へ、正保年間（１６４４～４８）には小森村から坂巻へ、明暦年間（１６５５～５８）には小野村から室岱へそれぞれ移住し、集落を草創したことになっている（『享保郡邑記』による）。大開の移住者も、そのころ比内から綴子村、大沢間道、高石沢を経て奥小比内で峰越えをし、擂鉢状《すりばちじょう》の山深い地に辿《たど》りついたのだろう。

享保15年（１７３０）調べの『群邑記』には、藤里地方の集落も網羅されているがなぜか大開だけがぬけている。享和2年（１８０２）には菅江真澄が素波里で「桃源郷」のようだと大開を書いているが、そこで足が止まっている。やはり、素波里渓谷の断崖と淵の深さは大開への道に立ちはだかっていたようだ。

水没前の大開への道は、森林軌道が敷設されるまでは通称「アゲ」の峠道と奥小比内からの峰越えの古道だけだった。子どもたちは高学年になると「アゲ」の峠越えで米田小学校へ通った。その通学軽減策として、村では昭和9年に工事費2056円で峠近くにトンネルを掘った。両端から掘り始めた工事は測量ミスでうまく合致せず段差と曲折のある「名物トンネル」（195メートル）ができた。

そんなエピソードをよそに、米代線には立派な「素波里トンネル」が開通し、さらに奥小比内に抜ける「鹿瀬《かせ》内《ない》トンネル」の掘削も始まった。

3　深い草木に埋もれる奥小比内集落

藤里地方は、藤琴川を本流に、大沢川、粕毛川、小比内川の支流があるが、その川筋にいくつもの集落が形成されている。

小比内川の最上流に位置する奥小比内集落は、わずかな耕地を耕しての農業を主産業として、最盛期には二十数軒に及ぶ住家が点在していたが、昭和46、47年の集落再編事業ですべてが集団移転し、いまではその面影も薄らぐほど深い草木に歴史が埋まってしまった。

この奥小比内集落は、『享保郡邑記』によると「小比内村、天和年中開、十五軒」とある。草創はいまから330年ほど前になるが、実際はもっと古い時代、つまり、比内長岡城主である浅利則祐の嫡男が「藤琴へ避難」の元亀2年（1571）のころは、すでに集落が形成され、その「小比内村」へ浅利氏の付人二人が居住したという伝説が立証しているといえるようだ。

また、素波里ダム湖の湖底に眠る大開集落は、比内浅利氏の一族が落行した地でもあり、奥小比内とは峠道一つで結ばれ、盛んな交流があったと伝えられている。

さらに「館《たて》」という古《いにしえ》の地名も集落内に残っており、宝永5年（1708）の検地帳に心奥小比内が「小比内沢」の地名で記録され、相当古い時代に開発されたことを物語っている。ただ、この小比内村は地形的に深い谷間が続く箇所が多く、アイヌ語の谷川とか沢の意味を持つ「ピナイ」にあたるので、それが蝦夷コトバとして残り、「比内浅利氏」とは無関係という説もある。

ところで、この集落の西側に「ひらき」という地名のなだらかな高台がある。耕地面積の少ない集落にとっては、その広大な土地を水田化するのは夢の夢であった。しかし、住民たちの熱意で安政年間（1854〜60）に6キロも山奥から引水する工事が完成した。水路の測量などは夜間に松明をつけてその高低を測り、険しい山肌を縫う工事は幾度となく崩壊したが、結局数年の歳月を費やしてようやく3ヘクタールの高台の耕地へ水を運ぶことができた。

　莫大な労力の負担には反対者や脱落者も多く、集落総ぐるみでの開田ではなかったが、結果的にはその工事の不参加者には高台の下手にある急斜面を開墾させ、その用水は公然と与えることができなくても「ねずみ穴」の漏水として配水したという心温まる共同体の話も残っている。

　いま、古道である「寺屋敷ナガレ」（寺屋敷長嶺）から廃村となった奥小比内へと米代線の工事が進んでいる。無人となった奥小比内集落にはまさに皮肉な道路である。

菅江真澄の道

1　「しげき山本」に記述、図絵

　江戸時代の紀行家菅江真澄が津軽藩の採薬係を免じられ、追われるように深浦から岩館の関所を越え、再度秋田領入りしたのが享和元年（1801）11月である。足早に八森、目名潟、能代、逆川、鹿渡などを経て土崎、久保田で正月を迎え、その後仙北で生涯を終えるまで秋田領内の紀行になるわけだが、その第一歩となる旅が享和2年（1802）3月8日に木戸石（旧合川町）から始まる『しげき山本』のコースである。増沢に泊まり、下田平、麻生などを通り、七座山に登ったあと小繋に1泊し、その翌日案内人に導かれ、恋沢から加護山中腹を通り高岩神社を訪ね、そこから3ヵ月を超える藤里地方への長期滞在となる。

　享和2年3月10日、新暦では4月25日にあたるが、里では桜がほころび始めたころである。真澄は高岩神社で付近の歴史などを聞き書きし、図絵などもたくさん描いているが、藤里関係では太良の獅子頭の伝説や矢坂の密乗寺、如来寺などの話を書き、高岩山の北側の坂道を下りてはじめて藤里の土を踏んでいる。現在、この道は廃道同然となっているが、昔は「大沢口」として人通りも頻繁であり、筆者も終戦直後に遠足でこの山道を登った経験がある。

真澄が秋田領に入り、真っ先にこの藤里地方を訪ねたその背景はなんであったろうか。それは特に日記や紀行文にはみられないが、藤里へ来る6年前の寛政8年（1796）11月に、津軽の「暗門の滝」付近の山小屋で秋田弁の「出羽国藤琴出身」の樵に会っている。さらに寛政10年（1798）5月には西目屋の尾太の廃鉱を訪ね、その宿泊の山小屋で樵《きこり》たちが死者の呻《うめ》き声を聞いたことに関心をもち、どこかで聞いた秋田の長慶金山の生き埋め伝説と交錯し、まず太良鉱山付近を訪ねてみようと思ったのかもしれない。

さて、高岩神社から「大沢口」を下りてくると、川向に矢坂と粕毛の村が見え「おもしろい眺め」とある。美しい風景ということだが、当時の矢坂は四十数軒、粕毛は五十数軒でのどかな邑《むら》をなしていた。薄井沢は川沿いから現在地の高台に移転していたからその視界に入らなかったようだが、八十軒ほどの大沢村が『しげき山本』を含め、真澄の記述や図絵に全く見られないのは不思議である。

真澄は、大沢の「守場《もりば》」辺りで小繋からの案内人と別れ、そこで迎えの川舟に乗り、藤琴川を遡《さかのぼ》ったようだ。それにしても電話も郵便もない時代に、いつ、どこへ到着するかなどの連絡網が実に正確なのには驚く。

2　49歳の春、太良へ向かう

菅江真澄が、藤里地方を訪ねたのは生地の三河国を出て19年目の49歳である。人間的にはまさに円熟期であるが、名前はまだ白井秀雄あるいは白井真澄などを名乗っていた頃である。

藤里地方に関係する紀行文や日記、和歌、図絵なども他地域と同様に精力的に書いていたようだが、3カ月以上も村内に滞在していながら日記や図絵などその記述物が比較的少ないのはいささか不思議である。いまになって旧家の土蔵にでも何か紛れ込んでいないかと期待しているのだが、まだ古文書一葉も発見されていない。ましてや200年前の特異な外来者である真澄の口伝などは残っているはずはない。

真澄は享和2年（1802）3月10日（新暦4月25日）夕刻、藤琴集落の渡し場で川舟を降り、宿の「加茂屋」へ直行している。加茂屋は現在のJA藤里支店辺りにあり、隣地は肝煎伊藤吉兵衛の屋敷であった。向かい側には100メートルほどの参道を持つ宝昌寺がある。

村への訪問者は加茂屋へ投宿すると寺院や肝煎などへ挨拶まわりをするのが習慣で、真澄が訪ねた13年ほど前に来村した秋田藩の巡見使の記録には「宿で夕食を済ませ、向かいの宝昌寺を訪ねて寺の由来などを聞いた。宿へ帰ると粕毛、大沢、矢坂の肝煎たちが土産をもって機嫌見舞いにやってきた」とある。官と民の違いはあろうが真澄の日記にはそのような訪問記述は一行もない。訪問の有無は別にしても気ままな旅の一面が窺《うかが》える。

その日の日記には、高岩神社の伝説などのほか藤琴の地名由来について記している。

「むかし、桐の大木に太い藤がからまり、倒れそうになったのでそれを伐り、帝《みかど》に献上した。そこへ祠《ほこら》を建て藤権現として木花開耶姫《このはなさくやひめ》を祀《まつ》った。それを後の世の人が富士と藤を混同して罪のない誤りをしたが、それで藤琴と呼ぶようになった」とある。また一説として「大昔、ここに年齢のわからない老女が住み、まいにち琴をかき鳴らしていたがいつのまに消えた。その霊魂を富士の神〝木花開耶姫〟として祀った」と記している。そのほか、藤琴の地名由来には「黒鷲丸と藤姫の恋」説とか、アイヌ語の「フチコタン」説があるが、真澄は前述の2説だけに触れている。

3月11日の日記は欠落しているが、翌12日には、「宿の主加茂屋某、医者山田某に誘われ太良へ向かう」とある。山田は太良鉱山の医者で、事前の連絡でわざわざ真澄を迎えるため加茂屋に前泊していた。

3　不動尊と滝をスケッチ

菅江真澄は、太良鉱山を2度訪ねている。けじめは享和2年（1802）3月12日から4月9日までの約1カ月、2度目は6月15日から18日までのわずかな日記が残っているものの、その後の足取りはつかめない。10月16日に阿仁の森吉山へ登るまでの4カ月間はぽっかり穴があいているが、その空白期間については別の機会に記すとして、まずはじめのコースを辿ってみよう。

3月12日（新暦4月27日）の日記によれば、藤琴川が雪解け増水のためか川沿いの道を避け、馬坂から院内岱に登り山越えで高石沢に出ている。この道は遠回りだが今もその道筋は残っている。

高石沢から一ノ渡の天神様を訪ねているが、ここで「ぐみ橋」を渡っている。橋の敷板代わりに柴で編んだ簡易な造りだが、洪水にあってもロープで繋《つな》いでいるから簡単に流失しないし、水がひくと再利用できる。奥地の集落では近年までよく見かけたものだ。

湯ノ沢温泉は、温度が低く夏場は湯治客でにぎわったが、春先は人影もなく寂れていたと記している。この温泉は一般的には弥左衛門という人が200年ほど前に発見したと伝えられているが、真澄の記録から判断しても優に300年を超える歴史があり、湯治場として古くから栄えていたようだ。また、瑪瑙《めのう》が川べりに散在している記述もある。そういえば昭和40年代頃の「石ブーム」のとき、この瑪瑙探しに各地から石マニアたちが押しかけ、玉髄《ぎょくずい》石などを拾い集めていた。飾り石や印材、ブローチなど装飾品づくりに夢中になった人たちも多かった。

滝ノ沢では、不動尊と滝の美しい光景をスケッチしている。大岩の上に欅《けやき》がのびている図絵だが、それが今なお大岩に力強く根を張り、古木の風格を残している。峨《が》瓏《ろう》の滝とともに観光客の目をひいている。

滝ノ沢を過ぎると「十六貫」という珍しい地名がある。太良鉱山の鉱石は舟運が主だったが、藤琴川上流はこの辺りから急流になり舟が通れなくなっていた。太良からこの区間は人手によって運搬したが、黒鉛を一行李《ひとこうり》16貫目（60キログラム）として崖道を背負い歩いたことからこの地名になったと記録されている。

早飛沢《さびさわ》では「ごっちゃばば」というおもしろい老婆に会っているが、「アネコ落し」の伝説には触れていない。若嫁が崖道から転落死し、その亡霊が深い淵で人々を引っ張り込むという難所にまつわる話だが、真澄が訪ねた頃よりもっと新しい時代の事故だったのかもしれない。

4　寂寥感にじむ和歌残す

享和2年（1802）3月12日、真澄は藤琴から太良鉱山へ向かい、その夕刻に鉱山長の成田某に挨拶まわりをし、医者の山田某に泊まっている。その翌日は、床《とこ》屋《や》（製錬所）で女たちの賑やかな作業歌を聞き、山神をまつる薬師堂、火事にあった浄目寺の墓地などを見歩き、昔は八百八つほどあったという釜の口（坑口）などを詳細に記している。特に1番目の太郎シキ（坑口）とか2

番目の次郎シキは太良の地名にまつわる伝説だけに、なかむかしから続いた太良鉱山の長い歴史がうかがわれる。

14日の日記はなく、15日は台所沢を登り旧早口村の矢《や》櫃《びつ》鉱山を訪ね、坑道からの煙に活気を感じ、雪の中で鉛鉱のうすづく音とともに、笊《ざる》あげをする女たちの「石からみ唄」を聞いている。

18日（新暦5月３日）の日記には、「霜で真っ白になり、春らしいようすはどこにもない、さすがに山奥だ」。そして「花はいつ桜の梢松の葉もまたゆふ凝りの霜のおくやま」という真澄には珍しい寂寥《せきりょう》感のにじむノスタルジックな和歌が付記されている。風邪でもひいて床に伏したのだろうか、この日から4月8日までの20日間は活動が止まり日記がぬけている。ただ、月末の28日に「花はややくるるばかりに日はふれどまだ花鳥のいろだにも見ず」の寂しい一首を詠んではいるか、体力的に自信でも失ったのか外出もせず医者の山田宅に籠《こも》っていたようである。

日記には、その頃の太良の人口などの記述はないが、『鉱夾雑譚』（益子清孝氏の作成資料）によれば、明和７年（１７７０）に７５０人ほど住んでいたのに、30年後の享和３年には４０３人に減少している。しかし、狭い山腹の台地に多くのか屋敷があり、鉱山町らしく結構賑わっていたようである。

その賑わいを４月８日の日記に、「愛宕山に登ろうと大勢の人たちに加わり、荒川を渡り、険しい道をよじ登って堂に着いた」と記している。愛宕神社のお祭りらしく酒をのみ、ワリゴ（弁当箱）を食べ、昔はたいそう繁盛した鉱山であったとカナコ（鉱夫）たちが語り合っていたとも記述されている。そして、その足で山道（現在は廃道）を横切り、沼のある水無を訪ね、伝説の「力持ち平之」の妻であったという津軽鯵ヶ沢出身の老婆に会っている。

その翌日の４月９日、太良から藤琴へ帰り、再び太良を訪ねるのは約２ヵ月後の６月15日である。避暑のためだと記しているが、もっと深い事情があっての再訪らしい。

5　素波里を訪ねて

真澄は、享和2年（１８０２）４月９日（新暦5月24日）太良鉱山から十六貫を経て鉛を運ぶ小舟に2時間ほど揺られて藤琴へ着いた。翌日、粕毛集落を訪ね、山吹の花をこの地では「粟福の花」と呼ぶことやホトトギスの鳴き声を耳にしたことを日記に書いている。

その後、日記は二十数日間空白となり、5月5日の節句に藤琴沢の風俗なのか特別な「笹もち」をつくると記述しているほか、舟で藤琴川から米代川へ下り、仁鮒、小掛、鬼神の二ツ井地区を訪ね、その夜は仁鮒の某に泊まったことを書き、日記はまたも二十数日間途切れている。

6月1日は、風光明媚な素波里渓谷、不動明王の滝などの噂を聞き、藤琴の加茂屋の宿から粕毛の沢部へ一人で向かった。『花の真寒水』（真澄の随筆集）で名水に挙げている長瀞の湧き水にふれ、谷地村、根城村を訪れて城柵跡の面影をしのんでいる。さらに熊ノ岱をよそに広々とした田城を通り、畑集落の上日影、下日影という館にしばらく休み、そこから子どもを案内人に頼み、七曲の道を下ってガンゴというところから不動尊の堂と滝を訪ねた。川岸で小舟を頼み、少し川上の青々とした淵と断崖のそそり立つ素波里渓谷に「桃源郷を訪ねたような心地」と感動したのだが、それもつかの間、空がにわかにくもり、雷鳴が谷底を揺さぶるように響きわたり、あわてて川を下った。まもなく長場内に着いたが「夕立がくるから今夜はここに泊まりなさい」と、情け深い宿のすすめでその夜をあかした。

翌朝、長場内を発ち、川向の米田村、逆巻村へと出て、萱沢では鬱蒼と茂る杉林のなかに「アオヤジロ」が際立っているのをみている。さらに室岱、真土と経て川を渡り、藤琴の加茂屋へ戻った。

この2日間の日記には、各集落の様子がよく書かれているが、その順路などにいささか疑問な点がみられる。上日影、下日影は、実際は2日目の帰路に通る集落であり、米田から逆巻、萱沢、室岱の順路も不自然である。案内人なしの一人歩きだったので、迷い歩いたことも考えられるが、後日メモ書きを日記に書き換える際にその順路を混同したのではないだろうか。

それにしても、素波里渓谷で桃源郷を想い、2年後の文化4年には、風景のまったく異なる手這坂（八峰町）で、同じ桃源郷の想いに心が揺れたのは、やはり真澄らしいといえば何となく頷ける。

6 「生き埋め金山」に関心

菅江真澄は、藤琴の宿「加茂屋」を拠点に、太良鉱山にひと月ほど滞在したほか粕毛を訪ね、仁鮒（旧二ツ井町）などへ舟下りをし、さらに粕毛沢部の素波里まで歩いている。そして、２度目に太良鉱山を訪ねたのが藤里入りして3ヵ月後の6月15日、新暦では7月28日にあたる。避暑のため再び太良を訪ねたとあるが、目的はそれ以外にあったらしい。

それにしても、真澄がこの藤里地方に3ヵ月余り滞在しているが、その間の生活はどうだったろう。公開された日記や紀行文、図絵など以外はまったくわからないし、村の肝煎や旧家などにもその証跡はみられない。少し風変わりな黒頭巾のお坊さんが、村々の風俗などを聞き歩き、時には病人たちに施し薬でも与えたのであれば、もっと伝説として残ってもいいはずだが、２００年を過ぎた今日では新たな足跡の発見はない。ただ、時代は明確ではないが、「魔戸の坊さま」という人が、この辺りの民家に長期滞在し、針灸などの医療行為のほか昔語りなどを吟じて多くの人たちに親しまれたという話は残っているものの、それが真澄だという確証はない。

また、生活費も長期滞在となると、藤琴の「加茂屋」や太良の「山田」の宿賃もまるっきりタダというわけではなかったろう。紙漉屋から購入した日記や図絵の紙代も、また見知らぬ土地の案内人にもそれ相当の駄賃は支払ったのだろう。その原資は本草学を身につけ、津軽藩でも採薬係を命じられたほどの知識人であったから、医《くすし》として当然その費用の捻出はできたのであろう。

さて、２度目の太良での日記は、到着の6月15日と3日後の18日のみである。最後の日記には、白石、黒石沢探訪の与助滝とか一通《いっとり》、犬戻し、語山、大岳などの地況が記されているが、その中で最も訪ねてみたかったのはむかし金山であったという語山らしい。

真澄は、津軽滞在のとき、おそらく「長慶金山」の生き埋め伝説を聞き、尾太の廃山で聞いた「まんぞく」の怪奇な話、さらに暗門の山小屋で「出羽国藤琴の樵」と会ったことの不思議さ、そんな数々のことが混在し、「生き埋め金山」は「太良の奥にある」と信じ込んだのではないだろうか。秋田入りして真っ先に訪ねたことも、そんな背景があったからであろう。

「語山から人声が聞こえる」と背筋でも寒くなったのか、「日暮れ近く太良の宿に帰った」という日記は享和2年（１８０２）6月18日で終わっている。その後、何日、何カ月滞在したのか不明だが、次の日記は10月16日、阿仁合（北秋田市）から森吉山に登ったことが記述されている。

消えた寺院

1　修験信仰の山「高山」の謎

湯ノ沢のホテル・ゆとりあ藤里の背後に標高388メートルの「高山」がある。昔から隣市の高岩山や七座山《ななくらさん》と並んで山伏たちの難行苦行の場として知られてきたのだが、高山にはそれを確証する寺院や古文書、伝統行事などがまったく残っていない。もちろん、県内を綿密に調査した『秋田の山伏修験と密教寺院』(佐藤久治著、無明舎刊)には、廃寺となった町内の実相院や安養院など6寺の掲載はあるものの、高山関連の明星院などの寺院名はほとんど見当たらない。

また、200年ほど前に、目前にそびえ立つこの山の裾野を歩いたはずの菅江真澄や藩の巡見使井口来宣などは、その主な登山口である峨瓏の滝付近には結構注目しているが、高山についての記述は一行もない。

しかし、その実態として、今でも高山に登ると、真下に寺屋敷や坊中の集落が見えるし、南の方角には院内岱の集落と原野が広がっている。それに東側の国有林地内には明星院沢があり、北側には狭い沢地でありながら水田跡の残る行人沢が横たわっている。つまり、四方が山岳信仰などに因《ちな》んだ宗教的地名に囲まれ、高山はまさに修験信仰の山であることを実証しているようなものである。

『藤里の民話集』(教育委員会刊)には、いくつかの高山関係の昔話や伝説が掲載されている。峨瓏峡の奥地、つまり東側の山腹に明星院なる寺があって、古来山伏たちが大勢修行していたが、いつのまにか寂れて寺屋敷にある末寺に山伏たちが移り住み、それで「寺屋敷」という名称になったとか、さらに坊中や院内岱は明星院の領地であったことから「院の中」「院の内」がその地名であることなどが伝説として収録されている。いささか曖昧な説得論ではあるものの、それを否定する論拠もないのは確かである。また明星院沢や行人沢の地名も、林野が国有林化された近代につけた名称であろうが、中世の繁栄が人々に引き継がれ、その事実性を名称に残したことであろう。

筆者も、この明星院の跡地を探ろうと地元の方々と何度か現地を訪ねたが、500~600年もの歳月は重く、草木の根は深々と生えて一欠片《ひとかけら》のかまど跡も見いだすことができなかった。はるか縄文時代の遺跡が発掘されている今日、深い草木を分け、中世の昔に出合うことはそれほど難しいことではない。まだ時間のあることを信じている。

2　安養院の跡地はどこか

藩政時代には、藤里地方にも修験の寺院が6カ寺あった。『秋田の山伏修験と密教寺院』と旧村の検地帳によると、藤琴村には千手院と安養院、粕毛村には三覚院と源寿院（検地帳には明宝院とあり、源寿院名はない）、矢坂村には実相院（検地帳には十楽院とあり、実相院名はない）、大沢村には喜宝院（検地帳の大宝院名は喜宝院の誤りか）があり、それぞれが神社の別当や田畑を共有し、村人たちとのつながりや影響力をもっていたようである。中世の頃、高岩山を修験の場とした如来寺、湯ノ沢高山に籠り難行修行していた明星院、その頃の山伏たちとはその役割も本質的に変化していたようである。

藤琴村にあった安養院は、比内長岡城・浅利則祐の嫡男則治の系統だといわれている。則治は叔父浅利勝頼の密殺を恐れて藤琴へ逃亡し、その後の動向は定かではないが、その子無徳加藤琴で修験寺を開基したことになっている。『秋田の中世・浅利氏』（鷲谷豊著、無名舎刊）の系譜でも「範治　号辰若丸、天正9年（1581）逝去」「無徳　号寅寿丸、得度《とくど》し安養院開基となる、慶長11年（1606）逝去」とあり、「浄元　富若丸、安養院を継ぐ、承応元年（1652）卒」とあるように、その三世尊永も継承し、「(梵字) 権大僧都三僧祇法印竜蔵尊永大和上」の位牌が現在も藤琴の浅利家本家に安置されている。

その安養院の跡地であるが、『藤里町誌』では浅利家とその墓地の所在する藤琴ということになっている。もちろんそれを決定づける資料はないし、別説ではその地が村内を広く治めていた千重院跡ではないかという推測もある。

一方、縄文、平安期からの住居跡で、浅利則治の逃亡地ともかかわりの深い「一ノ渡」が跡地という説も浮上している。正徳元年（1711）の『藤琴村社寺数調帳』によると、藤琴にある富士権現堂（浅間神社）や愛宕堂、観音堂、御伊勢堂、さらには枝郷寺屋敷村の蔵王権現堂、金沢村の不動産の別当がすべて千重院であるのに、一ノ渡村の天神堂1社だけが別当安養院となっている。「古ぼけた寺があった」という古老の話ももう一度検証する必要があるようだ。

いずれにせよ藤里地方にあった修験寺院は、明治初年の廃仏毀釋《はいぶつきしゃく》の宗教改革によりすべてが姿を消し、それほど遠い昔でもない140年余りの時間に、その跡地さえも人々の記憶から失われてしまったのは不思議である。

3　集落名になった如来寺

藤里町の玄関口、つまり県道から最初に入る集落が如来瀬岱である。もともと如来寺という修験者の寺院が、現在の集落から少し入った西方の台地にあったことからその地名になったといわれている。その跡地や遺物はまったく保存されていないが、縄文石器や土器片は発掘されたという記録（『山本郡史』臨川書店刊）は残っている。

もともと、地元では「ぬるぜぇ」と呼び、いまでもその呼び名は通用する。「如来瀬」が訛《なま》って「ぬるぜ」になったというのが一般的だが、一説には「温《ぬる》い瀬」か「緩《ゆる》い瀬」の谷川が旧二ツ井町との境界に流れていたことから、その名称になったという伝説もある。

その如来寺の由来だが、菅江真澄の日記『しげき山本』によると、如来寺は、もともと密乗寺や薬師寺などの5カ寺とともに霊峰高岩山にあった。その5カ寺は、荷上場の城柵の領主額田甲斐守《ぬかだかいのかみ》とは代々親交を深めていたが、甲斐守が代替わりになってからは、寺側に残忍なふるまいをし、田畑まで取り上げてしまった。憤懣《ふんまん》やるかたない僧侶たちは密かに甲斐守を高岩山の薬師寺に誘い、風呂場で暗殺をはかりその乱は一応平定したが、その後秋田城介（桧山安東氏）に攻められ、せっかく取り返した領地も再び失ってしまい、大勢の僧侶たちは方々へ散り果ててしまった。

高岩山には、如来寺と密乗寺だけが残ったが、田畑もなく、生活は乏しくなり、結局如来寺は矢坂村の「下の沢」に移住した。その後高岩山の寺の長だった密乗寺も落武者たちに焼き払われ、如来寺に逃亡し、庵をむすび住んだということになっている。

菅江真澄は、享和2年（1802）、この如来寺の経緯を高岩山で聞き書きしている。「下の沢」という地は、現在の字名や地図にはないが、矢坂村本郷から「下《しも》」の方向が如来瀬岱にあたるので、当時の人たちは「下の沢」と呼んでいたに違いない。ただ、宝永4年

（1707）の『矢坂村検地帳』には「如来瀬の田地」などの記録があり、菅江真澄の紀行時はすでに如来瀬岱に村ができ、中世の名残りとなって栄えていたようである。

それにしても、如来瀬岱と旧二ツ井町の茱萸ノ木《ぐみのき》集落は、境界地でありながら地況的にはそれを分岐する河川や沢地は見えないし、自動車などで通ると、まるで同一集落と錯覚してしまうほどである。しかし、ある地元の古老の「ここに川があった」というコトバは、この地域には如来寺の開拓魂がしっかりと刻まれ、その独立性を強調しているように聞こえた。

戦時・村の証言

1　飛行機墜落、村揺るがす

戦時中、能代の東雲原に飛行場があったことで、能代山本地方では軍用機などの墜落事故が相次いで発生した。軍の機密事項であることから、ほとんどその実態は公表されなかったが、「昭和二十年七月、海軍輸送機が能代市桧山に不時着し、十六人が死亡」とか「特攻隊員七人が東雲原で訓練中に散る」（『戦後の証言』北羽新報社刊）などの大惨事、さらには八峰町水沢で訓練中の戦闘機が山腹に衝突炎上し、操縦士らが犠牲になった事故は、いまでも多くの人々の心に染み込んでいる。

藤里町粕毛の通称「増反地」でも練習機が真っ逆さまに不時着するという事故が発生した。昭和18年、田植時より少し前のころだった。当時、粕毛村国民学校の高等科1年だった小山友治さん（80）は、「同級生たちと学校田の代かきをしていたら、頭上でカラカラと異常音がした。見上げると度肝を抜くような大きな機体が低空飛行するので、慌てて機体を追った」という。

さらに「墜落現場に着くと、機体が尾翼を天に向け、原野の端に直角に突き刺さり、あわや谷間へ真っ逆さまの状態だった」と、まるで昨日の出来事のように語っていた。筆者も隣村の初等科3年生だったが、「粕毛に飛行機が落ちたぞ」という村人たちの叫び声に引き込まれ、坂道を登り、広々とした原野の山道を一目散に走った記憶がある。

その事故機は、きみまち阪上空で訓練中、エアポケットに入って急降下し、そのまま粕毛の集落を旋回して近くの高台に不時着したのだった。原野地を滑走し、谷間の寸前で急停止したので、その反動で尾翼が宙に浮き機首が崖っ縁に突き刺さったという。無事だった操縦士は、その谷間を下りて薄井沢集落へ出たが、近辺の民家には電話がなく、2キロほど離れた粕毛本郷で連絡をとったというのが、村人たちへ流れた情報である。

現場には、物珍しさもあって大勢の村人たちが駆けつけた。サイドカーなどでやってきた上官たちや整備隊員たちは、物々しく事故の検分や機体修理など行い、その日は夕刻まで騒然としていた。

翌日、村の警防団や婦人会などが動員され、ロープで尾翼を引っぱり、草木を払って200メートルほどの仮滑走路をつくり、練習機は東雲原へと飛び去った。

事故処理はそれで終わった。犠牲者はなく、機体にも大きな損傷はなかった。もちろん不時着の公表はなく、旧粕毛村にも関係記録らしいものは一切残されていない。今は鬱蒼とした杉林に覆われ、村を揺さぶった大事故の現場とは思えぬほど静かである。

2　山中で捕まった英兵捕虜

「峨瓏の滝」は、江戸時代の紀行家菅江真澄も訪ねた景勝地である。その上流を渓谷に沿うて森林軌道跡をたどると急に空が開け、平坦な山林地と思うのも束の間、再び鬱蒼とした国有林に吸い込まれ、山岳地帯が続く。

昭和20年6月、この滝ノ沢国有林の中で、花岡鉱山から逃走した2人の英兵捕虜が村人たちによって捕らえられた。彼等は陽の沈む西側へ峰々を越え、谷川を歩き、藪道《やぶみち》を漕《こ》いでようやくたどりついたのが営林署の炭焼き小屋だった。近くに営林署の事業所があったので、その職員たちにでも察知されたのか、2日後の朝には村の巡査や警防団の人たちに取り囲まれていた。彼等は一旦50メートル下流の小橋の下に隠れたが、在郷軍人の1人が日本刀を振りかざすと無抵抗のまま両手を挙げ、囚《とら》われの身となった。

東京の軍需工場から帰郷していた石田良一さん（81）は、「異常な叫び声の中を大男が2人、前後を村人たちに挟まれるように森林軌道を歩いて来た」と、滝ノ沢集落に連れ出されたときの模様を語る。さらに「やっぱり海まで逃げれば、母国へ帰れると信じたのだろう」と、当時の逃亡事情を分析していた。

捕虜たちは、寺屋敷集落からトロッコに乗せられ、役場のある藤琴集落の広場に連れ出された。捕虜逃亡の連絡はその前日に入り、村ではサイレンを鳴らし、警防団や在郷軍人たちが大掛かりな山狩り捜査をしていただけに、広場は黒山の人だかりとなった。

筆者は、まだ国民学校の初等科5年だったが、西洋人を見るのははじめてであった。髭面《ひげづら》に鉤裂《かぎさ》きになったよれよれの外套《がいとう》、時折人だかりに向ける視線は獣に似た鋭さであった。子どもながら徹底した敵愾心《てきがいしん》教育を受けていた筆者は、同情心どころか恐怖心に震えていた。おそらくほとんどの村人たちもそうだったかもしれない。ただ、誰かがにぎり飯を与えると、「やるな！　食わせるな」などの罵声《ばせい》の中で、年配の捕虜兵の目にきらりと光るものが見えたのは今でも忘れない。

村を騒がした事件であったが、役場などには当時の記録は残っていない。目撃者やその聞き書きなどからまとめると、彼等は南方戦線で囚われ、はるばる花岡鉱山に送られてきた。強制労働に耐えかね、夜中に収監されていた観音寮を逃走した。4人で逃げたのだが、途中で二手に分かれ、その一派が藤琴村の山中で捕らえられ、あと2人も黒沢（北秋田市）で捕まったという。彼等は、そのまま仙台方面に送られたという話だが、暑い季節になるといつもこの事件が気になってならない。

3　防空壕掘りで少年犠牲

土崎空襲は、100キロ近く離れたわが村の南の夜空まで真っ赤に焦がし、村人たちは恐怖に体を震わせた。300キロも離れた太平洋沿岸の釜石の艦砲射撃は、ドスン、ドスンと不気味な地響きで窓ガラスを揺らし、戦争の怖さが奥羽山脈を越えた片田舎まで迫った。

死にもの狂いで砲火をくぐりぬけた戦場の兵士たち、広島、長崎、東京など頭上から砲弾を撃ち込まれた市民たちの死と直面した戦争の怖さは、山あいの村に住んでいたものとは地獄と極楽ほどの差があったのかもしれない。

だが、農山村にも戦争の怖さがじりじりと迫っていたのは言うまでもない。昭和13年、国家総動員法が制定され、第二次大戦が始まるころは国家権力が増大し、この法も国民の犠牲がさらに強いられるように改正された。世の中はますます異常な方向へ流れ、大人も子どもも「一億総動員」「勤労奉仕」「供出」などに躍らされ、物資や食料不足、特に労働力不足で子どもたちまで勤労動員され、国民生活の困窮はあてどなく続いた。そしてB29が列島を飛び回るようになると、山深い村でも防空壕を掘らせ、その避難対策まで指導があった。

藤琴橋を渡ると、東側に地すべり対策工事のコンクリートラインと防護柵が敷かれた山肌が視線に入る。縄文時代の土器が出土し、平安期の空壕跡の残る「院内岱」遺跡の台地がどっかりと座り、そこから急斜面を下ると鳥谷場集落の一部、通称「館の沢」がある。

65年前の夏、二人の少年がその「院内岱」遺跡の裾野に横穴の防空壕を掘っていると、突然落盤が発生した。「気がついたときは、村の病院に運ばれていた。義雄がどうなったかも心配だった。子どもが働くのは当然時代だったので、防空壕を掘るのは特に負担ではなかった」と、事故に遭った斉藤勝夫さん（76）は当時のけがの傷跡をさすりながらいう。国民学校高等科1年生で、「義雄」とは同級生でいとこ同士であった。もう二人とも立派な労働力として扱われていた。

その防空壕は、彼ら親戚3軒で共同掘削していた比較的大掛かりな退避壕であった。その日、彼らは穴掘りの専門家二人の後方で作業し、排出された土砂を運んでいた。大人たちが休憩していた合間に、穴の奥に入って掘り始めた途端の事故だった。土砂から掘り出された斉藤義雄少年は、村の病院へ運ばれたがまもなく息を引き取った。

戦争さえなければ防空壕掘りも、少年たちの労働も、土砂崩れの危険箇所での作業もなかったはずだ。一見平和そうなまちにも戦争の傷跡はまだ数多く残されているようだ。

文化財

1　変貌する豊作踊り

駒踊りを含む「藤琴（上若《かみわか》、志茂若《しもわか》）豊作踊り」は、昭和39年11月秋田県無形文化財に指定された。県北地方には数多くの郷土芸能が残っているが、同じ集落内に獅子舞、駒踊り、奴踊り、万歳がワンセットで演じられ、しかも二つの団体が同じ演目を披露しているのは、この「藤琴の豊作踊り」だけである。そして明治からの長い間、鎮守の浅間神社例祭には、一度も欠かすことなく演じられ、それが文化財指定の一要因にもなったし、村祭りとして地域の人たちの歓びとなり、また誇りともなっている。

この「豊作踊り」は、各地にみられる駒踊りや獅子舞などと同様、佐竹義宣公が秋田に国替えになったとき、その慰めに演じられた道中芸が起源だとされている。それを確証する記録はないが、江戸末期には県北各地にいろいろな民俗芸能が流行的に進出している。その頃、わが藤里地方にも「粕毛の獅子舞」（現在は消滅）などと一緒に流れ込み、若者たちもそれを当然のように受け入れ、しかもそこに育った二つの団体は、互いに競り合いながらさまざまな時代を乗り越え、160〜170年の歴史を今日に刻んでいる。

「藤琴の豊作踊り」には、上若、志茂若の団体がある。その伝承先は、上若の「獅子舞」と「奴踊り」は旧松木村（現大館市）、「駒踊り」は旧米内沢町（現北秋田市）と部門別に異なっているが、志茂若はワンセットで旧八幡岱村（現北秋田市）から教わったことになっている。

その当時の状況について、志茂若には「先輩たちが藤琴川を舟で下り、泊まりがけで八幡岱村まで習いに行った」という口伝があり、「藤琴から若者が10人、それに炊事の女性が1人、わが家の作業場で1カ月も稽古に励んだそうだ」という受け入れ側の松岡一雄さん（北秋田市羽根山）の証言もある。ただ、この証言などを含め、伝承先も八幡岱村から羽根山村に訂正されるなど、まだ調査や整理、記録しなければならないことが多いようだ。

また、この「豊作踊り」は、江戸末期に村へ伝承され、当初は先祖供養としての盆踊りであった。しかし、神仏分離など明治の神社改革で祭典行事に移行されている。

9月8日の本祭り前夜、つまり宵宮にはお寺の境内で最初に披露する習慣はその名残りでもある。

今年の祭典では、ALT（外国語指導助手）の外国青年も勇壮な駒踊りを披露した。かつて後継者不足で主婦たちが奴踊りを応援した時代もあったが、いまは幼稚園児なども駒踊りで大名行列に加わっている。ここにも変貌する村祭りの姿がのぞかれる。

2　消えた粕毛の獅子踊り

伝統行事の「根城相撲」は、今年も刈り入れを前に無事に終わった。その「作相撲」には、恒例により土俵脇にまるで産土神《うぶすながみ》のような三つの獅子頭が飾られている。

その獅子頭で、かつて粕毛沢部の人たちはお盆を中心に村をあげて獅子踊りを演じていたという。どんな舞で、どんな囃子《はやし》なのかは定かではないが、代々獅子頭を保管している熊ノ岱集落の加藤徳良氏宅には今でもそれら民俗芸能にかかわるいくつかの道具が残っているという。それに各集落にも「あそこ家の曽祖父は獅子踊りが得意だった」とか「あの一族は駒踊りの名人ばかり」などの口伝もある。

しかし、粕毛沢部が主流とされてきたこの民俗芸能も、実際は旧粕毛村（矢坂を除く）一帯で演じられ、住民総出の行事であることがわかった。もちろん、粕毛本郷にもかつて獅子踊りや奴踊りが伝承されていたという口伝はあるが、それを確証する資料がなかったので、いうなれば半信半疑であった。

それが、明治39年1月に当時の米田尋常小学校長であった安保小一郎氏（故人）がまとめた『童話俚諺俗謡取調草稿』という50枚ほどの草稿が見つかり、そのなかに「獅子踊リノ由来」などが詳細に記載されていた。

その一部に、「本郷ノ若勢宿ハ小森清ハノ前、沢ハ熊ノ岱ノ若勢宿小森与十郎ノ前ニ於テ盆ノ十三日ノ晩笠揃ト称シテ踊リ始ムルニ本郷ノ衆ハ村社ノ方ニ向ッテ神へ踊リヲ掉ク其レヨリ寺ノ境内ニ於テ仏へ捧ク後チ肝煎山伏ト踊リタリ　沢ノ踊ハ与十郎ノ前ニ於テ熊野神社神明社不動社ト踊リ捧ケ後チ治五右エ門へ行テ踊リタリ」などと記載され、獅子踊りなどはお盆の13日に次いで、14日は室岱、谷地、根城、畠、長場内をまわり、15日は本郷の寺で「施餓鬼《せがき》踊り」を披露し、さらに肝煎、山伏宅で踊り、20日にはようやく踊り納めをしていると記されている。

この踊りの伝承先は山本郡童子村（道地村）で、獅子踊り、駒踊り、奴踊りなど大名行列もあったようだが、なぜか隣接する藤琴の「豊作踊り」には一行も触れていない。ただ「佐竹義宣公の国替えを慰める道中芸」であることだけは共通しているようだ。

　いずれにせよ、当時も人手不足とか道具の焼失でこの民俗芸能の再興は不可能となり自然消滅したが、それに変わって時間的、経済的負担の少ない「根城相撲」が登場している。それからすでに百年の歳月が流れ、かつて村ぐるみで盛大だった「根城相撲」もいまではささやかながら民俗芸能としての灯《あか》りを点《とも》している。

3　天井に踊る春江の竜神絵

藤里地方の寺や神社には、江戸末期や明治、大正などの庶民文化を後世へ伝えようとした、いわゆる「村の文化遺産」が、ひっそりと息づいている。

　室岱集落にある水神宮は、大本の銀杏《いちょう》などに包まれた典型的な鎮守の杜という風情であるが、その神社の天井にいささか色褪《いろあ》せてはいるものの力強く躍っている竜神の墨絵がある。旱魃《かんばつ》に苦しんだ人々の悲痛な叫びがひしひしと伝わってくるようだ。

　この絵は、神社が改修された慶応3年（１８６７）に佐々木春江によって描かれたものである。春江は文政7年（１８２４）4月、豪農佐々木新助の4男として生まれ、同じ室岱集落に分家として居を構えた。どこで、誰に師事したのかはよく分からないが、農を営む傍ら絵描師として数々の傑作を残している。明治24年に描いた見事な昇竜絵は宝勝寺（北秋田市綴子）に残されているし、地元の素波里神社には山百合と蝶の舞う絵に、近郷84人の俳人が詠じた横長3メートルほどの献額がある。また、粕毛集落の自福寺や神明社にも絵柄が判然としない掛額が１００年を超える歳月に耐え、春江という画風がかすかに生き続けている。

　春江は、俳句に興味があったのかは定かではないが、素波里神社の献詠額に見られるように、そのひと隅に絵描師として名を連ね、当時、村の文化の主流だった俳人たちと交流を深め、しかもその拠点が神社や寺院にあったことで、その作品を奉納し、地域文化の裾野を広めようとしたのは確かである。

　ところで、他地域の神社や寺院には、古い時代の書画などの掛額がたくさん奉納されている。もちろん藤里地方でもその傾向は見られるが、特徴的なのは各地の俳人たちが献詠した掛額が極めて多いことである。

一ノ渡集落の北野天満宮には、天保15年（１８４４）と記され70句を超える献詠額が2枚。素波里神社には慶応3年と明治2年、昭和3年の奉納額が3枚。矢坂集落の八坂神社には昭和5年奉納で、京都の三幹竹をはじめ秋田や能代、二ツ井の俳人たちが名を連ねている献詠額。そのほか粕毛集落の神明社や自福寺にも年号不明のものが所蔵されている。

このように「むら」に残る貴重な文化遺産は、年々その筆跡も薄れ、木造の掛額も色褪せ、朽ち続けている。佐々木春江の作品とともに次世代へしっかりと引き継ぎたいものだが。

4　金沢番楽の行方――

秋田県内には、獅子舞や駒踊り、ささらなどの民俗芸能が数多く伝承されているが、その中でも「番楽」に類する芸能が圧倒的に多いといわれている。能代山本地方でもかつては道地番楽とか石川番楽など30を超える地域で伝承されていたが、いろいろな事情で中断あるいは自然消滅したものが多く、いまでは富根番楽とか志戸橋番楽などわずかな地域に残されているだけである。

藤里地方には、町外にはあまり知られていないが、いまでも細々と演じられている「金沢《かねざわ》番楽」がある。昔のような華々しい演技はみられないし、その「庭」なる上演の場も、毎年行われている町民芸能発表会であるから本来の作番楽とはだいぶその趣も違っている。それでも地域が育んだ「番楽」の心は観客の胸に迫るものがあり、時代の流れを切々と感じさせている。

「金沢番楽」は、『藤里町誌』によると、「今から１８０年ほど前に、この地を訪ねたホゲン様（山伏か行者）が、地域に慰安芸能がないことを知り、田植え過ぎから稲刈り時期まで滞在して伝授した」とある。それを断定する古文書などの資料はないが、昭和初期に「番楽」を舞い踊った人たちの手記（『芸文ふじさと』１９９０年刊）によると、「鷹巣太田の法印様から伝授」とか「上小阿仁の神官から習った」など、そのルーツもさまざまである。ただ「藤琴の豊作踊」と同様、この時代は北秋田地方との交流が盛んであったので、東側の山越え道をたどり、金沢郷（金沢、上茶屋、真名子など）の不動尊社へ落ち着き、山伏の「豊作祈願」をこめた「舞」として定着させたようである。

「金沢番楽」の全盛時代は、演目も30ぐらいあり、若勢たちは2日がかりで舞い踊り、見物人も狭い谷間の集落へ千人近くも集まったといわれている。上流に太良鉱山、下流に「小能代」といわれた藤琴集落もあり、その地へ移動上演もしばしばで、さらに大規模な営林署の慰安会などによく招かれたようであった。しかし、終戦直後の社会環境の激変と昭和36年の金沢集落の大火で笛太鼓、能面などの道具や衣装をほとんど焼失したことで、「番楽」そのものが消滅状態になった。

その後、先人たちの遺産を継承しようと郷の若者たちが中心になり、囃子の笛太鼓を失ったままテープでその復活に努め、今日に至っているのだが、過疎化で踊り手も観客も激減し、しかも高齢化が進み、その行方が案じられている。後継者対策、特定地域保存の適否などを含め、その伝承について考えなければならない時期にきている。

5　一夜に散る「権現のいちょう」

藤琴川沿いの田中集落にある「権現のいちょう」は、能代市仁鮒の銀杏山神社の「いちょう」とともに昭和30年1月24日、秋田県の天然記念物に指定されている。現在、県内には5ヵ所7本が「いちょう」樹木として指定されているが、その半数近くが能代山本地方の神社境内に茂っている。

田中の「権現のいちょう」は、推定樹齢５００年という古木である。教育委員会の案内板によると、弘法大師が東北巡錫《じゅんしゃく》の途中この地に立ち寄り、昼食を終えて地面に立てた箸が「いちょう」に成長したことになっている。各地によくある伝説と同じような説明書きだが、弘法大師、すなわち空海（７７４〜８３５年）は、いまから１２００年前の人物であり、樹齢５００年とではあまりにも誤差が大きい不整合な伝説といえるようだ。

また、享和2年（１８０２年）、菅江真澄は春と夏にこの付近を2度ほど往復している。しかし、「権現のいちょう」については全くその記述がないが、欅など他の大木と混在した杜《もり》が真澄の目に留まらなかったのか、あるいは無関心であったかも知れない。ただ、3年後に訪ねた前述の仁鮒の「いちょう」については『おかべのよろひ』に明記されている。ちょうどその季節が黄葉期であり、鮮やかな色彩が真澄の心を捉えたのかも知れない。

この「権現のいちょう」の聳え立つ小高い丘は、いまでも縄文土器の出土する畑地である。

5千年も昔からこの地に人々が住み、自然界の樹木や祠などは神の坐《いま》すところ、宿るところとして畏れ、祈り、崇拝され、日々の暮らしにかかわってきたが、それがいまだに伝説として残っているものもある。

「権現のいちょう」は大音響とともに一夜のうちに落葉してしまい、その様子を見れば不吉なことが起こり、死んだり火事に遭ったりするという言い伝えはいまだ古老たちの心に残っている。また、落葉した日から数えて20日目に降った雪はそのまま根雪になってしまうということは、いまでも地域の人たちの会話に交じっている。近年までは黄葉の北側、南側の色具合によって翌年の作柄を占う人たちもあった。

不吉な事象については別としても、一夜にして落葉するのは「いちょう」の樹木に共通する現象であり、20日目の根雪や落葉の色具合による作柄の占いは、そこに住む人たちの長期にわたる観測、経験から生じたものであろう。「権現のいちょう」は地域の歴史を知り尽くしているように今日も無言のまま聳えたっている。

6　大沢集落の壮士舞

袋小路といわれた藤里地方は、近代化の波状が比較的穏やかだったせいか、民俗芸能も原形を残したまま現存されているものが多い。「藤琴の山車」や「粕毛の獅子踊」などは完全に消滅したが、「藤琴の豊作踊」や「金沢の番楽」「根城相撲」、そして今回紹介する「大沢の壮士舞」も、毎年披露され、地域にしっかり定着している。

その「壮士舞」は、「忠臣蔵」をテーマに、詩吟と剣舞によって義士たちの生き様が演じられているが、県内はもちろん全国的にも珍しい伝統芸能だといわれている。しかも、この地に伝授された当時から女性たちが関わり、その舞い踊る姿は一見不自然さもあるが、独創的女性の姿だとみる人も多い。

そもそも、「壮士舞」の「壮士」とは「勇ましい壮年の男子」という意味で、明治20年代に民権思想の普及のために始まった「壮士芝居」の流れをくむ芸能であって、大沢集落に根を下ろす特別な理由はなかったのだが、なぜか男女を問わず地域に溶け込んでいる。

さて、この「壮士舞」は「明治30年ころ、男女数名の武芸者が諸国巡業のついでに大沢集落に立ち寄り、数日間滞在し、その折りに戸島ミナという女性に壮士舞を教え、その後集落の娘たちへ伝授されている。演じる期日も祭典の5月7日、集落内に仮設した舞台で舞う」と、『藤里町誌』にあるが、保存会の代表である細田鐵芳さん（70）たちは、当時の状況や舞の真髄を究めようと遠く赤穂市（兵庫県）や泉岳寺（東京都）などを訪ねている。

また伝授者戸島ミナについても、生誕地の北秋田市に足を運び、彼女が独身時代に武芸者から舞を習い、大沢集落に嫁いでそれを伝授したことを確認している。つまり、武芸者たちがわざわざ大沢に立ち寄ったことも、直接伝授したということもなく、一人の女性が指導者となって集落を巻き込み、それが今日の隆盛につながっているわけである。

ただ、他の民俗芸能にもみられるようにこの「壮士舞」も、戦中や戦後の社会情勢の激変で挙行が不可能というピンチを迎えていた。空白の期間が30年も続き、その骨格も崩れようとしていたとき、細田さんたちの努力でみごとに復活させている。

かつての集落総出の「壮士舞」のにぎわいはないにしても、いま二十数人の会員たちが町の文化祭などで朗々と吟じ、鮮やかに舞い踊る姿は、この伝統芸能を後世へ引き継ぐ使命と責任のようなものが感じられる。そして後継者となる子どもたちも颯爽とそれに続いている。

まもなく12月14日。義士たちの討ち入りから３０８年目を迎える。

7　消滅した藤琴の七夕行事

「藤琴の山車」が消滅したことを本欄に書いたら、ある年配の方から「そんな賑やかなお祭りがあったのか」と尋ねられた。昭和20年代に突如として現れ、4、5年ほど続いたが、すぐさま姿を消してしまった「通り音頭」のことである。

終戦後、各地では一旦廃れかかった伝統芸能の掘り起こし運動が盛んで、資料の少ない中を見様見真似でみごとに復活し、いまでは貴重な無形文化財になっているものも多い。

藤琴集落の「山車」は、そういった伝統芸能の復活とは多少事情が違っている。終戦で混乱していた村を元気づけようと、商工会や青年会などが中心となり、愛宕神社の祭典を盛り上げ「通り音頭」などを街並みへ繰り出す企画を立てたのだが、その際に古くから宝昌寺の床下に眠っていた「山車」を活用することになった。

いつの時代から、誰が、どんな行事に使用したのか、その引き継ぎもなく、埃《ほこり》に埋もれていたものであるが、荷車の部分は擦《す》り減り、屋台もあちこちが朽ち、復活が困難な状態であった。しかし大がかりな補修で「囃子」や「通り音頭」も今風に創作され、伝統というより新型の「山車」としてデビューしたのである。

藤琴集落には、伝統芸能として上若、志茂若の「豊作踊」がある。これはもともとお盆の行事として伝承されたものだが、明治末期、神社の例大祭へ移行されている。この「豊作踊」と関連したものに「ねぶ流し」があり、これは毎年8月6日の夜に行われていた。「豊作踊」の笛や太鼓、担ぎ棒はそのまま使い、その棒に提灯《ちょうちん》を吊《つ》るして集落を練り歩く秋田の「竿燈《かんとう》」に似た行事である。

問題の「山車」も、本来は「ねぶ流し」とともに七夕行事として行われたようで、藤琴集落が「小能代」として繁栄したころ、能代の「ねぶ流し」を模したものといわれている。「山車」の造りも一回りほど小さく、「灯籠ながし」も能代の「シャチ流し」とはスケールも違うが全般的に共通するものがあるようだ。

しかし、小さな集落での「山車」の繰り出しは、人的にも経済的にも負担が大きく、結局自然消滅し、「ねぶ流し」や「灯籠ながし」は前盆、「豊作踊」は本盆の行事として引き継がれたようである。

菅江真澄が太良鉱山に滞在し、日記の最後は享和2年（1802）6月18日付である。1カ月後に藤琴の「加茂屋」に泊まっていれば、真向かいが宝昌寺である。お盆行事の模様をたくさん記録したはずなのに。

8　千年を生き抜く大欅

大沢集落の「水神様の大欅」は、樹齢千年、樹高28メートル、胸高周囲9メートル、所有者月宗寺として昭和30年1月、秋田県文化財の「天然記念物」に指定されている。

その故事、来歴は「征夷大将軍坂上田村麻呂が蝦夷征伐に北上したとき、欅の傍らに座って冷泉に舌鼓をうった」ということになっている。

確かに能代山本地方には坂上田村麻呂に因む数多くの伝説があるが、そのほとんどは後世の人たちによる創作であり、その真実性についてはもちろん論外である。ただ、仮にその年代に「大欅」が生い茂っていたものであれば、樹齢も優に1200〜1300年は超えているはずだが、そうでなくても遥か中世の時間の響きが脈々と伝わってくるような風格の老木である。

大沢集落では、この「大欅」が集落の結集意識として古くから定着し、旧家などでは欅を敷地内に植え、村はずれの防風林は集落ぐるみで育林した形跡がある。

特に集落の西側一帯には大小五十数本の欅が今なお400メートルにわたって茂り、当地の歴史に詳しい石岡富也氏（82）は「いま残っている防風林の大半は若木で、軍用機などの用材として戦時中に伐採したのは樹齢数百年の大木ばかりであった」という。その伐採経緯とともに、この防風林は集落の歴史に深く関わっているのである。

『藤里町誌』によると、大沢集落はもともと大沢川河口流域の低地にあったが、寛永9年（1632）6月の「白髪水《しらがみず》」（白髭水《しらひげみず》ともいう）で本村が流失し、現在の高台に移住したものと伝えられている。藤里地方を流れる藤琴川は、太古から大洪水のたびに川筋が変化し、藤琴本郷の中心部を蛇行した時期もあったといわれているが、大沢集落でも現在の農免道路辺りに川筋があり、川風から集落を守るために欅を植林したといわれている。

大沢集落付近の水田は、現在そのほとんどが地域の人たちによって耕作されているが、かつて防風林の真下に川筋があったころはまったくその逆で、川向の水田はほとんどが薄井沢など旧粕毛村の所有であった。『慶長6年秋田家分限帳』（1601年）の旧大沢村の村高は61石で、その130年後の『享保黒印高帳』では約8倍の468石に跳ね上がっている。これは川筋の変化で耕作地が隣村同士で逆転した証拠である。

それにしても、「大欅」は集落の高台で天を突くように聳え、その低地に月宗寺や旧家石岡家の欅が数百年の歴史を刻み、さらに防風林は集落を包むように枝が絡んでいる。まさに「ケヤキ」あっての大沢集落である。

9　豊作祈願の根城相撲

まもなく、大相撲初場所も千秋楽となる。テレビの前で郷土出身力士「豪風」の活躍に手に汗を握るファンも多かろう。相撲人気は昔から衰えることがなく、いまから八十余年前、旧藤琴村出身の大関能代潟が10勝1分けで初優勝し、村では提灯行列をしたほどの大騒ぎになった。しかし、歳月の流れでその記憶も遠ざかり、当時を語る人もほとんどいなくなった。

能代潟は、本名石田岩松、明治28年（1895）4月5日旧藤琴村滝ノ沢に生まれている。当時としては体格もよく、山仕事などをしながら草相撲で力をつけ、19歳で錦島部屋に入門している。初土俵では生家の屋号である「突山」の四股名《しこな》でデビューしているが、その後「能代潟」に改め、昭和2年1月には大関に昇進している。幕内優勝は昭和3年3月場所の1回だけだが、優勝に準ずる好成績も2度ほど残し、その取り口も四つ身一本に徹していた。大関から2度も陥落したが20場所在位し、41歳の高齢まで土俵を飾り、昭和12年に引退している。

藤里地方は、昔から草相撲が盛んで、秋ごろになるとあちこちの集落で相撲大会が開かれた。特に旧粕毛村米田地域の「根城相撲」は地域住民総ぐるみで、しかも各地からレベルの高い飛び入り素人力士なども加わり、100年以上も続いている伝統行事である。

その「根城相撲」は、明治35年ごろに創設されたものであるが、それまで地域の若者たちによって行われていた獅子踊りや駒踊り、さらに手踊りを廃して、豊作祈願の草相撲に切り替えている。人手不足や財政難が原因であったようだが、宗教色の強い行事を廃止するには妥協と説得力が必要で、それを大相撲の模倣に結びつけた当時の指導者たちは実に賢明であったようだ。

草相撲といっても、触れ太鼓や化粧まわし、四股名、出世相撲などは本物そっくりで、しかもメーンとして「八幡幣」取りという神事を行い、観衆である住民たちも手料理を作って土俵の周りに集まり、地域一体で秋の一日を楽しむ独自性をもった行事となっている。

「根城相撲」の優勝者には栄誉ある「八幡幣」が渡されるが、その夜の優勝者宅には大勢の若者たちが押しかけ、ここでまた行司主導の神事が行われ祝杯をあげる。そこにさまざまなしきたりがあり、優勝者を含む若者たちの動きは、まさに相撲を離れた神へと捧げる宗教色の強い民俗芸能の雄姿である。そして、その根底にあるものは、地域の人たちの平穏な暮らしの祈願である。

10　最後まで残った豆占い

かつて、藤里地方には大正月や小正月の民俗行事がたくさん残っていた。一家の主が元日の早朝に「かどこ」から清水を汲む「若水」の行事や、小正月に雪の田圃で藁《わら》や豆殻で田植えの仕草をする「雪中田植え」などは、昭和の初め頃まで続いていた。

また、子どもたちにも、元日の夕方になると梅や栗、柿などの生木の周りを「成るか、成らねが、成らねば鉈《なた》でぶったぎる」と、鉈を持ちながら叫んで歩く「成る木責め」の行事があり、小正月の早朝には大声で「朝鳥ホイホイ、夜ん鳥ホイホイ」と叫んで集落を回る「鳥追い」の風習があった。特に栗の産地だった奥小比内集落では「成る木責め」の行事に大人も交じり、雪の畑地や屋敷内のっぽ本に切り疵《きず》をつけ歩いたと伝えられている。

ご承知のように2月3日は節分であり、その翌日は立春である。古い時代は、新春、つまり立春が一年の始まりで節分は年越しに当ることからいろいろな行事が行われてきた。

鬼を追い払う「豆まき」の行事はいまなお全国的に行われているが、これはもともと室町時代の将軍家の「追《つい》儺《な》」という厄払いの行事で「福は内、鬼は外」と将軍自ら唱合し、鬼に豆打ちをしたのが始まりだといわれている。庶民の間に風習化されたのはさらに時間が経ってからのことであるが、農耕や漁労だけで生活していた辺鄙《へんぴ》な地域ではそれに代わる厄除けの風習が浸透し、「豆まき」つまり「鬼やらい」が流れ込んだのはごく最近のことである。

藤里地方には、古くから「豆占い」が定着していた。節分の夜になると炒り豆を神棚に供え、その中から12個を選び、箸で囲炉裏にならべて乾燥したところへ火をつけ、焼け焦げた豆の色具合で向こう一年の天候を占うという行事である。もちろん箸の倒れ具合でヤマセが吹くとか、年齢の数だけ炒り豆を食べると「マメ」になるなど健康祈願や厄払いとしても行われたのだが、作物を育てる人たちにはひとつの糧として神妙に行われた風習である。

しかし、住宅の改築で囲炉裏が消え、天気も科学的な予報が生活の中に浸透して「豆占い」の価値観が薄れ、昭和20年代にはすっかり姿を消してしまった。ただ、ほとんどの正月行事が廃れた中で、いまから20年ほど前に左義長を源流とする無病息災、家内安全の「どんと焼き」の行事が、縁起物の処理などを兼ねて、新しい顔でこの藤里地方に登場したのはまさに皮肉である。

伝統、民話、民俗

1　水無沼をつくった平之

藤里地方には数多くの伝説や民話が残っている。なかでも金沢、真名子地区には「半丞《はんじょう》マタギ」とか「与作マタギ」さらには「アネコ落し」「怪力平之《へいの》」などたくさんの昔話がさまざまなかたちで語り継がれている。

特に「平之」にまつわる話は多種多様で、下流の農家を救うために、水無沼をたった一人でつくったという伝説は有名である。ほかにも薪山《まきやま》の春木を山人たちと一緒に一夜にして切り上げた話や、山人となって消えた話、あるいは女坂に出没する古狸《ふるだぬき》をみごとに退治した民話などは超人的な主人公として登場している。

怪力「平之」、あるいは「鬼平之」という人物は、果たして実在したかということになるが、江戸時代の紀行家菅江真澄は享和2年（1802）4月8日に水無集落を訪ね、そこで、夫「平之」を50年ほど前に谷川で亡くしたという90歳ぐらいの酒好きの老婆に会っている。「この女は、津軽郡鰺ヶ沢に生まれた人であるが、まだ二十歳にならないころ、思いがけなく人にともなわれて、ここに来て、平之の妻となり、この山里にながく住みついた」という記述がある。

さらに真澄の聞き書きには、水無沼は訪問時より50年ほど前に、世間に類のない怪力の「平之」が池であった水無沼を独力で二枚にして大沼に仕上げたとも書いているが、そのころはすでに昔語りとなっていて、50年前どころか100年も200年も前の出来事のようにも解釈される。それに「平之」の妻なる老婆だが、盃を傾けながらの上機嫌な話なので、いうなれば英雄の妻でありたいという願望から冗談めいた話となったかも知れない。

いずれにせよ、この「平之」という人物は今から200年ほど前には、すでに伝説として語り継がれ、無類の力持ちで実在していたことは確かであろう。

「平之」の生地は、いまは消滅集落となった助作岱《すけさくだい》の伊川家だともいわれ、のちに水無集落に移住し、樵が専業のようであった。名前ももともと「平衛之助」または「平之丞」で、その一部を省いて「への」と呼ばれるようになったとも伝えられている。

水無沼の造成で直山の山林が水没し、秋田藩から呼び出しを受けたという話もあるが、その確証はないし、

「春木山」とか「古狸退治」はのちの人たちが民話として英雄化したのだろう。その末路は、山人となって山岳へ消えたという一説もあるが、太良の奥地「への滝」辺りで流木を処理中に事故死したという説が確かであろう。現場から屍《しかばね》を運ぶのが大変で、現地で火葬したがその遺骨が米俵1俵分もあったというのも、なんとなく頷けるようだ。

2 「十七人ドイコ」の悲劇

「むがし、太良の奥でヤマコ（樵）等《ど》17人も雪崩で死んだど。その場所どご〝十七人ドイコ〟っていうども…」。そんな語りではじまる雪崩遭難の昔話を、いまは知る人も少なくなった。

この雪崩事故は、昔語りとして村人たちに言い伝えられてきたのだが、幸いに秋田藩の御山守であった藤琴村の『村岡家文書』に「文政5年（1822）1月16日、平《だいら》、越取沢《えっとりさわ》の雪崩で金沢、真名子の木伐り十七人死亡」（『藤里町誌』）とあり、遭難日時が明確に記録されてその事実が確認されている。

いまから190年ほど前、太良鉱山では暖房用の薪を確保するために、金沢や真名子集落ら大勢のヤマコたちを季節的に雇っていた。その冬も、太良の奥地で19人のヤマコたちが泊まりがけで伐採作業をしていた。

ある朝、つまり1月16日（旧暦）の朝、冬にしては珍しい雨であった。ヤマコたちは「この雨では仕事にならね、今日は休むべ」といいながら朝食をとっていた。そんなとき「馬鹿野郎！」と、大声で鉤棒《かぎぼう》を振りかざす若者がいた。その姿をみた炊事係の少年が、山小屋からすっ飛ぶように逃げ出した。みんなは怪訝《けげん》な顔していたが、その若者の飯台に、枕飯のように箸が刺された茶碗飯が置かれてあった。みんなは「それだば縁起悪い」「あのワラシ、ふざけたつもりだべども、それだばダメだ」「少し懲らしめでやれ」などといって、飛び出した少年を誰も迎えようとしなかった。しばらくして作兵衛の爺が「なんぼなんでも冬だ、裸足のままだば可哀想だ」といいながら山小屋を出ると、少年は李《すもも》の大木に登って震えていた。「おい、中さ入れ」と爺がいったそのとき、「あっワシ（表層雪崩）だ」と少年が叫んだ。爺は「何をふざけで」といって峰の方向を見ると、大雪崩が物凄《ものすご》い勢いで襲ってきた。2人は「ワシだ、逃げろ、逃げろ」と叫んでもヤマコたちはまた冗談だと思ったらしく誰も飛び出して来なかった。少年と爺は李の大木に必死に縋《すが》りつき難を免れたが、17人のヤマコたちは山小屋もろとも谷底へ巻き込まれてしまった。

　この遭難現場は、太良峡の「一通」辺りであることは確かだが、その場所を特定する李の古木はとうに枯れてしまった。「ドイコ」というのは、藤里地方では城の「土居《どい》」とか「土手」のような少々の窪地のところを指すが、小屋掛けをした場所としては最適地だったようだ。

　この伝説は、ほかに「17人ナガレ」としても語られ、不吉なことをいって追い出されたのは作兵爺とも伝えられている。いずれが事実かは別としても、犠牲者が17人であったことは一致している。

3　高山の地滑り集落襲う

　東日本大震災では、被災地以外の人たちも終生忘れられないほどの衝撃を受けた。能代山本地方に住む私たちは、28年前にも日本海中部地震で家々は倒壊し、道路や水道などのインフラが被害を受け、津波では数多くの人命が奪われた。その爪跡がいまだ癒えぬうちにまた地震の怖さに襲われたことになるが、未曽有の大震災の恐怖も、日に日に復興が進み、町並みが整ってくるとその記憶も少しずつ薄らぎ、やがて次世代から１００年、２００年と時間が経過するとすっかり忘れられてしまうのかもしれない。

　藤里地方は、山間地だけに地震が発生しても津波に襲われることはなく、その被害も比較的少ないことは確かで、大昔から地震の惨状記録や伝説などはほとんどなく、それを物語るような地形的段差や隆起などの形跡らしいものもあまり見られない。

　もちろん、近くで地震がなかったわけではなく、能代山本地方では３００年ほど前には大地震が頻繁に発生している。元禄7年（１６９４）5月27日の明け方には、富根、鶴形、桧山地方を中心とした大地震があり、能代では１０３２軒が倒壊し、荒町（現・万町）、上町、清助町、大町などで７２０軒が焼失している。死者も３００人という大きな被害であったと『代邑見聞録』に記録され、さらに10年後の宝永元年（１７０４）には、能代で死者が58人、住家の倒壊が１０９３軒で、この地震でも７５８軒が焼失している。

　このような大地震は、わずか20キロ程度しか離れていない藤里地方でも当然住家がつぶれ、山崩れなどが発生したことだろうが、それらの古文書はなく、口伝としての人々の記憶も長い時間に葬られてしまったようである。

ただ、地震との関連かどうかは定かではないが、享保9年（1724）5月24日、湯ノ沢高山が巨大な地滑りで北側の滝ノ沢集落を襲い、田畑や山林をのみ込み、藤琴川は大量の土砂で塞《せ》き止められ、川上は海のように広かったと『藤里町誌』にある。

その大地滑りの辺りは「突山」という地名で小高い丘になっているが、その地名の由来に触れるたびに、明治、大正のころまで「どーん、どーん」と不気味な地鳴りが続いたとか、山肌から異常な出水があったとか、藤琴川が干上がり、魚が陸に上がったとか、さまざまな伝説が集落の古老たちによって語られていた。

東日本大震災で、県北を震源とする強い余震が何回か発生している。湯ノ沢高山は県北断層といわれる震源地と背中合わせになっている。「突山」の大地滑りも、元禄や宝永の大地震と深い関係があったのではないかと思えてならない。

4 「アネコ落し」の地、変貌

かつて太良鉱山へ行くには「アネコ落し」という岩場の難所を必ず通らなければならなかった。今から210年ほど前、菅江真澄はこの山道を2度往復しているが、「アネコ落し」という地名の記述はないものの「黒淵、大すばり、小すばりなどという危い淵を左方にみながら高くのぼり七曲の道を…」と、その険しい山道と谷底の青々とした淵の情景を記している。それに鉱山までの山腹を横切る細道を描いた図絵も何枚か残している。

この奇妙な「アネコ落し」という地名の伝説は、むかし、寒沢《さびさわ》（現、早飛沢《さびさわ》）の集落に、とても働き者の若嫁と面倒見のよい姑《しゅうとめ》が住んでいて、二人は狭い谷間の畑地を耕し、米や粟などのほか野菜をつくっていた。姑は、毎日その野菜を背負って奥地の太良鉱山へ商いに出かけ、帰りの4キロの山道はいつも夜になっていた。若嫁も畑仕事が終わると松明を灯し、姑が帰ってくる夜道を途中まで迎えに行くのが日課であった。

つめたい秋雨のある夜、若嫁はいつものようにいそいそと山道を登り、太良へと向かった。慣れた夜道だったが、ちょっとした油断で岩場で躓《つまず》き、そのまま50メートルほどの谷底へ滑り落ち、暗闇の淵へと沈んでしまった。それ以来、この場所で転落死する者が相次ぎ、不思議なことにそのすべてが男性であった。これは淵に身を隠した「あねこ」、つまり若嫁が人恋しさに川底から男たちを誘っているのだということだった。その後、難所は誰もが恐れ、岩場は慎重に渡ったといわれている。

この伝説は、いつの時代のものかは定かではないが、菅江真澄が享和2年（1802）3月に太良紀行の途中、寒沢（早飛沢）を訪ね、一人暮らしの「ごちゃばば」という「畑つくりの家」で休んでいる。「愚かで、日中から酔っているのか、ふざけているのか、態度も一風変わったふるまいをするが、…実際は賢い人だと土地の人々がいっている」と、その老婆の様子を記述している（『しげき山本』より）。寒沢には、当時人家は2軒だけで、老婆が一人暮らしで、畑づくりということであれば、この「ごちゃばば」は、もしかしたら「アネコ落し」の姑ではないだろうか、と勘繰っても不思議ではないようだ。

大正7年、村に森林軌道が敷設され、「アネコ落し」の難所はその後、多少整備された。さらに昭和33年の大水害で太良鉱山が閉山し、新たに県境越えの産業道路もでき、太良への旧道は廃道同然となった。不気味なほど青々とした「アネコ落し」の淵も、今は砂防ダムの土砂で埋まり、すっかり変貌してしまった。せめて道端に案内板の一基でも立ってもいいのだが。

5　藤駒に消えた若者二人

白神連峰のひとつ駒ヶ岳（通称藤駒岳）は、海抜1158メートル、能代山本地方では最高峰である。享和2年（1802）、菅江真澄が藤里地方を訪ねたとき「粕毛の嶽《だけ》に雪消る時、その雪にて駒形のあらはる也」（『花の真寒水《ましみず》』より）と記しているが、すでにそのころから駒ヶ岳と呼び、神様が与えた駒形の雪の具合を目安として、村人たちは種まきや代掻《しろか》きなどの農作業を始めたのである。

また、県境には冷水岳、小岳、二ツ森、真瀬岳など1000メートル級の山々が連なり、駒ヶ岳もその一峰として抽《ぬき》んでているわけではないが、その方角によって独立峰のように雄大な稜線《りょうせん》を描き、昔から山好きの人たちには一度は登ってみたい憧れの山であった。

いまでこそ道路が整備され、ガイドつきの登山コースとして女性や小学生たちも気軽に登れるが、交通の不便な戦前の頃までは麓の集落まで歩き、山裾のだらだら道を縫い、急峻《きゅうしゅん》な頂上までの山道は一苦労で、登山するのには最低2日がかりの行程であった。

大正10年頃の秋のこと。東京から畑集落の実家に帰っていた小山文二郎さん（当時25歳）は、大開集落の安保豊治さん（当時21歳）を頼って駒ヶ岳へ登った。小山さんは、かねがね故郷の名峰から遠く森吉山や鳥海山などを眺望し、その絶景を東京の友人たちへ土産話にしたいと思っていたが、当時としては貴重品だったカメラをようやく手に入れると急いで帰省し、山歩きに詳しい安保さんとともに好天の駒ヶ岳へ出発したのだった。しかし、その秋の日は急変し、頂上へ着いたときは吹雪同然の嵐となっていた。それでも二人は滝木《かんぼく》の木陰で頂上到達の祝杯をあげたのだった。しかし、二人の消息はそこでぷっつりと跡絶えてしまった。

その翌日は山頂も嘘のように晴れ、地元の消防団などが捜索に当たったが、二人の姿はどこにも見当たらなかった。2日目も何の手がかりもなく、3日目になってようやく安保さんの遺体が集落近くの山麓で発見された。その後、小山さんの捜索は何日も続いたが、結局履いていたゲートルとカメラの三脚の一片が見つかっただけであった。

この遭難事故で、「駒ヶ岳にカメラを持っていけば神隠しに遭う」「神様の姿を撮ると山から還《かえ》れなくなる」など、その風評が一つの伝説となってしまった。村人たちはカメラを持って岳山に入ることを極度に恐れ、それは終戦の頃まで続いた。しかし、いまはその聖なる岳山もすっかり観光地化したので、神様も登山者と一緒に「ハイ、チーズ」とにこやかにスナップショットに加わっているのかもしれない。

6　山人になった名マタギ

マタギといえば、雄大な山岳地帯を有する阿仁地方がメッカで、いまだに熊獲りをメーンとしたマタギの伝統が引き継がれている。藤里地方も青森県境にまたがる広大な白神山地を背にしているので、当然のようにマタギで暮らしをたてた人たちも多く、その足跡が伝説や民話となって残っている。

「金沢マタギ」は地域ぐるみの狩猟集団で、その中の「第治」というマタギは、「熊胆《くまのい》」を秋田藩の御薬園方に献上したという記録（『藤里町誌』より）もあり、その獣獲りの名人は民話としても語り継がれている。

また、「与作」マタギは高石沢集落に生まれ、その狩りの技量や度胸のよさは群を抜き、村人たちからも英雄視されたが、その生涯は次のような民話的結末となっている。

その昔、藤琴沢に与作というたいそう腕のたつマタギが住んでいた。与作たちは毎年秋になると5、6人の仲間で駒ヶ岳の麓に何日も泊まりがけで猟に出かけ、マタギ小屋も立派につくられていた。その小屋には山で獲った熊やアオシシ（羚《かもしか》）の肉を保管し、輪番でそれを見張っていた。

ある日、与作たちが猟から帰ってくると、留守番をしていた若いマタギがぶるぶる震え、訳も言わずに山を下りてしまった。みんなは不思議に思ったが、お互いにそのことには触れず翌日もまた留守番を置いて猟に出かけた。

その日も、猟から帰ってくると、留守番のマタギが同じように真っ青になって怯え、そそくさと山を下りてしまった。

与作は、これは徒事《ただごと》ではないと思い、その翌日は自ら留守番を買って出た。朝から刃物を研ぎ、その怪物なるものを待ち伏せた。昼飯を終え眠気がさしたころ、がさがさと足音がするので「そら来たぞ」と、マキリ（包丁）を片手に薦《こも》の合間から覗くと、身の丈10尺（約3メートル）もある山人が立っていた。

「おい与作、シシ（羚）の足1本よごせ」と、山人は窓越しに毛深い太い腕を差し込んだ。

「1本でええが」。与作は、慌てずマキリに肉を刺し、逆に薦の陰から外へ差し出した。

「そのマキリに刺さねでや」。山人は面食らったようで、手を出したり引っ込めたり躊躇《ちゆうちよ》していた。与作はその隙に手元にあったマタギの巻物を朗々と読み上げると、山人は狂ったように頭を抱え、小屋の中まで転び込み、「ごめんしてけれ」と泣きながら謝った。

「んだら、この山がら消えろ」というと、「わがった。だどもオレよりもっと強え奴が半里ほど山奥に居るがら気をつけろ」といって、大轟音のなか駒ヶ岳から消えた。

与作は、そのさらに強い山人と戦おうと深い岳山へと向かった。だが、その後の彼の姿を見た者は誰もいなかった。

7 「大蛇の嫁」が摑んだ幸せ

藤里地方には、「大蛇の嫁」と「みそめられた娘」という筋書きが大体同じような民話がある。前者は主に百姓屋を中心に、後者は地主や商家などで語り継がれた民話である。

「大蛇の嫁」のあらすじは

「昔、ある村で旱魃が続きとても困っていた。ある百姓の親方が山奥の蛇神様に願を掛ければ大雨が降るという噂をきき、一人で森へ入った。大轟音とともに大蛇が現れ、お前の三人娘のうち、誰かを嫁によこせば願いを叶えてやるということだった。親方はたいそう悩み、長女と次女を説得したが簡単に断られた。末娘も同じだと思って言いかねていたが、その末娘が自ら大蛇の嫁になると言い出した。村人たちもそれには感謝し、たくさんの嫁入り道具が届き、きれいに着飾って大蛇の待つ祠へと向かった。しかし、いくら待っても大蛇は現れず、そのうち黒雲が森を覆い、雷雨となって田ん圃には水が溢《あふ》れ、村人たちも大喜びだった。

末娘は大蛇との約束を果たせなかったことに心を痛め、さらに山を登ると眼下にぽっかりと灯りが見えた。その村で一生を送ろうと決意し、顔に墨などを塗り、老婆に変装して地主の女中として雇ってもらった。

何日か経って、大地主の跡取り息子が病で寝込むようになった。医者を呼んでも薬を飲ませても効き目がなく、結局占い師を頼んだところ、女の人に水を飲ませてもらえば治るということだった。大地主は村々の若い女たちを集め、次々と水を与えてもらったが全く反応はなかった。最後に残ったのは老婆だけとなり、半ば諦めながら試してもらうと、息子はごくごくと水を飲み干し、病気は治った。末娘が老婆に変装し、夜な夜な読み書きをしていることを見破った息子が、嫁にしようと目論んだ仮病で、末娘は幸せをいっぱい摑んだ」という民話である。

また「みそめられた娘」の民話も、「比内の戦いから逃れた母子が、途中で母も討たれ一人で目的地の藤琴へ辿りつき、大地主の女中に雇われ、嫁に迎えられる」という筋書きは「大蛇の嫁」と後半部分が全く同じである。

ところで、これらの民話には地域的モデルとなるようなものはないが、大地主の登場ということで、庶民にとっては身近な村の地主と重ね合わせて聞き入ったに違いない。もちろん、そこに大きな階層の隔たりを感じていたのはいうまでもない。

旧藤琴村の地主、市川家の五代目、徳左衛門（信喜）は、文政９年（１８２６）隣村の早口村岩野目（大館市）に墾田52石余を開発し、その功績で岩野目神社の祭神となった（『藤里町誌』による）。神にまでもなった地主の歴史も、今ではその家主もなく、老木が屋敷に聳えたっているだけである。

8　藤琴集落のねぶ流し

8月に入ると、県内では竿燈、七夕、ねぶり流し、そしてお盆などの行事が相次いで行われる。いずれも本来は7月の行事であったものが、新暦になって収穫期やその土地の催事などの関係でひと月遅れとして各地に定着したようである。

「ねぶり流し」といえば、能代の役七夕は勇壮で、しかも熱気に溢れたスケールの大きい行事として有名である。坂上田村麻呂が蝦夷と戦った折、米代川に灯火を流して敵を誘い出した（『秋田大百科事典』による）と、その起源も１２００年前に遡る。

藤琴集落にも、「ねぶ流し」がいまだに残っている。かつて「藤琴小能代」といわれたころに伝承されたものだろうが、その能代の影響はなく、むしろ秋田の竿燈系、つまり提灯行事として村の片隅に生き続けてきたのである。

その「ねぶ流し」は、毎年8月6日の夜に行われる。竿に4個か5個の提灯が吊るされ、数十本の竿の行列が上若、志茂若に分かれ、それを担ぐ若勢や子どもたちが笛や太鼓の響く中を「えー、えー」という掛け声で2キロほどの町並みを回り歩くという単純な行列である。以前は熾烈《しれつ》な太鼓の叩き合いもあったようだが、今では牽《けん》牛《ぎゅう》、織女《しょくじょ》の恋物語も、宗教的な色彩も、さらには厄払いなどを含めた仕草は行列の中からあまり見られない。強いていえば、稲穂にみたてた提灯に豊作祈願がこめられ、掛け声に疫病などを追い払う動作が残っているようだ。

この「ねぶ流し」は、いつ、どこから伝承されたのかその起源については定かではない。集落の人たちは9月の祭典に披露される「豊作踊り」に付随した一行事であることを誰もが意識し、それが当然のように引き継がれてきたのである。もっとも「豊作踊り」の道具である竿や笛、太鼓、そして囃子までも兼用しているし、元々「豊作踊り」はお盆に行われ、7日前の「ねぶ流し」も提灯行列としてセットされたのだろう。

１５０年ほど前の安政6年（１８５９）、藤里地方では天然痘が流行し、旧粕毛村では9月中に幼児29人が死亡している（『加秀祁』より）。隣接する藤琴集落でも数多くの死亡者があったようだが、そのころは疫病を払うために、集落の人たちが一つの大数珠に縋り「ナンマイダー」の念仏を唱えながら集落を回り、村はずれにくると大声で「ほーい、ほーい」と、その病魔を藤琴川へ追い出す風習があった。能代の「シャチ流し」にどこか似ているが、その風習を取り入れながら、「ねぶ流し」は藤琴に独白なものとして誕生したのかもしれない。

9　豊作踊り、盆から移行

今年も各地で盆踊りが盛んである。有名歌手などの歌や演奏に合わせ、派手に踊りの輪が広がるものもあれば、笛太鼓で地元の歌い手が素朴にその伝統を引き継いでいるものもあり、その色彩もさまざまである。

藤里地方でも、今年も盆踊りが行われたが、江戸末期から明治の後半頃までは獅子舞や駒踊りなどの「豊作踊り」が盆踊りとして位置づけられていたのである。

明治39年、米田尋常小学校長であった安保小市郎氏（1868〜1942年）が地域の人たちから聞き書きした『童話俚諺俗謡取調草稿』によると、お盆には獅子舞などの笛や太鼓で大名行列をつくって、粕毛、米田の村々を歩き、村長や村役人、寺、山伏の家並みにくると「道中謡《うた》」をうたったと記録されている。

「揃タ揃タ、ヨク揃タ、踊リノ若勢ヨク揃タ、見ル見ル是レヨリョク揃タ、稲ノ出穂ヨリョク揃タ」とうたい、門前に来ると、「去年マデ　ケヤキ　ヒノキノ門建テテ、此年目出タイ白銀ノ門」と「門誉めの謡」をうたい、さらに橋を渡る際も、「此ノ橋ハ飛騨ノ匠ノ架ケタ橋、誉メテ渡レヨト我ツレ共」という「橋誉めの謡」をうたったとある。

その頃、藤琴集落でも、寺の広場が盆踊りの「にわ」となり、駒踊りや奴《やっこ》踊りなどとともに「獅子舞の唄」も披露されていた。

「まわれや車水ぐるま　おそくまわればすぐにとまるよ」「七つ八つからつれてくださる雌獅子をば　これのおにわに隠しとられたなんと雌獅子たずねても　ひとむらすすきのかげにいたもの」「唐獅子は四国四面まわりきて　旅のやえ　つかれきてこの通りいざ」（『藤里町誌』）などが「獅子舞の唄」の一部だが、明治の後半に上若、志茂若の「豊作踊リ」が村の祭典に「大名行列」で登場することで盆踊りから移行したことになる。

ところで、国指定の民俗文化財である「西馬音内《にしもない》盆踊り」は、即興的な「秋田音頭」の味わいが人々の心を捉えているが、前述の安保氏の「草稿」にも、今から150年ほど前の安政年間に当地で流行った「秋田音頭」の歌詞の一部も記録されている。

「秋田ノ名物八森雷魚《はたはた》男鹿デ「男鹿グリコ能代春慶ニ桧山納豆ニ大館曲ゲ弁当」や、「男トイフモハ朝寝ヲスルニモ思案ノアルモノダ世間デミルニハ脊病《せやみ》ト言テモ大華宝寝テ待ハ」などのほか、「能代港へ亜米利加《あめりか》来タトテ少シモオカナグナイ鄙鶴《ひなつる》ア湯モッテ陣幕張ルナラ亜米利加降伏シ」など現在とあまり変わらない歌詞だが、この時代辺鄙《へんぴ》な藤里地方にも意外に早く、確実に伝えられているものだと思った。

10　粕毛鮎、明治天皇に献上

藤里の「名産は、特産は」と尋ねられてもすぐには答えられない。「白神の水かな」それとも「舞茸かな」などといってもまだそれほど実績も歴史もない。

この夏も、鮎を求めて藤琴川や粕毛川に多くの釣り人がやってきた。「粕毛鮎」はマニアたちにはよく知られているようで、川岸には遠く埼玉や宮城、岩手ナンバーなどの県外車も止まっていた。もっとも「八森ハタハタ」のような全国的なネームバリューはないにしても、ささやかながら名産物の歴史を刻んできたのも確かだ。

昔は、粕毛川上流の大開集落辺りでは鱒のような大きな天然鮎がたくさん獲れたと伝えられているし、明治14年9月には明治天皇が東北巡幸で二ツ井の田口忠三郎氏宅へ入御されたとき、粕毛村の鈴木治三郎氏が大鮎2匹を献上したところ「日本一と御賞覧あり、それより粕毛鮎が世に知られたり」（『藤里町誌』）とあるように名産物として貴重な存在となった。

その後、乱獲や密漁などが続き、それに苦慮した当時の粕毛村長佐々木隆吉氏は、大正11年に粕毛漁業組合を創立し、魚類の保護や増殖に力を注いだ。

そういえば、筆者が子どもの頃は粕毛川や藤琴川には鮎が黒々と群がり、すぐ足元でも捕まえることができそうなほど悠々と泳いでいた。しかし、「アメ（毒薬）流し」なる川焼きの密漁も度々行われ、川底が真っ白くなるほど鮎が死んでいた。また藤琴川上流の太良鉱山では洪水時を見計らって貯留していたギラ（鉱毒木）を放流するので、下流の鮎はてくてくと魚影をくねらせて死んだものだった。食糧難時代でもあったので住民たちはそれを拾い集めて食べていたが、公害問題に厳しい現在では考えられないことである。

素波里ダムができて、水温や環境も変わり、天然ものはほとんどが影をひそめてしまったが、清らかな流れで育つ香美、つまり「粕毛鮎」は、まだ名産品として育っているようだ。

ほかに藤里の特産品といえば、享和2年（1802）に藤里地方を訪ねた菅江真澄は、『しげき山本』の紀行日誌の中で、「米をしのの葉に包んで蒸し、これを七つ、あるいは十あまりも糸にくくり、さねかづらの実のようにして供えるのは藤琴の沢の習俗であろうか」と、「笹餅」について記録し、特産晶として示唆したようだが、近年はそれを手作りできるのは特定の人だけになってしまった。地域性を生かした土産品にもなるはずだが。

真澄は、『花の真寒水』でも「粕毛村の奥山に妙美井《しみず》あり」と長瀞集落にある清水を秋田の名水の一つとして挙げている。現在、売り出している「白神山水」がこの記述を引用していないのもまた不思議である。

11　馬産地の郷愁「馬方節」

藤琴の伝統芸能である「駒踊り」は、勇壮、絢爛で見ごたえはあるが、それに付随する馬印の「馬方節」には、どことなく作業唄の哀感がこもっている。

これはかつて馬産地であったことへの郷愁につながるものだという人も多いが、「岡崎の戦い」や「島乗り」などの駒踊りは、もともと騎馬武者の雄姿を表わしたものであり、「馬方節」も「厩《うまや》にたてたるカゲの駒、ここ ろ知らねでのりかけた男一代の名をかかす、ソーレヤハイ」など一般化された歌詞なので、地元に生まれ育った踊りや歌ではないのはいうまでもない。

だが、馬産地の特異性といわれれば、素朴な節回しに嘶《いなな》きが聞こえ、郷愁を誘うのも事実だし、近年まで農耕馬は家族同様に飼われ、労働力としても大きな支えであったことから、その愛着心は他の地域に見られないのも確かである。

文化10年（1813）、藤里地方には678軒の住家があったが、その倍近い1151頭の農耕馬が飼われていた（『日本地名大辞典』）。特に豪農といわれた室岱集落の佐々木家には36頭の持ち馬があったし（『藤里町誌』）、その一族には馬種改良などに奔走し、馬産地としての発展に尽力された人もいた。

もちろん、昔は藤里地方に限らず農家には馬の使役が必然的で、田畑や運搬作業などで「馬のいる風景」はどこでも見られた。そして、そこから「馬子唄」や「馬追唄」「馬労唄」「馬方節」などの生活の唄が生まれた。

かつて藤里地方では、農閑期になると各地の里山に「馬立場」と称する放牧場が開かれ、そこに何十頭という馬群が蹄《ひづめ》を轟かせ、「番か屋」では泊まりがけの馬番がのんびりと見守っていた。牧歌的なその情景の中から作業唄や生活唄が生まれてもいいのだが、残念ながらそんな形跡はみられなかった。

しかし、土地柄として民謡などの不毛地域かといえばそうではない。以前にも本欄で紹介した『童話俚諺俗謡取調草稿』(明治39年1月安保小一郎編)には、「田ノ草謡」として「七ツ八ツノ子ガ田ノ草ヲ採レハ爺サマ姥サマモ可愛ガル。ヨーイヨイ」「米田ノ田面ノ草トリ見レハ五十男モ若クナル。ヨーイヨイ」。また、粕毛川を能代港へ下って行く櫂《かい》の「評子」として「ヤレコレヤエンヤ。ヤレコレヤエンヤ。太田の権兵衛色コソ黒イガ色師ノ手ペ色師ノ親王」という地元生まれの作業唄が記録されている。

また、貯木場の「巻立唄」、杭つき唄の「ヨイトコマイタ」などは地元の共同作業唄として終戦の頃まで続いた。菅江真澄も太良鉱山の紀行日誌に「ざるあげ」など女の作業唄を記述している。今はそれらすべてが消滅してしまったが、馬の村で、馬子唄のひとつも残らなかったのもまた不思議である。

集落

1　最多名字は「佐々木」

その集落の大半が、同姓であるということは特別珍しいことではない。能代市浅内地区の「平川」姓とか八峰町岩子の「芹田」姓、三種町釜谷の「牧野」姓など、この能代山本地方でも多くみられる。

それらは、同族意識によってひとつの集団ができ、それを中心に集落が形成され、何百年もの歴史を刻んできたことになるが、名字が与えられたことにより、よりいっそうその結束が強まり、それまであった「屋号」が名字として表面化したことだろう。

ご承知のように、名字が一般の人たちに許されたのは明治3年9月19日の太政官《だじょうかん》布告で、5年後の明治8年2月8日には必称《ひっしょう》義務令が施行され、誰もが名前のほか名字を持つことになった。親族はもとより、その生活圏に合った人たちも同じ名字を名乗ることも多く、その土地で代々引き継いできた「三郎兵衛」とか「久左衛門」などの名前も、地域にしっかりと根づいたこともあって、今日まで屋号として各地に残っている。

さて、藤里町で最も多い名字は「佐々木」姓が93世帯で全世帯の6・7%である。次は「市川」姓の78世帯、3番目は「淡路」姓が68世帯、さらに「小山」姓が60世帯、「石田」姓が52世帯と続いている。この五つの名字が町全体の25%を占めているが、40ほどある集落に分散しているものもあるので、必ずしも圧倒的な占有率とはいえないようだ。しかし、次の「斉藤」「細田」「成田」の姓などは藤里地方の地域性、独自性のある馴染《なじ》み深い名字として、町外などからも関心がもたれているようだ。

また、最多の「佐々木」姓、つまり佐々木新助の先祖は、正保年中（1644〜47）に比内小野村から種村を経て、室岱集落を開発した（『藤里町誌』）ことになっているが、享保15年（1730）の『六郡郡邑記』にはその一族11軒の住家の存在が記録されている。

その後、豪農として天明の飢饉で藩に金品を献納したことで「佐々木」の名字が許され、明治の必称義務令時には、周辺の集落に移転した分家や家族同様に働いてきた人たちがすべて「佐々木」姓を名乗ったようだ。

現在、室岱は29世帯中、同族25世帯が「佐々木」姓である。全国15傑以内に入るだけ多数の名字だが、藤里町にも源流を異にした「佐々木」姓が若干混入しているのも事実である。

2 川を挟んで異なる方言

藤里地方に古くから伝わる地名には、「沢」とか「岱」「坂」など地形的な用語が付記されているものと、その由緒や経緯などは曖昧だが全国的に珍しい地名のものがある。

前者は「大沢」や「馬坂」「熊ノ岱」などで、例えば「大沢」は大きな沢伝いに集落が形成されたことからその地名になり、「馬坂」はその地域に馬も通れない坂道の難所があったとか、「熊ノ岱」は産土神の熊野神社があったからなど、それなりの伝説あるいはその名づけ理由が単純明快になっている。

後者は、「粕毛」や「藤琴」「太良」などだが、特に「粕毛」という集落は、いうなれば固有で一般用語としては通用しないし、どんな意味を持っているのかもよく分からない。だから全国でも二つとないような珍地名となっている。粕毛村を切り拓いた水戸藩士の日立弾正が美しい鹿毛《かげ》馬に乗っていたことから、「かげ」馬が「かす毛」馬に訛ったことで、その地名になったという説もあるが、これも後世の人たちによってつくられた伝説という色彩が濃い。

さて、この藤里地方には「沢」の方言、つまり沢を「サ」と「ジャ」の発音で使い分けることによって、その位置を区別している現象が残っている。

藤琴川の左岸、つまり東側に位置する「大沢」はオサ、「下ノ沢」はシモンサ、「院内沢」はエネンサ、「深沢」はフサカ、「館ノ沢」はタデンサ、「義兵衛沢」はギヘサ、「湯ノ

藤里町の名字ランキング

順位	名字	世帯数
1	佐々木	93
2	市川	78
3	淡路	68
4	小山	60
5	石田	52
6	斉藤	52
7	細田	50
8	成田	47
9	村岡	43
10	伊藤	43
11	桂田	42
12	菊池	39
13	川村	38
14	山田	38
15	石岡	35
16	佐藤	33
17	藤原	31
18	小森	29
19	安保	26
20	加藤	25
21	田代	22
22	桜田	21
23	菊地	20
23	安部	20

2009年著者調査。19世帯以下省略。
概数もあるのでご了承ください。

沢」はユノサ、「滝ノ沢」はタギンサ、「早飛沢」はサビサ、と呼んでいる。ただ、「高石沢」は古くは「沢」を省略し「タガシ」と呼んでいたのでその発音は不確かであるが、それ以外はいずれも「沢」を「サ」と発音している。

一方、藤琴川右岸、つまり西側に位置するものには、「薄井沢」はウスジャ、「寺沢」はテラジャ、「里沢」はサトジャ、「萱沢」はカヤジャ、という具合に「沢」を「ジャ」と発音している。「西ノ沢」はニシンサ、と呼んで例外的ではあるが、かつて2軒ほどあった集落の生い立ちはよく分からない。

これらの地名にみる現象は、偶発的かも知れないが、一般住民が文字を使わなかった時代に一つの符号として使い分けたものと考えても不思議ではないようだ。藤里地方以外の土地ではどうなのか、集落の草創者たちの先住地である南部領などではそんな習慣があったのか、学術的にもまだたくさんの課題もあるが、いずれ先人たちの生活を知る上でもおもしろい現象であることは確かだ。

3　200年前の人口下回る

藤里町の前身となる「藤里村」は、昭和30年に藤琴村と粕毛村が合併して誕生した。村名は藤琴村の「藤」と、粕毛村の景勝地素波里渓谷の「里」を組み合わせ、人口9324人、戸数1456でスタートし、昭和38年の町制施行で「藤里町」となった。

県内市町村で合併が進んだ平成の大合併の18年当時でも、人口は最盛期の半数にも満たないほどだったが、現在は4千人台を割り、減少率も全県一のようだ。

古い時代の藤里地方の状況はどうであったろう。享保15年（1730）の『郡邑記』によると、藤琴村は258軒、粕毛村は159軒、矢坂村は42軒、大沢村は86軒で、これらを合わせると545軒で現在の3分の1程度であった。

さらに文化10年（1813）には藤琴村が住家419軒、人口が2160人、粕毛村は259軒の1280人、矢坂村は49軒の320人、大沢村は89軒の523人、合計で816軒、4283人であった（『日本地名大辞典』）。200年前には既に現在の人口を400人も上回り、その後、明治22年（1889）に4村が合併して藤琴、粕毛の2村となり、人口もさらに増加した。

この増加傾向は、全国的にも昭和30年代まで続き、その頃から地方の過疎化現象が始まり、都市集中化へと進んだ。ただ、この中央集中化現象は、今に始まったことではなく、古い時代から小さな村や町でもよくみられた現象である。

藤里町の場合も、過疎現象の続くなかで、核となる藤琴集落は町全体の3分の1を占めるほど膨らんだ。しかし、現在はその形だけは整っても空洞化現象はなお続いている。

その藤琴集落は、起源も草創者もよく分かっていないが、地名だけは全国的に珍しいだけにその由来の通説もいくつかある。「藤権現神社に大木があり、それで琴をつくり帝に献上した」とか、「藤権現の庵に美しい姫（または老女）が住み、そこから琴の音がいつも流れていた」などといわれるが、菅江真澄も藤権現について「藤と富士を混同した誤りではないか」などと指摘している。また、一説（『藤里町誌』）には「フジコタン」（叔母の里、狭い地の意）のアイヌ語説もあるが、確かに藤里地方にはアイヌ語らしいものも残っている。パッタキ（イナゴ）、ハンチャ（作業着）などもそうだが、カスイは「渡る、越える」というアイヌ語であり、「粕毛」に変化したことも考えられる。藤琴集落からみれば川を渡ると粕毛集落があり、どちらもアイヌ語地名として残ったのかもしれない。

いずれ、核なる藤琴集落や藤里町全体の人口減はさらに続くだろう。ここらで歯止めをかけなければ、この時代に生きた我々の意義、役割にも大きな疑問が残ることになるだろう。

4　消える民話のふる里

藤里地方は、藤琴川と粕毛川の二股の川筋に集落が連なり、そのほとんどが３００年、４００年の歴史を刻んでいるが、近年の著しい社会変動で空洞化、廃村化が進んでいる。ことに藤琴川流域の集落は、太良鉱山の閉山や営林署の廃止が大きく影響、奥地ほど崩壊が早まっている状態だ。

その最も奥地にあった太良鉱山は、文永年中（１２６４～７５年）に開発されたと伝えられ、最盛期には千人近い人たちでにぎわったが、昭和33年の大水害で７００年の歴史を閉じてしまった。いまは荒廃の地に古ぼけた煙突が1本聳え立っているだけである。

太良鉱山のすぐ下流にある金沢集落など北部地区には

小さな集落が点在し、長い間、鉱山仕事や山働き、農家などが混在して独特な風土をつくり、「真名子衆《まなご》」などといわれる集団性も生じ、そこに数多くの伝説や民話も引き継がれ暮らしに勢いがあった。

しかし、「アネコ落し」の早飛沢、「ジャルの化物」の大砂崩《おおざくれ》、「平之」の助作岱や水無など民話の里は、時代の変遷とともに昭和期後半には雪崩現象のように廃村となった。

また「第治マタギ」や「17人ドイコ」、「太良の山津波」などの伝説が伝わる金沢、真名子などの中心集落も空洞化が進み、かつて大勢の人たちでにぎわった豊作番楽や営林署の慰安会などは、いまや昔日の栄華となってしまった。

そもそも、この中心地区は『享保郡邑記』（１７３０年）によると、「金沢村＝寛文年中梅津与左衛門開をなさしむ、其節茶屋村と云、元禄年中改称家員十三軒（以下略）」「真砂子村＝天和二戌年梅津与左衛門殿開をなさしむ。家員六軒…」などとあり、いずれも佐竹藩の家臣である梅津与左衛門が開発、いうなれば余所者《よそ》の草創となっているが、『藤里町誌』にもあるように、真砂子村（現・真名子）は市川家の大本家となる徳左衛門が拓き、金沢集落も３２０年ほど前は現在の上茶屋を含めて茶屋村と称し、市川家、小林家など地元の人たちによって開発されたようである。

この『郡邑記』には、このほか「岩橋村家員一軒」「大サクレ村家員一軒」「平鉱山十六軒」などの記録はあるが、早飛沢、一ノ坂、佐手岱（佐右衛門岱）、桂岱、横倉、水無、栗ノ木岱、西之沢などは未開発か、枝郷以外なのかその記録には残っていない。

それはそれとして、先日、棚田で話題になっている横倉集落を訪ねてみた。人影はほとんどなく、ただ一人市川博之さんが小春日和ののどかな裏庭で山菜を選んでいた。その風景は涙がでるほどまぶしかった。「ああそうだ、私たちは何か大きな忘れ物をしている」。しきりにそう思った。

5　大沢、洪水対策で高台移転

山間地帯の藤里地方では、古い時代から大洪水で歴史が大きく変わるようなことが度々発生している。昭和になってからも、33年の大水害で太良鉱山が閉山し、常習的な水害の防止策として素波里ダムが建設されたが、それに伴い大開集落が水没している。

大沢集落も、いまは高台に位置しているので、洪水による被害の心配も少ないが、過去には藤琴川や大沢川の氾濫で集落そのものの姿や人々の生活も大きく変わっている。

『藤里町誌』によると、寛永9年（1632）6月の洪水（「白髪水」ともいう）で、大沢川河口付近の「屋敷田」という地にあった家々がほとんど流失し、現在の高台に集団移転したとある。当時の家屋数の記録はないが、『享保郡邑記』（1730年）には「家員86軒」とあるので、それより100年ほど前のことだからその半数とみても40軒前後の集団移転が行われたことになるだろう。もちろん、このたびの東日本大震災とは、そのスケールも状況も比較にならないが、高台移転という問題では400年ほど前に大沢集落がすでにクリアしていたことになる。

また、文化14年（1817）の大洪水では、大沢集落の真下（現在のバイパス辺り）を流れていた藤琴川が、その川筋を隣村の薄井沢集落付近へ変えたので、耕地が大沢側に拡大され「オサタモデ」なる上田地帯がつくられたのである。まさに川筋1本で人々の暮らしまでが変わったのである。

ところで、大沢集落はいつの時代、誰が開発したのかその記録はないが、400年ほど前の「九戸の乱」のころ、南部から石岡家の先祖が大沢の沢部に移住したといわれている（『藤里町誌』）。そして、開墾に力を注ぎ大沢川沿いに耕地を広げ、やがて下流の「屋敷田」まで切り拓き居を構えたことになるのだが、『修験喜宝院書上覚』（1814年）によれば、「文禄4年（1595）秋田浦の城主、三浦遠江、故あって大沢に移住…」とあるので、石岡家の先祖が「屋敷田」に移住する前にすでに誰かがこの地を開拓してあったかもしれない。

それにしても、大沢村の源流である沢部の大川目、二ノ又、一ノ又、名不知などは、中世のころから桧山や比内、南部地方などを結ぶ重要な間道として人々の往来が頻繁であったのだが、いまはその道も枯草に埋もれてしまっている。菊地寛の小説『恩讐の彼方に』を思わせる「つり天井」の伝説や戊辰戦争の激戦地となった歴史もすっかり色褪せてしまったが、ただ、廃村の道を辿って行くと、のどかでまるで別天地のような風景と出合う。かつて「二ノ又」の地に移住した人々の心情が切々と迫ってくるような想いである。

6　八酒が八坂、そして矢坂

矢坂集落は歴史も古いだけに数多く変遷を重ね、その存在感も実に大きかった。藤里の最も南端に属し、二ツ井、能代、秋田など中央への連絡路としては必ずこの集落を通らなければならなかった。ろくに車の走らない終戦の頃までは、汽車に乗るには二ツ井駅まで2、3時間も歩き、矢坂野の入り口の桜並木や松根油《しょうこんゆ》の製油所、そして八坂神社などを眺めながら疲れを癒やした人たちも随分多かったようだ。

その八坂神社は集落の発祥の地といわれ、藤琴の加茂谷家が京都から移り住んで建立したという説もあるが、それを立証するような資料はほとんどない。

ところで、矢坂集落の歴史資料は代々肝煎たった夏井家の引き継ぎや保存状態がよく、この藤里地方では稀なほど丁重に扱われ、後世への贈り物として『夏井文書』を残している。それらの資料によれば、矢坂集落は嘉吉年間（１４４１～４４年）のころ糠野《ぬかの》村の一部として開発されたといわれ、慶長年間（１５３６～１６１５年）のころからは八酒村と称していた。当時は岩本村、堤村、舟場堤村、如来瀬村、荷上場村の五つの本支郷によって一つの村を形成していたが、正保4年（１６４７）佐竹藩の田畑歳額改正で八坂村に改称し、さらに宝永4年（１７０７）にはその歳額を低減して八坂村、堤村、舟場堤村、如来瀬村の4村を一つとして矢坂村に改め、荷上場村は別村として置き換えられている。

当時、矢坂村の肝煎は忠右衛門、住家数を検地帳から拾ってみると38軒ほどであり、１２０年後の『享保郡邑記』では42軒となっている。災害などで村を離れる者もいたが、意外にその変動は少ない。

しかし、宝暦5年（１７５５）の奥羽地方百年に一度といわれた大洪水、そして凶作で村の半数が餓死し、さらに天明3年（１７８３）の凶作では24軒の潰家が生じ、生存したのは29軒の１１９人、馬は22頭残っただけだった。それから14年後の寛政9年（１７９７）には、13軒が焼失するという大火が発生し村は壊滅の状態であった。火災は弘化3年（１８４６）にも村の住家の半数が焼失したという記録も残っている。

矢坂村の本郷は、低地にあるので洪水の被害も頻繁で、寛永9年（１６３２）の「白髭の洪水」、万延元年（１８６０）の藤琴川大氾濫による被害で藩へ嘆願哀訴して補助を受け、元治元年（１８６４）にも多くの住家、田畑が流出している。

しかし、暗いことばかりではない。明治18年には夏井与三郎が、自費を投じて如来瀬と矢坂に松、桜の並木をつくった。前述の矢坂の桜並木がそれだが、いまはまさに姥桜となった。

7　高台居住の謎

藤里地方には、古代の土器や石器、壕跡《ごうあと》などの遺物が出土する場所は数多くあるが、そのほとんどは本格的な調査が行われないまま山林や田畑の下に眠っている。

古来、人間は条件の整った場所で集団生活を営む習性があり、縄文期には高台の見晴らしのよい舌状の地形に居を構えたといわれている。藤里地方にも、大屋敷とか草刈野、院内岱、谷地遺跡などがその典型的な地形で、杉林などに遮られなければ視界の開ける場所である。

ただ、長い時間の経過とともに居住地としての適否の判断も変化し、低地や水利のよい場所へと移動するようになった。太古から現代まで、その住処《すみか》が一本のラインで結ばれている集落は意外に少ないようだ。

その点、熊ノ岱、根城岱、逆巻、上中畑、端家などの集落が位置する高台一帯は、背後に白神山地を控えながら広々として、大昔から人々が好んで居住した場所といえるようだ。

かつて、この高台一帯からは土器や石器などがたくさん出土し、土偶の欠片なども発掘されて話題になっていた。しかし、戦後に水田の圃場整備が行われ、その工事で原型に近い壺《つぼ》や甕《かめ》などの出土品が破損したり、亡失したりして、現在は一部の住民がその破片を保管しているだけで、そのほとんどが町外に流出したといわれている。

また、享和2年（１８０２）には菅江真澄が当地方をたずね、「谷地村から根城にきたが、ここは城柵のあとであるという。まことにそのおもかげがのこっていた。熊野台（熊ノ岱）をよそにみて、田城というところをはるばると通り過ぎ…」と、『しげき山本』に記述している。平安期の山城跡として上中畑などの集落を真澄はその思いを馳《は》せながら通ったのではなかろうか。

『享保郡邑記』や『加秀祁』によると、この高台一帯で最も古い集落の草創は、正保年中（１６４４〜４８）に比内小森村から逆巻村へ移住した川口家となっている。その後、熊ノ岱や端家、上中畑、岩合などへ、同じ藤里地方からの転住者で集落が開発されたことになっている。

4千年もの大昔、縄文人たちがこの地に居住し、さらに平安期には誰かが山城を構え、そして正保年間には南部などからの余所者たちが移住して今日の集落を築いたことになるのだが、先住民といわれる蝦夷やアイヌなどの民族は、この途切れた時間に生き、いつの時代に、なぜ滅んだのか、あるいは原住民としてこの地に残り、移住者とともにこのふるさとをつくったのか、それはどこにも共通する歴史上の大きな謎である。

8　開拓地に見る明と暗

藤里地方には、院内岱と大野岱という二つの広大な台地がある。終戦ごろまでは採草地や放牧場として地域の人たちに活用されていたが、終戦直後の9月、農林省策定の「緊急開拓事業実施要綱」により大規模な「開拓地」として生まれ変わった。それは食糧事情を改善するため、さらに戦地からの復員や満蒙開拓地などから帰還する人たちへ土地を与え、新農村建設の謳《うた》い文句で全国的に展開された施策である。

その一つ、院内岱は所々に縄文期の土器などが発掘される歴史的な住居跡地がある。また、その台地を真っ二つに割るように沢地が南端の大沢川まで延びているが、300年ほど前にはその院内沢沿いに約35アールの水田を開墾したのが、藤琴集落の徳兵衛（斉藤）であると検地帳などにも残っている。

地名の由来も、台地の北側にそびえる高山（湯ノ沢）にあった修験寺、明浄院（明星院とも書く）の管轄地内、つまり院内ということで、その名称になったという説もある。

しかし、現在の院内岳集落が開発されたのは江戸末期からで、開拓心の旺盛な人たちが窪地で稲作を興し、終戦時には7、8軒の住家が点在するほどの集落になっていた。

その頃、直近の藤琴集落の人たちにとっては、院内岳は貴重な生活の場でもあった。採草地や放牧地はもとより、村の運動場、学校や民家の畑地、火葬場、墓地などもあった。山菜やキノコなども豊富で、催事や休日には高台までの急峻な山道を、息を切り、喘《あえ》ぎながら登った人たちも多かったようである。

そして、終戦直後から昭和24年ごろにかけて、旧満州などから引き揚げてきた人たちを含む13戸の村人たちが平均3～5ヘクタールの耕地の配分を受け、新しい院内岱集落が形成されたのである。途中、南米のパラグアイへ夢を求め、あるいは営農の厳しさに耐え切れずこの地を離れた人たちもいるが、いまなお集団営農で近代化農業に励んでいる人たちも多い。

一方、大野岱開拓地は、まさに荒地の耕作からスタートし、昭和21年から3年間に20戸の農家が入植した。約3ヘクタールの耕地の配分であったが、広大な土地とあってさらに大規模農業への夢があったようだ。住家も点在していたが、それでも小間物屋や分校なども設置され、一応集落としてのまとまりもあった。

しかし、国の農業政策や標高200メートルの自然環境の厳しさもあって、昭和36年には3戸の農家が南米へ移住し、その後次々と離農者が増えた。そして創立20周年を迎えた大野岱分校も昭和47年に幕を閉じた。スタートしてから半世紀、いまは廃村の地に畜産関係の施設があるだけだが、「もったいない」という声が聞こえてくるようだ。

まちの変遷

1　人や牛馬で活気のセリ市

戦後の著しい社会変動で、藤里地方からも公共施設や建物などが次々と姿を消した。そして半世紀、その建物などの記憶は遠ざかり、さらにその実在さえ疑う人たちも多くなった。

鉄道も国道も通らない辺鄙な地域に、大正7年、国有林経営のため森林軌道が敷設された。そのレールは、大開集落の奥地や太良鉱山を越えて白石股方面、さらには小比内沢などへも延長された。木材や鉱石を積んだ「ガソリンカー」が村内を走り、その貨車の最後尾には住民サービス用の天井のない箱形の客車が連結され、駅に代わる停発車場の営林事務所前にはいつも人々が群がっていた。

しかし、昭和33年の大水害で線路が壊滅し、その復旧を見ることなく全線廃止となった。太良鉱山もまた運搬機能が失われたことで長い歴史に幕が下ろされた。

この地方の中心地である藤琴集落は、上流に太良鉱山が控えていることもあって、古くから造酒屋や染屋、鍛冶屋など多種多様の商売で繁盛していた。ただ、時代的な傾向で農業が主流であったことは他地域と変わりない。

藤琴集落でも多くの農耕馬が飼われ、その繁殖のために村外れの三ツ谷脇広場には「種馬所《しゅば》」が設けられていた。雪解けの季節になると奥地から雌馬を牽いてくる農夫たちの姿も多かった。

それに戦中戦後は肉牛、役牛の生産も奨励され、この広場は牛の品評会やセリ市などで賑わった。立派な「セリ市場」も建設され、県外からも大勢の買い手が集まり、牛馬を前に盛んなセリ声が響きわたっていた。

戦後の学制改革により、新制中学が誕生したが、畜産関係に利用されていたこの広場一帯に、昭和25年「藤琴中学校」が落成した。グラウンドも造られ、子どもたちはもちろん大人たちの野球場にもなった。畜産品評会やセリ市の頃になると人間も牛馬も混在し、まるで外国にみる人だかりの光景だった。

戦時中は、その広場に「松根油製油所」が建設され、軍部からの派遣兵なのか街で白い軍服姿を見かけることもあった。しかし、この松根っこ掘りは、山道を登り、真っ黒な顔で深い松根を掘り分け、それを背負い、製油所まで届けるのは村人たちのたいへんな負担であった。この「松根油製油所」は、旧粕毛村では矢坂集落にも設置されていた。

藤琴中学校は昭和30年に粕毛中学校と統合され、その後草刈野へ移転し、旧校舎は解体された。それに伴い併設の能代高校（のちに二ツ井高校）定時制分校も廃校となった。

いまは、この広場一帯に社会福祉施設や保育所などが建ち並び、「種馬所」「セリ市場」「松根油製油所」「グラウンド」「プール」跡など昔の面影は一欠片も見えない。

2　地域を守った2医院

藤里地方では、いま山下医院が週2日の診療を行い辛うじて「無医村」状態から脱しているが、近年まで「お医者さん」が2人も常住していたので、その頃の記憶が離れないのか、住民たちは「無医村」という意識が強い。

村に小さな「病院」（医療法では19人以下の患者収容施設は「診療所」と呼ぶ）ができたのは、大正時代か昭和初期か、そのへんは定かではないが、軍医だった山下末平氏（関西の出身）が藤琴集落に開業し、村の名士としても活躍したので、医療の先駆者はこの人だと誰もがそう思っていた。

しかし、この山下医院の前身は「池田」というお医者さんが開業し、そこへ入院したという年配者の証言もあり、それが確かであれば、近代医療が普及した明治維新後の村の空白期間がいささか判明したようである。

大正2年、旧藤琴村議会では伝染病避病舎の建築が承認され、終戦の頃まで廃屋同然の建物が村外れに残っていた。旧粕毛村にも同様の病舎があったが、これらの管理は誰が担当したのか、その記録のないのは残念である。

昭和の初期に旧藤琴郵便局付近に、佐藤医師による「診療所」が開院された。その存在を記憶する人たちも少なくなったが、短期間になぜ閉院したのか、医師の出身地はどこなのか、その事情を知る人はほとんどいない。

その診療所の跡を継ぐように、軍医だった柴田清治氏（三種町出身）が「柴田医院」を開業した。当時の産業組合（現在のJA）の支援があったのか、住民たちは「組合病院」と呼んで親しんでいた。

終戦直後、柴田医師は病気で夫人を亡くし、近くに開業していた「平沢歯科医院」の女性医師と再婚し、病院も統合して新たなスタートだったが、まもなく柴田医師は病死し、平沢歯科医も村を去った。

「柴田医院」は、その後岩手大などから医師の派遣があったが、本格的にその跡を継いだのは、宮城県内で勤務医をしていた畠山悛策医師（仙北市出身）である。夫人が隣町出身の伝などもあって昭和34年「畠山医院」として町の中心地に開業した。

畠山医師と「山下医院」の2代目である山下次男医師（山梨県出身）は、この半世紀に地域の健康管理、医療の向上に尽力し、平均寿命を大きく延伸させたという評価は高い。叙勲などを受章したが、平成10年後半に相次いで病死し、「畠山医院」は閉院した。

もっとも、この地方で早くから医療機関があったのは太良鉱山である。200年前には紀行家菅江真澄の日記に「医《くすし》」の山田宅に泊まったという記述もある。川村武治医師、安井清之助医師、安村太郎医師などの名前もいまだ残っている。

3　私塾から学校教育、今は2校

この藤里地方には、終戦の頃まで小学校の本校と分校合わせて12校、中学校の本校と分校が4校、高校の分校

1校、青年学校2校と数多くの学校があった。教育改革や統廃合などで今は藤里小学校と藤里中学校の2校だけとなったが、明治維新後に発足した教育制度も学校も、揺れ動く社会の中で姿をすっかり変えている。

藤琴集落で寺子屋教育が始まったのは明治元（1868）年で、伊藤倉松が私宅を提供し塾を開いてからである。私宅が手狭になり、6年後には現在の町役場付近にあった郷蔵を改造して学舎に充て、さらにその翌年には藤琴、粕毛、大沢、矢坂の旧4村で連合組合をつくり、「藤琴学校」として発足した。

その連合組合発足と同時に、粕毛集落には広沢寛蔵宅に分教校を置き、その翌年には自福寺を仮校舎として粕毛小学校が独立した。

また、米田にも明治7年に分教室が設けられ、熊野神社や加藤治五右衛門宅など各集落の住家を塾とし、その翌年には粕毛小学校が発足したことで、その分教室を室岱の佐々木安太郎宅に移した。

大沢集落には、明治元年に私塾ができたが、その継続のように同7年、石岡家、細田家の支援で「石田学校」が誕生した。その2年後に「藤琴学校」から分離して独立校となった。

矢坂にも明治13年に「矢坂分校」の設置の記録（『藤里町誌』）はあるが、いつ廃校になったかは明らかではない。おそらく翌年の旧4村で学校組合をつくった際に閉校したのかもしれない。

金沢集落には、少し遅れて明治10年、「藤琴学校」の分校が置かれた。大正2年には金沢から真名子に移転し、昭和32年に火災に遭ったが、同34年には独立校となった。

分校が置かれたのは、坊中分校が明治22年、太良分校が大正9年（同12年に廃止、昭和4年に再開校）、奥小比内分校が昭和4年、名不知分校が昭和27年にそれぞれ藤琴小学校の分校として新設された。

大正10年、大開集落に仮授業所ができ、さらに昭和8年に分校へ格上げされ、同26年には大野岱分校に隣村暁野の児童も編入し、いずれも米田小学校の分校として設置された。

新制中学校は、昭和22年に藤琴中学校と金沢分校、粕毛中学校と米田分校がそれぞれの地域の小学校に併設されたが、同31年に統合され、藤里中学校が創立した。分校だった金沢校は昭和34年に、米田校は同36年にそれぞれ独立校となったが、いずれも同45年までには藤里中学校に統合された。

能代南高校（現能代高校）の定時制分校も昭和23年、藤琴小、中学校の一部校舎を利用して開校し、後に二ツ井高校の分校に移動してから閉校した。

功績者たち

藩政時代、藤里地方で〝村づくり〟に貢献したのは旧4村の長、すなわち各郷の肝煎であった。藤琴村の吉兵衛は近郷4村の統括役や親郷《おやごう》肝煎として、粕毛村の万右衛門は藩の山役人も兼ねて美林づくりに勤《いそ》しみ、大沢村の七兵衛や甚之助は普請などに尽力、矢坂村の忠右衛門や長太郎は洪水の被害防止に力を注ぎ、いずれもその足跡が古文書などに残っている。

しかし、肝煎の任にない人たちも大きな功績を後の世に残している。代表的なのは、市川家5代目の徳左衛門（信喜）である。近年まで藤琴の「旦那様の家」と呼ばれていた旧家であるが、その子孫の市川謙一郎は明治の初代村長や県議会議員を6期も務めた実力者である。

その一族の先祖は南部藩で、縁あって太良村に移り住み、ここで鉱山の何らかの役に就き、その5代目徳左衛門が大活躍したのである。郡方へ米銭若干を献納し、これが賞されて「月俸三口」を賜り、文政9年（1826）には隣村早口村（現、大館市）に墾田52石、その3年後には藤琴村に墾田15石余、さらに天保元年（1830）

には粕毛村に6石余と開田に全力を投じ、調銭《ちょうせん》の献上も群を抜いていた。

天保4年の大凶作には、調銭2千貫文を献納して苗字帯刀を許され、翌6年の凶作にも調銭500貫文、7年には調銭1万500貫文、同じ年にまた調銭8530貫文を官府に献上して旗本近進まで陞《しょう》せられ、かつまた扇紋の上下を賜ったのである。早口村の岩野目神社にはこの市川徳左衛門が祭神として祀られている（『藤里町誌』による）。

天保の飢饉時には、室岱の佐々木家9代目新助の活躍も光っている。飢餓に苦しむ人たちの救済に100両の調納をし、さらに米価が高騰したのにもかかわらず極窮の人たちへ正米約40石を施米とし、その代金は当時で178両であった。また、村人救済策として正米を安値で売り払い、その損失は486両余であった。そのほか、後年の凶作時に村人たちを救った功績が認められ、文久元年（1861）に御紋付上下を拝領し、苗字帯刀も許された。

佐々木家は、古くから豪農として地域の人たちを助け、大正、昭和に酪農や水害対策に尽力した佐々木隆吉、その子息で県会議員として活躍した佐々木守一がこの旧家から輩出されている。

藤琴では文化12年（1815）と12年後の文政10年に集落が全焼している。さらにその4年後の天保2年にも35軒が焼失している。その困窮を救うため山林の払い下げなどに肝煎の吉兵衛は奔走した。そして火災からの避難対策として密集する住家や敷地の整備に取り組んだ。その足跡がいまもかすかに残っているが、それは目立たない大きな功績ともいえるようだ。

あとがき

2年ほど前、北羽新報社の平沢光正整理部長（現庶務部長）から「藤里の天然記念物や遺跡などをシリーズで紹介したいので、その原稿を書いてほしい」と依頼され、浅学非才を顧みず即座に応諾してしまった。

特にテーマも、回数も制限しないということなので、「藤里の歴史散歩」というタイトルで、昔の村の姿を探ってみようかと提案したら、「それで結構」ということだった。

ちょうどその頃、藤里町教育委員会が高齢者を対象にした「ふじこま大学」なる生涯学習講座を開設し、それに関わっていたので、どうせ同じふるさとの歴史を調べるのであれば、案外気楽に書けるのではないかと、簡単に引き受けたのも確かである。

しかし、実際に手掛けてみると、小さな事柄でも歴史そのものの深さに触れ、なかなか思うように進まない。それに性格的にルーズなところがあり、特に原稿は締切日ぎりぎりまで提出しない癖がある。こんどの連載も締切日まで届けなければ新聞に穴が開くことには百も承知だが、結局、土壇場で二ツ井支局へ届けるのがほとんどであった。その点、編集担当者には毎回はらはらさせて申し訳ないと思っている。

北羽新報の「ニュースの風（地域版）」欄で、平成21年12月に始まった連載は、今年3月に52回で終えた。内容的には、まだ書き足りない部分もあったし、資料不足も否めなかったが、いろいろな方から資料を提供していただいて、それを補い、記録できたことに深く感謝している。

ただ、本稿をまとめながら常々考えていたことは、明治から昭和初期にかけて村の事業や事件、事故など一応記録は残っていても、その背景となる諸事情がまったく分からず、そのまま消えていくものが結構多いということである。それは語ってくれる人たちが年々少なくなっているためで、そこが現代の盲点となっているようだ。機会があればこの点をしっかりと書き残したいものだと思っている。

本書は「藤里地方の歴史」なる専門書ではないし、学術上の論旨をまとめた参考書でもない。多少私説などを含めた町案内のつもりで書いたので、この地方を「ふるさと」としている方と、それ以外の方ではとらえかたが自然に異なってくるだろう。しかし、いずれもこの地方を軽く散歩するつもりで読んでいただければ幸いだと思っている。

新聞の掲載時、さらには本書を上梓するに当たり、北羽新報社の平沢さんはもちろんのこと、印刷事業部の佐藤一さん、二ツ井支局の武田幸一さんらには大変お世話になったことに改めてお礼を申しあげたい。

平成24年3月　　著者

参考文献

藤里町誌　（藤里町教育委員会編）
写真集『藤里町』（藤里町教育委員会編）
藤里の昔話　（藤里町教育委員会編）
藤里町の古文書　（検地帳ほか）（藤里町教育委員会編）
日本地名大辞典　（角川書店刊）
山本郡史　（臨川書店刊）
秋田大百科事典　（秋田魁新報社刊）
世界大百科事典　（平凡社刊）
菅江真澄遊覧記　（平凡社刊）
秋田の中世・浅利氏　（鷲谷豊・無明舎刊）
秋田県山伏修験と密教寺院　（佐藤久治著・無明舎刊）
新秋田叢書　（歴史図書社刊）
戦後の証言　（北羽新報社刊）
浅間神社・熊野神社の歴史　（三浦千秋著）
益子清孝著・太良鉱山文献　（藤里町教育委員会刊）
六郡巡見之時雑記（井口来宜著、藤里町古文書解読研究会）
加秀祁　（粕毛村郷土史編纂委員会編）
童話俚諺俗謡取調草稿　（安保小市郎著）

単行本未収録

詩篇

廃家《あばらや》

彼所《あこ》の家《え》もハァ不在《から》なたがぁ
泣顔《なげつら》ぁ女童《おなごわらし》も
腕白《きかね》ぇ男童《おどごわらし》も
どご彷復《まごず》でらンだが
ぱらぱらど霰《あらね》こ降っても
あどハァ　灯《あがりこ》ぁ点《つ》ぐもでねぇ

彼所《あこ》の家もだぁ
広《ふり》い屋敷ばり残《のご》ってしゃぁ
中世《ながむがし》ぁ
南部がら落ぢで来た家系《かまど》だテ
孫爺様《まごじさま》だば
品格《ひん》ある人《ふと》でしゃぁ
小作人等《ど》ぁ
手拭《てぬぎ》こ脱《と》って
裏口《かぐち》がら
じょろじょろ出で来《く》らズ
ぼやぁと回想《め》で来るどもなぁ

戸惑《まっちゃ》めでらきゃぁ
こんた小《ちっ》ちゃ村こサ
変人等《おがしけだづど》ぁ
ずらっと集《あづ》ばテ
叫《さが》んだり
図面こ広《ふる》げだりして
役場も
郵便局も
学校も
んんな廃止《ねぇ》ぐさたテしゃぁ

年寄等《としよりこど》ぁ
「虹の里」てらだの
「光の家」てらだの
真白《まつしれ》ぇ中庭のテラスさ
じょっくり首こ揃えで
ままんで
復員《へえたえ》どご待った時《じぎ》みねぇでしゃぁ

そんた中ぁ

田作り爺《じっ》ちゃ
地主《おやがだ》ど間違ったんでら
案山子サ
ぺょこんと頭下げでしゃぁ

俺も
ああならたべど思ったばぁ
背中《ひながこ》ぁじゃわめで来てしゃぁ

「密造者」第65集（二〇〇五年）

今どき・・五題

少子化

ぐやぐや居《え》だ童等《わらしど》ぁ
何時《えづ》の間《こめね》が
東京で背中《ひながこ》丸めでしゃぁ
今度《こんだ》ぁ赤《あげ》ぇ洋服《きものこ》着た大臣だどやぁ

だども
畦《くろこ》の案山子《かがし》だテ
妬《や》ぐ何もならねべぇ

チルドレン

川岸で
どかぁ〜と芝《もつくれ》ぇ踏んでみれ
ウルメ雑魚《じゃこ》ぁ
隠れ場《がんご》がら　じょっくり出で来テ
あの逃げ様子《じゃま》ぁ
誰《だ》さが似《に》でねがやぁ

拉致

独り婆《ばば》ぁ
よっちゃらぁ　よちゃらテ
仏様サ膳《ぜんこ》あげっとも
拉致だテぇー
そんたごどぁ
疾《えっちね》うに諦めでら瞳《まなぐ》だでぇハぁ

耐震強度

空《そらこ》サ家《えこ》建でるっテ
壊《ぶか》れらず当然《あだりめえ》だべぇ
村《むらこ》サ雪降っとも
天井《てんじょこ》ぁ
のっすら　のっすらテ鳴《な》っとも
それだば
だだ布団《ふとんこ》被って眠《ね》れってがぁ

株騒ぎ

怠け者等《からぼやみど》ぁ
農夫《おど》どこ騙《だま》して
えひら　えひらっテ
賭博者《ばぐちうち》テそんたもだども
待《まで》よ
一枚《えづめ》より無《ね》ぇ郵便局の定額証言《しょうしょ》ぁ
裸電球《はだかでんき》で
密《ちょこっとさら》かに透して見っかぁ

「密造者」第66集（二〇〇六年）

番兵

農業会の倉庫がら
早場米《こめこ》ねぐなるって
番兵つけで
それサまだ番兵つけで
夜《ばげ》なれば
倉庫の中がら
鰯《えが》ぁ焼ぐ香《かまり》コしてしゃ
最後《しめ》なれば
二十も三十も俵コ足《た》んねぐならたどや

【自註自解】

もう遠い昔のようだが、『密造者』七号から方言詩を書かせてもらって、つくづくと幸せだと思っている。自慢ではないが、過去六十三号のうち、原稿の督促を受けずに提出したのがたったの三回ほどだ。仕事柄遅れてしまって、と弁解はするものの、だったらもっと多忙な畠山さんはどうだ、と言わんばかりの亀谷さんの顔が浮かぶ。勿論、そんなことは一言も云わないだけに苦しい。凄い人だなぁと、涙のでる想いだ。改めて感謝を申しあげたい。

　方言詩を四十年近く書いていると、もう目的を達したのではないかという人もある。また方言の本当の味わいも失われてしまったのではないかと、疑心暗鬼になることもある。

　でも、書きはじめの頃から「やれっ！やれっ！」と、煽ててくれた密造者の仲間たちの、いまなお続くその煽てに乗って書かなければならない宿命?だし、かつまた楽しいことも確かだ。

　ときどき、喋りことばは、文字で表記することに問題があるとか、方言の本当の意味と違うのではないか、など変な方言学者ぶる声も聞こえる。しかし「おらぁ方言学者じゃねスよ」といいながら、方言の詩を書くことにしている。

「密造者」第70集（二〇〇七年）

番号札《ふだ》コ

此処《こご》ぁ待合室だべぇ
んんながら
俯いた《したむえだ》まま
番号札《ふだ》コ携《たな》えでしゃぁ

ごぁーん
ごぁーんテ
鐘コ叩《ただ》えだば
鍾馗様だんでら
~ハエっ親父《おど》来たどぉ
芳文院玄光清宗居士様
—平成十八年八月九日没ぃテ
千の風《かぜえ》サなったばテ
まだこんた処《どご》ね
彷徨《まやめで》でるてがぁ
~ハエっ息子来たどぉ
山岳丞道居士様
—昭和四十四年十二月五日没ぃテ

未練《のごれ》がったべども
俺《おら》も同年令《ふとじとし》なたでハぁ
～ハエっ次《つぎ》ぃお前《めぇ》のワラシだどぉ
静安妙修大姉様
―昭和二十五年七月十七日没ぃテ
やっぱり
あのまま
ものコも喰《け》ねぐなったがハぁ
～十歳《とう》も違う弟《おんちゃ》だどぉ
報厚院諦山忠節居士様
―昭和二十年六月二十九日没ぃテ
よぐ見《め》ねども
ぷうーんと弾薬《たま》の匂《かまり》コばりしてぇ

誰《だ》サ媚《けはぐ》びるス訳《わけ》でねども
ごぁーん
ごぁーんテ
まだ三つばり鐘コ叩《ただ》えだば
番号札《ふだ》コ間違ったテ
誰《だ》も対応《あで》なるもでねぇ

家《え》サ戻って
椅子さ横《ながま》たまま
テレビばり見でぇ
老妻《ばば》まだぁ
番号札《ふだ》コぁ
裏返《かっちゃ》ねしたり
透《す》がしたりしてしゃぁ

道路越《きゃどごし》ね

長寿荘テ見《め》るども

長《なんげ》え廊下《ろうが》ぁ

介護の男性《あんちゃ》だんでらぁ
車椅子押してらヅ
ぐえっと回してしゃぁ
んん　んーテ
訳のわがらね
溜息聞《き》れけでくるばんだぁ

どれぇっ
家《え》サ入《は》って
まだテレビでも見っかぁ

「密造者」第71集（二〇〇七年）

循環器科・待合室で

今度《こんだ》ぁ俺《おら》の順番《ばんこ》だべっテ
上着コ脱えで　ベルト緩《ばんどこ》めだば
「オオクボミツオさん2番へ」だどぉ
一《ふと》つ後の席がら幽霊《たましこ》みたんだ老人《おどご》ぁ
すうーと立ってぇ
診察室サ行《え》ってぇ
すうーと出で来てしゃぁ
彼処《あっこ》の屋号だば屹度《きっと》「タマシの家《え》」だべぁ
予約制なったども
疾《とっく》うね一時間　経って
今度《こど》まだ「シマダツヨシさん3番へ」だどぉ
隣集落《となりむら》の「モンコの家《え》」の親父《おど》でしゃぁ
元々《もどもど》ぁ蒙古《もんこ》みねんた怪男子《おっかねおどご》ぁ居《え》でぇ
んだども　これも怪《あや》しどぉ
蒙古ぁ海がら来《く》らたども
山越えで　窓越えで
あれだば夜這男《よべえおどご》だべぁ
あの畚褌《もっこふんどし》の「もっこ」ど間違《まぢが》ったたべぁ
漸《よやっと》く　順番《ばんこ》きたば
医師《ひんひ》ぁ
三分も経《た》だねね
「次の予約は7月17日午前10時」だど
おふくろの命日だ
縁起悪《わ》りども　駄目《やづね》っても喋《さ》べらえね
大急《でたくた》ど上着きて待合室サ出だばぁ
今度《こど》まだ老狐等《としよりきづねど》ぁ
じょっくり頭コ持上《もちゃ》げでぇ
心臓コだぐだぐめがして

本番《ほんと》の順番《ばんこ》待ってしゃぁ
したば　曲角《かど》の婆様ぁ
「あえぇ貴方《あんだ》も来てらたがぁ」だど
俺《おら》ぁ
君達《んがど》ど同類《ふとづね》さえでも困るっテ
喉《のど》コまで出かがったども
慌《あわ》くて階段降りだば
先刻《さきた》の「モンコ」の親父《おど》ぁ
「やぁ」って　ちょこと手コあげで
俺《おら》の前《ま》ぇ横切って行《え》ったおン
奴《あれ》だば助平だだぎあって
まだまだ本番《ばんこ》ぁ来るもんでねぇ

「密造者」第90集（二〇一四年）

村言葉《むらこどば》・つまり方言

昔《むがし》っても
直ぐ其処《そご》の昔《むがし》だデばなぁ
黎明《よあげ》だぁ
商売《しょうべえ》だぁ
戦争だぁテ
山村《やまおぐ》まで怒濤《どうど》ど
共通語《とうきょうべん》入《は》テぇ
村言葉《むらこどば》どご占領スてやぁ

何時《えづ》の間《め》ねがぁ
朝《あさま》の食事《まんま》終《け》ば
童等《わらしど》ぁ大急《でたくた》ぎど
「行ってまいります」っテ
テレビ言葉《こどば》ど真似《ふとつ》テしゃぁ
あどハァ
先生《ひんひ》も国語も
村言葉《むらこどば》混じりの共通語《とうきょうべん》だぁ

俺《おら》ぁ学校時代《ちっちゃじぎ》だば
田圃《た》サ行《え》ぐんっテ休暇《いどまこ》けでけれってヒば
居眠先生《ねふかぎひんひ》ぁ「ん・ん」ってしゃ
だども
牛《うし》どご　ベゴって答《こだ》えだば
二十歳《にんじゅ》そごそごの豆訓導《ひんひ》ね
わったわったど　ビンタ食《くわ》ひらえデ
世の中ぁ
無言《むすつら》としてれば
一番《えづばん》ええっテごど覚ベデしゃぁ

昔《むがし》ぁ　もっと昔《むがし》だども
村コ草創《こしゃ》だ頃ぁ
南部がらの落武者等《ながれもんど》ぁ
コドバこぁ持《たなえ》できて
此処《ここ》の土地《つち》サ
泥塗《こね》まわして
人々《ふとど》の心コさ　どぷっと入《は》デぇ
矢も　弾も　飛んでこね土地《なが》でぇ
「おーえ　おーえ」っテ
田ぁばり耕《かま》してれば
心配《あちこど》も何《なん》もねっテしゃぁ

このごろだば
隣《となん》の子《わらし》ぁ
標準語《とうきょうべんこ》ぉ飽ぎんだんでら
横文字の帳面ぁ
ばやばやど携行《たな》えでしゃぁ
「オー・グッド」っテ叫《さが》ぶんテ
ぐるっと振り向《うしろむえ》だば
明治も　大正も　昭和も
村言葉《むらこどば》ぁ総《んんな》ぁ破壊《ぶか》れでぇ
ちらっと空耳ね聞けるばんでしゃぁ

んだどもやぁ
あど百年もひば
よちゃよちゃ歩《あ》てら婆《ばば》も
英語だば
すらすらど喋《さべ》り捲《ま》ぐらったどや
んーんっ

「密造者」第97集（二〇一六年）

飛行機だば

沖縄ばんでねぇ
俺《おら》も
あの鉄《てづ》の物体《かだまり》ぃ飛ぶ度《たんび》ね
心持《こころもち》ぃ空路《そら》ぁ避《じょ》げで
この車さ落ちれば
不安《どひ》ばぁっテ

それもそだども
側《そば》サ寄《え》ってみれぇ
銀《シルバー》色の大ぎだ翼《はね》ぇ
人《ふと》どご　どくんと飲む様《え》んた逞《ころ》し胴体《どっぱら》
まさがぁ　これ空ぁ飛ぶっテがぁ

嘘だべ　きっと嘘だでぇべ
はじめで機内《なが》サ入《は》った時《じぎ》も
心臓ぁ　だぐだぐめでぇ
空サ上がったばぁ
瞑想《ねだ》ぁふりして

時々《ちらちら》ど陸地《した》ぁ見でっとも
この客等《ふとど》ど心中さひらえらズがぁテ

あれがらヨーロッパさも飛《え》ってぇ
新聞だの週刊誌だので
顔《つら》ぁ隠《かぐ》したりしてればぁ
ごどごど車輪の音《おど》して
フランクフルトだどぉ
苦笑《にやっと》さズも我慢すべぇ

んだども２００１年９月11日
寝ふかぎしながらテレビ見でらば
ビルさ　飛行機ぃ突っ込んでぇ
ははぁん　アメリカ映画だなぁテ
んだども　待《ま》でよ
待で待でぇ　待でぇー

その前《めぇ》も　更に前《もっとめぇ》も
狂者《はんかくしゃ》ぁ指導者《やづら》ね騙さえでぇ
ハワイだ　ミッドウエだって
空のチャンバラぁ戦《やら》ひらえでぇ

落《おち》らズ当然《あだりめ》ぇたべぇなぁ
鉄《てつ》の物体《かだまり》だどお　鉄《てつ》の

あぁ　今朝の夢だばぁ
夕焼《ゆうやげ》の中ぁ　鳥ねなって
ぐんぐん飛んであったども
「飛ぶ夢って不吉《えぐねぇ》もんだ」っテ
五十三歳で死んだ母《おふくろ》ぁ
紙飛行機さでも飛《ぬ》ったべなぁ

「密造者」第98集（二〇一七年）

妻の病床日記

8月5日（妻《かあちゃん》生まれではじめ入院）
直ぐ退院でぎればええけどなぁで

9月8日（村祭りの日）
夫《とう》さん済まねスなぁ

11月15日（透析はじまる）
空ぁ見でらば
突然《きゅう》ね黒ぇ鳥《とり》コぁ鴉ね追《ぼ》わえで
きっと　あれぇ息子《にいちゃん》だべぇ
智恵子みねね遊《あし》んでやればえがったなぁ

12月10日（インフルエンザで面会規制）
爺ちゃんばり窓ぉ越えで来たども
あんまり空ぁ広《ひ》りぃして
婆ちゃんどご迷子《ねえぐ》したっテ
ぼそぼそ泣えでらきゃぁ
マスクかげで直ぐ戻った様《え》だぁ

2月24日（誕生日）
四人部屋の誰《だ》んだがぁ
「夫《とう》ちゃん、夫ちゃん」と呼ぶんテ
これ私《あだし》の父さんだよっテ
睨めでやったばぁ
それっきり皆《んんな》ぁ黙ってしゃぁ

なんだべがぁ今時《えまだり》　花束コだど
2月10日（インフルエンザ面会解除）
夫《とう》さん来ねがら
役場サ行《え》ったきゃ
なんの届げだって聞ぐがら
一年生《えちねんひ》サ入《は》らたどもっテ
鉛筆ぃ　舐めてらきゃ
たった一人ぁ受付係りでぇ
寂《さび》しがったぁ
頭コさげで戻ってきたどもなぁ

暑っぐなった
6月29日だば長兄《あんちゃ》と祖父《じっちゃ》の月命日《ひ》でぇ
俺《おら》だば最期の日記ぁ知らねも
7月12日ぁ長姉《ねっちゃ》、17日ぁ母《おふくろ》
ううううっテそのままでぇしゃぁ
8月9日ぁ息子《にいちゃん》ど19日ぁ義父《じいちゃん》
あっ苦しっテ一言《ふとごど》　慌《でたくた》てど逝《え》っテぇ
その日なれば
何故《なし》てがぁ擦れた声で目《まなぐ》コでぇ

日記帳ぉ拾《ふる》え読みしてっとも
妻《かあちゃん》ゃぁ
全頁《でらっと》読むまで
知らねふりしてれぇ

「密造者」第99集（二〇一七年）

三途の川

動悸《どぎ》ぃ打って
ふうふうしてらきゃぁ
何時《えづ》の間《め》ねがぁ
とろ~っと寝でしまてしゃぁ

からからど乾燥《はしな》えだ原っぱで
昔ぁ面倒みだ人影《ふとかげ》ぁ二つ
来《こ》え来《こ》えって手招《てこふる》んテ
のこのこど後従《あどっ》で行《え》ったばぁ
草コの一本も生《お》がてねぇ

広《ひり》い広《ひり》い坂道《きやど》コさ出はてしゃぁ
ぷ〜んと硫黄《いおう》泉の匂《かまり》コすんて
よぐ見たばぁ
ちょろちょろど
幾条《なんぼん》ねも湯水ぁ流れでぇ
笹舟サ乗った顔《つら》コの無え人声《ごえ》ばり
灰色の山サ響びでしゃぁ

小寂《こさび》しぐなって
お〜え　お〜えってテ
彼等《あれやど》どご呼ばてみだば
坂上《てっぺん》サ立ったまま
戻れぇ　戻れぇってテしゃぁ
奪衣婆《だつえば》ど懸衣翁《けんえおう》ねでもなったんでらぁ
此処《こご》ぁ三途の川だどぉってテぇ

仕方無ぐ
しょぼしょぼど水路《みずきやど》下りできたばぁ
息《えぎ》い切らして走《は》ひできた童《わらし》コぁ
ちょこっと頭コ下げで
まだぁ登って行《え》ったおン

なんだがぁ背中コ
じゃわめでぇ
ごろっごろっテ寝返りしてらば
電話ぁ鳴って
五十八なる姪《め》コぁ
今朝ぁ蜘蛛膜下出血て逝《え》ったテしゃぁ

「密造者」第100集（二〇一七年）

最期《つぎあだり》の妻《かあちゃん》へ

点滴棒《てんてぎ》サ縋付《たもづ》がたまま
今朝も
ぶすぶすど
燻《えぶ》る五体《たまし》コ
顔《つら》コも無愛想《むすらっと》なテ
偶《ときたま》ぁ虫笑えスども

あれだば
寄生虫《はらむし》の化物《ばけもの》だんでらなぁ

家族《え》のごども
郷《むら》のごども
造作《じょさね》無ぐ捨《なげ》だまま
命《たまし》の荒縄《なわ》コ曳《ふ》ぐづたまま
何処《ど》サ旅《むがた》たんでらぁ

今辺《えまだ》り
野山《やま》も　空気も　太陽《おひさま》も無《ね》ぇ
真っ暗闇《くれやどご》ぉ
泣顔《べちょ》かえでぇ
独《ふと》り歩《あ》るぎでもしてらがぁ

後退《あどじゃり》スごども忘れだんでらぁ
最期《つぎあだり》までぇ来たばぁ
唇《くち》コ尖《とが》らひで
そごら彷徨《まやめで》るども
ほらぁ
そごの伝言板《こぐばん》サ

言伝《こどづで》でも書《か》げばえんでねぇ
んー
んだらやぁ
薄情《なさげね》ども
俺《おら》ぁ牽引車《くるま》ぁ支度《したぐ》スんて
善《じぇん》の綱ぁ
誰《だ》ぁね引《ふ》ぱテ貰《もら》うがぁ
今夜辺《ばんげあだ》り
行列帳《ちょうめん》*コ記帳《こしゃ》でみるんて
瞬時《さっと》でも
来《き》てけれじゃ

*葬列の人々の役割を記したもの

「密造者」第101集（二〇一八年）

あんだ　行ぐよ

火葬場の鉄扉《とう》ぁ
がだぁんと　開《あ》えだば
台車の上ぁ　真っ白れぐなテ
これっ
嘘だ　嘘だ
これだばモザイクだべぇっテ
声の無《ね》ぇ声《こ》ぇで叫《さが》んだども
その唸《うな》りさえ聞《き》けねぇして

僅か二、三時間前まで
動転《どでん》ス程《だき》　綺麗ね化粧して
遠《と》ぎぃ聖地《くに》サ旅《え》がったテ
白足袋ぁ
きりっと眩《まぶ》しかったども
こんたぁ容姿《じゃま》なて戻って来てぇ
触《あだ》れば　ぽろぽろど壊《ぶか》れで
鋳掛《えがげ》などぁ　できるもんだてなぁ
嘘だ

やっぱり嘘だ

だども親戚《おやこ》の者だぁ
母《かあ》さん　ええどこサ行げやぁっテ
骨箱さ欠片《かげらこ》ぁ詰めるんテ
仕方ねぐ
ぼそぼそど
俺も箸《はしこ》ぁのべだどもしゃぁ

あどはぁ
墓石《せぎど》の穴《あなこ》サ
ごあごあど空《あ》げで
中ぁ　覗《のぞ》えでみだども
冥土の足音《あしおど》も
三途の川の瀬音《ひっこ》も
ちらっとも聞けるもんでねぇ

独《ふと》り老人《おどご》ぁ
今朝も霊供の膳《ぜんこ》ぁ作《こしゃ》でぇ
ナンセンスだ
腹減《はらへる》べぇってテ

四十九日も続げでぇ
蠟燭《ろうそぐこ》ぁ消したば
「あんだ行《え》ぐよ」って
背中がら妻《かあちゃん》の生な声《こえこ》したども
ただ頷くより無《ね》してしゃぁ

「密造者」第102集（二〇一八年）

遠景《とぎぃひ》——川鱒

母《あば》ぁ
ラジュームの音《おど》コ　恐《おっ》かねってテ
病院がら逃げで来て

次の日ぇ
ダフラモッぺぇ　ばやめがして
向岱《むぎやでえ》の畑《はだぎ》サ馬鈴薯《にどえも》蒔《ま》ぐね行ってテ
それがら三日たったば
まだ床《とご》サ着《つ》で

村医者《えしゃ》どご頼んだば
今夜あだりぁ気付けれってテしゃあ
中学出たばりの俺らあ
どきっときて
障子サ縋《たもづ》がって　死んだぎ泣えでらば
小《ち》ちゃ声で「オレまだ死なねど」ってしゃあ

次の朝《あさま》
枕元サ
隣の若者《わぎゃもの》獲《と》ってきた川鱒
二切り半　残《のご》したまま
母《あば》ぁ　死んだ
オレどご焼ぐなよ
焼ぐなよって
死んだ
葬式ぁ
急峻《きづ》ぃダミ坂
近所《ちかぐ》の男等《おどだぁ》ね担《かづが》えで
深え穴コサ埋げらえでえ

やぐやぐどしたべどやぁ

そんたどごサ
二つ下の　妹《いもうとわらし》ぁ
白《しれ》ぇ紙サくるんだ鱒の切り目ぁ
ちょこっと投げだば
親父ぁ　ぎろっと睨めだまま
この罰《ばづ》あだりぁ
生臭《なまぐしゃ》もの精進だどっテ
それっきり　何も喋《さ》べねがった

「密造者」第103集（二〇一八年）

キヅネ

あの痩《やひ》キヅネ
ちょこちょこど　堅雪渡《かだゆぎわだ》って
くるっと後《うしろ》向《む》えで　まだ向《む》えで
遠ぐの杉林サ消《け》で行《え》ぐども
このごろぁ
何故《なして》が可哀想《いだんね》ぐなってしゃぁ
あの晩《ばんげ》も
裏口《かぐち》の鶏小屋《とりごや》ぁ騒々《かちゃまし》んて
急々《でたくた》ど棒切れ持ったば
狡助《ずろすけ》キヅネ
疾《えっつ》ね鶏咥《かづ》たまま消《け》でしまてぇ
そんたごど三日も続《つづ》げば
きまげでぇ　きまげでぇ

爺様の話だば
馬坂道辺《んまじゃがあだ》りね
性根《しょっぽね》の悪《わり》いキヅネ居《え》で
狐火《ひ》コ焚えで　人様どご騙《だまが》して
葉っぱの銭《じぇん》コ携《たな》がひで
ええ湯っコだって溜池《みずたまり》さ入《ひ》で
んだども
罰《ばぢ》も当《あだ》るもだ
罠《おっちょ》さ落ぢれば　なんぼ踠《もじょ》なっても
あどハぁ
こんこんど毛皮コばり光って

温々《ぬぐぬぐ》ど親方の首さ巻がえでしゃぁ

この時世《よのなが》だばぁ
猿だの　熊だの　狢まで
堂々《どうど》ど人様の縄張りサ入《は》って
威銃《てっぽう》ぁ打っても知らねふりだ
気弱《じぐなし》キヅネよ
お前様《めえも》も人様ど同様《ふと》って
だんだん山村《やま》がら追《ぼ》われる身がぁ

「秋田魁新報」二〇一四年三月十七日

村コ壊れで

先達《ひだて》まで
裏山《やま》ぁ　どかっと背負《しょて》た一軒家
二百年も経《た》づ大黒柱サ根コ生えでぇ
軒下《のきした》ぁ　もぐもぐど煙《けぶ》コ巻えでぇ
時折《とぎたま》ぁ
若嫁《あねちゃ》の声コぁ固雪《かだゆぎ》サ転がてしゃぁ

何時《えづ》の間《めぇ》ねがぁ
萱葺屋根《かややね》もトダンね変《な》て
何回《なんぼぎやり》も冬ぁ来て
庇《ひやし》コぁ

ばふらぁ　ばふらぁど剝がれだば
家族《んながら》ぁ夜逃げでもしたんでらなぁ

誰《だ》も居《え》ね家《え》サ
づがづがど入《は》ってみだば
雪虫《ゆぎむし》だんでら　糸蜻蛉《じごくだんぶり》だんでら
群《だま》なて逃げでぇ
仏壇《ほどげさま》の水コも
からからど干涸《ひから》びでしゃぁ

君達《んがど》好ぎで飛び出した村コだ癖《くひ》ね
空家《え》だの　田だの　山林《やま》だの
総《んな》ぁ打《ぶ》ん投げだままで
今更《えまなて》　何《なん》ぼね売れるがぁテぇ
村番してら年寄《としょよど》等サ

喧嘩コでも吹掛《ふっかげ》るてがぁ

んだどもゃぁ　この七十年
誰《だ》ぁ悪《わ》り訳《わげ》でもねぇ
目《まなぐ》ね見《め》ね大ぎだ風《かじぇ》ぁ吹放《ふぎっぱな》しでぇ
鋳掛《えがげ》ようも無《ね》だぎ村コ壊《ぶか》れでぇ
囲炉裏《えぬぎ》サ座《ね》て　灰撫《あぐなで》で　火箸でやぁ
何《なん》も描《か》ぐ余裕《ひま》ねがったもんなぁ

「秋田魁新報」二〇一六年二月二十九日

崇り

俺《おら》ぁの一族ぁ
九戸城の足軽ぅ捨てぇ
山越夜道《よながみち》ぁ三十里も逃げでしゃぁ
漸《よやっと》くこの阿弥陀岱サ居住《だまけ》だたド
そして三百年　村の親方《おやがだ》なってテ

天明だの天保の大凶作《おおけがづ》サ遭遇《あっ》たども
村人等《むらのものど》ぁ死に物狂《あがくれぐなって》い　普請《がんば》ってしゃぁ
分家等《べっけど》サも白米《こめっこ》ぁ分配《わげ》でやってぇ
餓死《しにん》も僅少《さっと》であったたド

だども天保の飢饉《けがづ》がら四、五年経って
病魔《やまえ》ぁ一族《えつぞぐ》どご襲ってしゃぁ
伝屍病《ろうがい》だべって噂されだども
家族《えのものだ》五人　若勢《そんじょぐ》二人　それさ子守《あだご》まで
ばたばたど死んだたド

それだは昔《むがし》からの習慣《きまり》で
双子ぁ出産《うまれ》だら一人《かだほ》どご臼で潰ひっテ
その崇《ただ》りだってテ分家者《べっけのもの》の話《はなし》だぁ
生《え》き残った三歳《みっつ》ねなる寅之助どごも
誰《だ》も面倒《めんど》ぁみねぐなテ
隣村《となりむら》の叔母ぁ引き取ったたド

寅之助ぁ一八歳《じゅうはち》で地主の蔵方《くらがだ》なって
近所《そば》がら嫁コもらって
天文から続《つづ》だ家系《かまどこ》ぉ再興《おご》したたド

北海道の増毛サも出稼《でがひぎ》して
五年ぶりに帰省《もど》たば
新し嫁ど赤子どご抱《たな》えできたんデ
留守妻《さぎのあば》ぁ激怒《おご》って
この恨ぁ孫子の代まで祟《たた》るっテしゃぁ
玄関《とぐち》サ唾を吐《け》えで消だっだド

その家系《ちすじ》引《ふ》ぐ俺《おら》ぁは
後継者《あどつぎ》も居《え》ねして
そんた祟《ただ》り無《ね》べぇって嘲笑《わら》ってらども
八十路《やそじ》ぁ超えだば訳の分らね風ぁ
どうどど背中《ひなが》ぁ渡ってしゃぁ

「秋田魁新報」二〇一八年五月十四日

坂の上のマルベの古家《え》

八十三年も巣《す》イつぐた古家《え》デ
ぼたぼた桜の散《お》ぢた昼下《ひるま》
妻《かあ》ちゃんは死んだ
　四十三ね達《な》った息子《あんちゃ》は
食《く》うものも食《け》ねで骨ど皮のまゝ
死んだ

　神様も仏様もあるもんでねぇ
二男《おんちゃ》も兄貴《あにきど》同じ病気で
山越えの病室《まど》がら
くんくんどマルベの匂コ《かまり》探してしゃあ

　そんた時《どき》
「君《あんだ》あ末期がんだど」って
若《わげ》え主治医《えしゃこ》ね　どかっと腸《はらわだ》あ踏まれだば
どす黒《ぐれ》え血液《ち》のかだまり
ごだっと噴えでしゃあ
「君《あんだ》も罪つくりだ」って
どごがらが妻《かあ》ちゃん雑巾投げだまゝ消えだ

坂道ぁ転んきたマルベ草《くさむら》でかすかに匂っていた。

『日本現代詩人会／七〇周年記念アンソロジー』（二〇二〇年四月）

単行本未収録

エッセイ・評論

七十にして「余命幾許」

本稿を書いているところへ、突然電話が鳴り出した。「Kさんが自動車もろとも海へ飛び込んだ」と、彼のかつての部下からの通報だった。同じ年で、同じ仕事仲間だったから余計その衝撃も大きく、本稿も中断のまま二、三日ぼんやりと過ごしてしまった。自らの生命を絶ったその理由など知る由もないが、七十歳を目前に冷たい海へ生命を葬ったKさんの気持を察すると、とても切ない想いである。

それにしても、新年になって同じ年令の仲間が三人も他界した。他の二人も癌や脳卒中で倒れたのだが、こうも立て続けに訃報に接すると、わが身にも何かじりじりと押し寄せてくるものを感じてならない。

日本人の平均寿命が八十何歳とか七十何歳とかいうが、人生を七十年もやっていると、もうそろそろ賞味期間とか耐用年数の期限切れになるのではないかと不安に駆られるのは私だけだろうか。これから先は儲けた人生と思い、ゆったりと切り盛りして行けば賢明なのだが、しかし、心のどこかに未だ現役という意識があって、簡単に妥協できないのは何処も同じであろう。若い連中にはそんな姿が、ある時は滑稽にさえ見えてくるのだろうがこれもまた人生の道筋であろうか。

さて、わが余命期間というか、残存期間を仮に設定してみると精々あと十五年、それ以上生きたとしても、それは、いうなれば「植物人間的」期間であろう。少しでも輝きを保てるのは僅か五四七五日、時間にすれば約十三万時間ということになる。この時間に残された仕事を沢山詰め込み、それを仕上げて行くのは並大抵なことではない。肉体的な衰え、思考力の減退などがあって思うようにその路線を走れないことは確かで、その先を覗くとぞぅとするし、切実な時間不足を感じてならない。神様はそれぞれの人生に合った路線をつくってくれた筈だが、いまここにきて辻褄が合わないというのは、如何に過去の人生をサボッてきたかということになろう。まさに後の祭りであるが、これもまた人生というよりほかにない。七十歳目前にして新年はそんなことを考えている。

「密造者」第60集（二〇〇四年）

モトさんの声が聞こえる

モトさんこと、即ち鈴木元彦さんの声や口調は、ラジオから流れれても、隣の部屋で聞いていてもすぐ彼だと分かるほど特徴がある。

三十年ほど前、私が峰浜村へ赴任して、まっ先に挨拶にでかけたのが彼のご両親のところだった。玄関に出てきたのは、標準語を流暢に話すとても綺麗なご婦人であった。「はて、家を間違えたのかな」と、うろうろしていると、

「福司さんかね、お上がんなさいよ」と、居間のほうからあの甲高く、些か嗄れている声が聞こえてきた。

「今日は休みなンですか」と、障子越しに声をかけると、現れたのはモトさんではなく、体格のいい温和な年輩の方だった。

「元彦から夕べ電話があってね、こんだぁ此処の郵便局長さんになったそうだね」と、挨拶も前置きもないままの第一声だったが、その方が彼のお父さんであることはすぐ分かった。そういえばその前日、能代でモトさんの「むらの詩」の出版祝賀会があり、その席で私の転勤先が彼の実家の在る峰浜であることを伝えておいたのである。

「お父さんのお声、あンまりにもモトとそっくりなもンですから」と、モトさんと間違えたことを詫びると、

「それぁあんた、あっちが勝手に俺に似たんだスよ」

と、初対面とは思えぬ豪快な笑いをみせた。そんな出会いが縁で、その後はモトさんが留守中でも度々訪ねては御馳走になったりした。因みに、玄関に出たご婦人は、もちろんモトさんのお母さんで、若い頃は東京でなんとかの「ミス嬢」に選ばれ、ある婦人雑誌の表紙絵になったという美人である。

この原稿を書くために、モトさんとはじめて会ったころの一枚の写真を探してみた。新前の農業普及員になったころの素波里渓谷で撮ったものだが、野添氏や故白鳥氏も一緒に写っていて、彼の腰にはタオルがぶら下がり、眩しい太陽を受けてにっこりと笑っていた。まさに健康的でバイタリティーな表情である。その写真をみるたびに何故かまっ裸で一輪車を押して畦道を行く姿や、一杯やると秋田音頭をうたう彼の姿が思い出されるのである。

モトさんの〝生涯農業改良普及員〟としての活動、ま

た農山村問題を細部にわたって拾い集め、それを確かな視点と分析によって対峙するその姿勢には凄いものがあり、著書についてもすべてにその情熱が滲み出ていることは誰もが認めることである。

ただ、彼の作品を読んでいると、何故か彼の肉声が耳元から離れないのは私のみであろうか。「むらの詩」や「むらびとの詩」はラジオで放送した作品なので、その詩や解説が朗読の残像となるのは当然としても「稲の民族誌」や「野良に生きる人々」、更には「むら表現」などども、その活字から彼の肉声が聞こえてくるのは不思議でならない。

本来、読者はその作品を自分の声で読むのが当然である。しかし、モトさんのように講演や対談、あるいは指導者、更にアドバイザーとして情熱的に語り、また、ときには取材のために人々の心の奥深くまで溶け込み、躰全体で対峙するその人間性は、その著書の活字や写真を飛び越え、肉声となって読者に迫ってきても不思議でないのかも知れない。彼を知っている読者には、おそらく永遠にあの甲高い声が耳元から離れないだろうし、あの笑顔も忘れないだろう。

「密造者」第61集（二〇〇四年）

方言詩　今を書くべし

本稿をまとめているさなか、私の住んでいる町で「小学男児の殺害」というとんでもない事件が発生した。小学校にあがったばかりの幼い命が何者かによって無残にもぎ取られるという痛ましい事件である。

この町に生まれ、この町から飛び出せないまま、この地に死に場所を求めている私にとっては、まさに打ちのめされた想いである。勿論、同じ町内といっても、疎外地の都会染みた若い団地族の出来事といえばそれまでだが、事務的とはいえ、ひとつのムラ囲いとして線引きされた風土の中で、必死に生きているものにとっては、他人事とは思えない重圧と憤りを感じ、耐えきれない不安に怯えている。

確かに、こんどの事件は特異で、偶発的で、ムラにあたえた衝撃も凄まじいものがある。長い時間をかけてつくり上げた風土も、この事件によって轟音とともに崩れ落ち、もう後戻りできないような状態である。だが、それとは別に、以前から過疎地の村々では〝余所者〟つまり外からの侵略と挑戦により、年々その輪郭が崩れ、空洞化されているのが実態である。

そういえば、私のこの半世紀も、日に日に蝕まれていくムラの姿を目の当たりにして、ときには厳しい憤りと不安に喘ぎながら、その荒廃する姿を方言詩に託し、更には雑文として原稿用紙に詰め込み、少しでもこの浸食の歯止めになればと彷徨してきたのも確かである。

さて、この方言詩だが、最近テレビなどで盛んに「爺さまの古時計コ」とか「百年も長もぢした時計コ」とか、秋田弁によるメロディーが流れ、視聴者には結構人気があるようだ。自分たちの方言を聞き、その良さを見直すことは大変喜ばしいことだし、昔コトバに触れて心が和むことはとても意義あり、歓迎すべきことだが、ただ「古時計」の元唄は秋田で生れ育った訳でもないから、いうなれば秋田弁による替え歌であり、一種のゲーム的なものである。ここでいう方言詩とは基本的に異質なもので、その出発点や目的、手法なども明らかに異なるものだと思っている。

その手法、つまり方言詩の表記法のことだが、例えば「古時計」の場合、前後につながるコトバによって多少の違いはあるが、「古時計」を単に「ふるどけい」とルビしても、一個の古時計より連想されないが「はしらとげこ」（柱時計）となると、過去の生活環境や人々とのかかわりが甦り、更には現時点へつながる時計の存在感なども包含され、そのイメージも広義に展け、そこに方言詩としての深みや膨らみ、更には温もりが生じてくるものと確信している。そんな見地から、敢えて詩のコトバとして馴染まない現代語や古語にまで方言のルビをふり、幅広い構成のもとに方言詩と取り組んできたことも確かである。

この手法に対しては、当然のように異論を唱える声もある。一例としての「古時計」の場合、そもそも「はしらどげこ」と読むのは言語学上問題があると指摘している。それに「古時計」に「はしらとげこ」（柱時計）とルビすれば同意語とみられ、そこに無理が生じ、違和感があるというので、固有名詞などを除いて、方言詩はあくまでも仮名書きにすべきだし、そもそも喋りコトバを漢字などで表記するのは誤りだという反論である。

しかし、方言を仮名書きのみにすることは、コトバとしての単純性があるし、抱擁性、更には時代性の包含にも欠けてしまうのではないかという疑問、それに音読などでも大変苦痛で、例えば、「えぐ」と書いた場合、「行く」とも「良く」とも解釈され、誤解が生じてしまうことがある。やはり、方言の持っているニュアンスをより強調的に表現するためには、その文体をルビでセットし、あるいは逆に漢字や現代語を方言にルビするぐらいの応用をすれば、それなりの深みや膨らみが読み取れるものと思っている。

方言詩は、過去への郷愁を詩うものと捉えられがちだが、決してそうとは思わない。確かにその地に生れ、幾多の人たちによって育まれ、心と心を寄せ合うための土地コトバであるから、その愛着は当然過去へとつながるのだが、コトバまでも大きく揺れ動く今日、そこに生きるものとして今を書いてこそ、そのコトバの存在価値があり、意義があるのだと思わずにはおられない。

高木恭造は津軽に生き、その土の上でその時代を書き、そこに高木の世界が今なおぽっかりと広がっている。

『春』「理髪屋《ジャボヤ》の横町《ヨゴチョ》バまがたら鰊《ニスヤ》焼ぐ匂《カマリ》ァしてだ」、あの理髪屋も、ばりばり脂ののった鰊も、もうどこかへ消えてしまったのだろうか。

「密造者」第67集（二〇〇六年）

渡辺幸夫詩集『郷愁の詩』

渡辺幸夫の詩集『郷愁の詩』は、新聞投稿などの入選作五六編を収めた珠玉集である。

詩を書きはじめたのが定年退職後で、まだ八年ほどしか経っていないそうだが、それでいて「さきがけ詩壇」などに入選した作品が五〇編を超え、それを上梓しているということは、おそらくその何倍かの作品が作者の手元に残されていることになるだろう。その抽んでた才能や量的なことを含め、作者の意欲と力量、更に底知れぬパワーの凄さにただ驚くばかりである。一年に数編より書けない私などにはとても羨ましい限りだ。

それに、この詩集の面白さは、すべての作品に選者の短評が付記されていることである。選者とて一読者であり、独自の視点でとらえたのが選評である。読むものにとってそれは無視しても差し支えないことだが、実際にこの詩集のページを捲ってみると、何故か左下欄の小さな活字が気になり、とうとう一編残らずその選評も読んでしまった。つまり「選評」もこの詩集を構成し、骨格の一部として存在感をしめしている訳で、読み洩らしなどあり得ないということである。だから多彩で充実した詩集として注目されているようだ。

さて、この詩集は「赤い迎春花」「別荘番の夏」「追憶のあき」「冬のみち」の春夏秋冬に「まちがいで賞」の五章に分類されている。便宜上の分類であるようだが、終章にある五行歌の六編は別としても、全体に流れるリズムや形式、更にはそのモチーフまでが共通性をもっており、どこからでも、誰が読んでもすんなりと受け入れることができるとても解かり易い詩集である。私も、まるで大河のなかで少しずつ変化して行く対岸の風景に浸っているようなゆったりした気分で読ませてもらった。これは作者の一貫した姿勢、更には新聞投稿という枠組みや制約の中から生じた産物といえるかも知れない。

個々の作品については、選者たちの重厚で理にかなった解説文があるから省略するとしても、終章にある「子守歌」は、羊水にはじまる命の生い立ち、異様に漂う子守歌への郷愁。私の最も好きな作品として次に紹介しておきたい。

沖縄の子守歌を聴いた／演歌なのだろうか／民謡だろうか／ただの子守歌なのか／はじめて聴いた歌なのに／不思議な郷愁にかられた
ゴスペルに似た哀歓のなかに／特有な語感と旋律が心に響いて／恍惚とした陶酔感に誘われた
子守歌で寝かされた／そんな記憶などないのに／羊水の揺れの記憶か／母の胎内への郷愁からか／赤ん坊を見ると／子守歌が連想されるから不思議だ
子守歌は／赤ん坊を遊ばせる歌であり／寝かせる歌でもあったが／貧困家庭の口減らしに奉公に出された／女の子の哀感がただよい／何より／子守り自身が訴えたい／祈りにも似た／メッセージが秘められていた
話かけると／天使のような微笑を返す／赤ん坊の生命への賛歌であり／子守り自身の心の浄化でもあるのか／貧しい中から誕生し／哀愁に満ちているはずなのに／美しく響いてくるから／不思議だ

この作品の選評で、小坂太郎氏は「その源泉を羊水の揺れの記憶、母の胎内への郷愁ととらえ、生命感に溢れた人間性の輝きにあふれています。読む者の心を浄化させてくれる秀作」と賞賛し、解説している。まさに同感である。ただ、この作品に限らず登場する八名の諸氏の選評は、すべてが賞賛と作者への心優しい抱擁である。たまにはいい意味での「介入」と「刺激」があれば、又面白味が加わったことであろう。

「五行歌」は、この詩集のアクセントにもなっているようだが、

「ローマ帝国が／走ったレールを／日本の新幹線が／走りゆく／夢を見た」

これは、短詩としても凄いスケールを感じた。このような詩をたくさん書くことによって一つの殻から脱皮し、また逞しく成長することだろう。次の詩集が楽しみになった。


〈備考〉渡邊幸夫詩集『郷愁の詩』（私家版）

「密造者」第76集（二〇〇九年）

「よかった」〝水を聴く〟の集い

昨年十一月、不老不死温泉で移動合評会を開催した際、亀谷健樹さんの『水を聴く』と、丸山乃里子さんの『赤梨』が年内に上梓されたことで、同人等によるささやかな内祝いをしたのだが、そのときの話題に、わが「密造者」の編集人であり、地域に貢献されている亀谷さんの出版は、このまま放置しておく訳にはいかないということで、地元でもう一度「お祝いの会」を開こうということになった。まず県北の同人たちが発起人になり、開催の時期は明春あたりが最適であろうという山形さんのアドバイスもあって、さっそく畠山義郎さんに相談をしたら二、三人の方を推薦してくれた。

時期的にもゆとりもあったし、雪消えを待って本格的に動きはじめようとした矢先、あの大震災地震である。もちろん祝賀会の計画は白紙状態になり、「密造者」八十号の合評会も四月に延期された。

その延期の合評会で、祝賀会の話が再燃し、こんどは詩人協会あたりが主導になってすすめることになり、亀

谷さんからも祝賀会というよりもこの機会に詩人たちの「集い」の場を持ちたいという構想が提案された。その方向については実行委員長となった山形さんが、協会の事務局長である吉田さんと話し合い、案内者や案内状、実行委員などを決めてスタートすることになった。

俗にいう「ユニークな出版祝賀会」は、以前から亀谷さんの構想の中にあったようだし、それをこの度みごと実現したのだが、そもそもの先駆者は畠山義郎さんであった。「祝賀会」というのはアルコール付きが定番なのだが、そのアルコールなしで二度も開催し、出席した詩人たちにもいささか違和感があったが、あまり詩人として馴染みの薄い地元の人たちには、その常識外の「祝賀会」に面食らったことは確かで「詩人というものは特別なことをやるんだなぁ」と、自らに問いかけていたようだ。しかし、その独創的な企画は多くの人たちの心にいつまでも残り、その意義も今日なおも生き続けているに違いない。

この度の「お祝いの集い」は、亀谷さんならではの深みのある催しであった。ご承知のように、太平寺の様々な施設を利用しての企画は五部門の「集い」に分かれ、はじめはお茶室で嗜み、一歩玉砂利を踏んで地底からの微妙な水琴窟の響きに浸り、続いてのミニ懐石は四、五人が一グループとして奥様の手料理を含めた格別な食膳を静かに味わう。そして、まったくの素人でも気軽に入れる生花の世界は、思い思いの草木と自然に語らいができ、更にその集約として太平寺、黙照会あげての大震災への供養、御霊よ安らかなれと参加者全員が合掌する。ここまできてこの企画の本当の重さを知った。参加してよかった。賛同してよかったという想いがこみあげてくる。意義がある、永遠に忘れることはないだろう、しきりにそんな想いがした。

最後はようやく『水を聴く』の出版パーティとなった。もちろんアルコールあり、スピーチありで本来の祝賀会ムードになった。帰路は仲間四、五人を乗せて鷹巣駅まで送った。車中の「よかった、よかった」の声を聞きながら、詩を書いて五〇年やっぱり「よかった」ということも実感した。

「密造者」第82集（二〇一一年）

木内むめ子第五詩集の手法
――古里がテーマ・詩心の原点――

詩誌「海図」を主宰し、「密造者」「舫」の同人でもある木内むめ子氏の第五詩集『古里残心』は、個性がぷんぷん漂い、お人柄がよくみえてくる素的な作品だと思った。

とくに、第I章の十四編は「古里」がテーマで、木内氏の詩心の原点をうかがわせる得意な分野だとも感じた。幼いころから、遠く八十年を超える時間の遠隔が、この章にはまったく感じられない不思議さがあるし、生地の山形と嫁ぎ先の秋田という明らかな空間も何故かみえてこない自然さがある。これは、いうまでもなく木内氏の鮮明な記憶力で、現在という時間の上に平行的に、しかも確実に描きあげていることにあるようだ。

例えば「古里II」の後半にある

いま　あの時の私が欲しい
田植の馬が忙しかった
首を上下に振りながら
サセ取りをする　私も同じ
終った田には　田植えの集団
十五、六人の女衆が
苗を投げ合って　田植えした
夜は　賑やかな集団夕食
泊る　一族も居て
かや　かや　かや　と……
あの　一夜も遠い夢

と続く。冒頭の「いまあの時の私が欲しい」、それに末行の「あの一夜も遠い夢」と表現しているが、すぐそこにその情景が繰り広げられ、決して遠い時間の取り返しも、生地と秋田の空間も求めている訳ではないようだ。そのさらりと描きあげるあたりは木内さんの独特な世界といえよう。

また、この詩集の随所に同義語的なものの多用な繰り返しがみられる。その事柄を更に強調するために反復語を使う手法は他の詩人たちにもよくみられるが、木内さんも好んでその手法を駆使し、ボルテージを一層あげて個性的な作品づくりにもって行こうとしているのかも知れない。

その一部を拾ってみると、Ⅰ章には「回顧」の＝遥かな道／遠い道。

「瞽女さま」の＝やさしく／哀しく／そして時には激しく。

Ⅱ章には「憧れ」の＝海がどんな色して／海がどんなに広くて／海がどんなに深くて／海がどれ程大きいものか。

「命ある限り」の＝あの人も／あの人も／この人も。

Ⅲ章には「秋の夢」の＝あの重さ／あの幸せ／あのうれしさ／あのよろこび。

「海が呼ぶ」の＝海鳴りが聞える／海鳴りが語りかける／海鳴りが心ゆさぶる。

終章のⅣには「〝詩〟への道のり」の＝姑と一緒にじゃが芋を掘った／姑と一緒に桑の葉をとった／姑と一緒に蚕も飼った……などがあるが、それなりの背景のもとに描き、その効果も大きいと思う。ただそのコトバに共鳴するかどうかは読者側にあるのはいうまでもない。

もう一つ感じたことは、人生に対する真面目さと素直さである。また人間の終極に対する視線もあたたかい。「算盤玉がころころと泣く」にあるように……ひとり暮らしって家一軒の持主だから／私はしっかりと／家を守って生きたい。と言いきり、最終の「完」はこの詩集の結びに相応しい限りない天空への道程を優しくみつめている。

最後に、この詩集で本来の木内氏の作風からいささか逸れているものを選んでみた。その代表的なのが「性」である。本来の木内色を払拭しつつ、観察力もみごとに磨かれている。猫との対比も面白い。この作品を読み、新たな木内色に満ちた道筋が、これからもずっと拓けて行きそうな気がしてならない。

性《さが》

人に性《さが》あり
猫に性ある

人に体力あり
猫に小さくて　俊敏な運動能力がある

人は社会を見る　考える
猫は人を見て　人にまとわり　考えない

人は細《こまか》く働き
猫は寝そべって眠りつづけて一日を終る

冬の夜　猫は定められたように
ソファーの同じ角度に眠る　寝る五匹

冬の或る日　人は言う「猫それとも犬？」
洗いだての黒いズボンに　毛があるという

ごめんなさい「猫」ですとあやまる
帰ると　みんなニャーと泣いてズボンに体をこする

猫にはそれぞれの相性がある　ウーと小さく
声出せば　相手は離れて　小さく眠る

大きく唸り合えば　尻尾が大きく膨らんで
二倍位に太くなって　可愛いらしい

これも猫の性なのか
人は人の為すことをしっかり終り

灯を消して　居間を去る
いつの間にか　右肩にモグ　左肩の深い所に
白猫のキャー　押されて　押して眠りつづける
そして人は老い　猫も老いる

〈備考〉木内むめ子詩集『古里残心』（書肆えん刊）
「密造者」第85集（二〇一二年）

『連結詩　うねり　70篇　大槌町にて』を読んで

東梅洋子さんの連結詩集『うねり』に収めた70篇は、その全作品の顔と心がすんなりと飛び込んで来て、震災の恐怖心を超えたせつなさというか、人間の生と死との狭間をさまよう不思議な世界が描かれていた。それは体験したものでなければ表現できないほどの凄さがあったものの、なぜか悲痛な叫びというよりも、ある種の悟りのようなひびきが聞えて来るようだった。

帯に女優の吉行和子さんが書いているように「あれだけの惨事を体験しながらの、この優しさ、この精神力……」とあるように、不思議なほど淡々として、優しさというか、空しさというか、風のように読者の心に触れ、その通り過ぎて行くものへ小さく手を振ってやりたい気持でいっぱいだった。

それを代表するような作品「2　防波堤」は、母として子を抱くこころ、その防波堤になった母は帰らぬまま、終連でただ〝寒いね〟と結んでいる。白い花が落ちる、その光景と交錯してとてもせつないものがある。

母さん　海見えないね

　貴方達を守るためよ

でもね

神様はまだ許してくれなかった

　ここで待っててすぐ戻るわ

早くもどってね

海は母さんを帰してくれない

暗い空から白い花が落ちてきた

母さん雪降ってるね

寒いね

「22　町」は、古里を襲った非情な震災に対する素っ気無い「ありません」で結ぶ。そこには痛烈な批判と怒り、その途方もない不安が犇々と感じられる。

立ち止まったまま
前をみたまま
足がすくむ

立ったまま
目を閉じたまま

大切な人が帰りません
築きあげた物
長い時間の思い出
帰る家
もどる古里
もどる町が消えました
ありません

同じ古里の光景に、「41　灯台」という次の作品がある。なにもかも知っている筈の灯台が、その役目を果たせない敗北感。

私には
もう歌をうたう
そんな力は
ありません

遠く行きかう
彼等の姿
見ること
ないからです

3月のあの日から
かなでる
声は
もちあわせてはおりません

さて、この詩集は『連結詩　うねり　70篇・大槌町にて』で、70篇を大きく三つに分類している。もちろん、東梅さんは大槌町の方であり、その身辺のことが多く書かれている。連結詩という、あまり聞き慣れないものを感じながら、本詩集の巻末にある鈴木比佐雄さんの解説文を読み、恥ずかしいながらそれではじめて〝連結詩〟が解った。

東梅さんは、震災後、私家版「うねり」の小冊子詩集に十九編を収めて刊行し、その売上代金を被災者支援とし、また二〇一一年の「コールサック」七十号の「震災原発特集②」で十編の小詩集が組まれ、それが朝日新聞第二社会面で紹介され、多くの反響をよんだ。その後、本詩集の『うねり』の中に収められた何編もの詩を、吉岡しげ美さんの弾き語りとか、女優の吉行和子さんに朗読されたということだった。つまり、以前に刊行した小詩集『うねり』や「コールサック」などに収められた作品集との連結詩集ということである。

それにしても、この連結詩集は、記録詩としても貴重であり、東梅さんでなければ書けないものがまだ数多く残されているようだ。もちろん、それは継続されるものと思うが、次にあげる「59　3月12日未明」の作品は、とても感動的で、現地にあったからこそ、その〝水の動き〟が見え、心の震えが寒さとなって余韻を残したのだろう。このような作品は、震災の記録としても、人々の心からいつまでも忘れられない一編となるのだろう。

あの明け方
背中をこすり合う
何百
何万人を尻目に
水が動き
大地をゆるがし
友を
後ずさりさせた
なにゆえに
こんな仕打ちを
足には履き物がない
よせあった場所には
明かりの目が光り
卵を抱く鳥のように
うずくまったままだ
頬かむりする
女はだれ
寒いねとっても

〈備考〉東梅洋子『連結詩　うねり　70篇　大槌町にて』（コールサック社刊）

「密造者」第87集（二〇一三年）

畠山さんと密造者と方言詩と

「密造者」の同人にすすめてくれたのは、畠山義郎さんだったと記憶しているが、その頃を思い出してみようと一九七四年一月二〇日発行（巻末の発行年は、一九七三年となっているが誤植か）の「密造者」第七号を取り出してみた。

この号は、「編集メモ」に亀谷さんが書いているように第二次「密造者」の新たな出発であった。当時の同人は、畠山さんを含めて一六名、一年後の一〇号では四名ほど増えて二〇名になっている。現在、同人として残っているのは、亀谷さん、工藤（旧姓丸岡直子）さん、岩城さん、それに私の四人である。そして、この四〇年間に奥山さん、柴田さん、白鳥さん、米三郎さん、元彦さんなど多くの詩友の追惜がある。

畠山さんは、再スタートの七号に「仮象の果実」、八号には「習作二題・その一、雪の中で・その二、吹雪」の作品を発表している。いずれも視点の確かな風格のある作品だが、当時の合評会などでは、あまり話題にならなかった。

しかし、九号（七四年発行）に発表した「日没、蹄が燃える」は、合評会の大半の時間を割き、白熱した詩論が交わされた。さすがに、畠山さんの代表詩集のタイトルになるような作品であった。その一節に、〝馬容〟という所謂〝造語〟があり、それを肯とするのか否とするのか、論点はそこに集中したことも確かだが、作品全般にわたる議論も展開された。〝畠山対数名の論客〟の激論だった。まるで本城に座る城主のように、泰然とした畠山さんをいまでも忘れられない。私など何の詩論を持たない下級武士は、その論渦に巻き込まれることなく、ただ末席で成り行きをみまもるだけであった。

あれから四〇年、合評会は八〇回も重ねている。同人たちも老いたのか、あの若々しさも、熱気もなくなった。それにしても懐かしい。あの話題の作品に触れてみよう。

日昏れて／山容《よう》あきらか／／日昏れて／堤防に屹立する／馬容《よう》あきらか／／野火のように蹄が燃える／／業《ごう》の火／人のかかとも／燃えている。

さて、その頃、私はまだ秋田魁新報の詩壇に投稿していた。「村泥棒」か「生きる」という拙い作品だったか、畠山義郎選で掲載された。その日、突然畠山さんから職場に電話があった。「今回の詩を方言詩で書いたらどうか」という進言だった。その一言で私の方向転換が決まったと言えるかも知れないが、一応、心の整理としてそれまでの作品をまとめ、拙著『流れの中で』を刊行した。

それから大分経っての裏話だが、「ふつうの詩を書く奴はワンサといる。君は下手な詩を書いても有名にはなれない。方言詩をしっかりと究めれば、いい詩人になれると煽ててみた」ということだった。

畠山さんは、戦中時に郵便局の事務員になり、復員後は特定郵便局長を一年間ほど務めている。代々家業が郵便局長ということで、郵政事業には理解と関心があったようで、初対面の時は「わが家も郵便局だ、君は郵便持ち（配達員）でもやっているのか」と訊ねられたので「いや」と答えると、「そうか、郵便持ちだったら面白いがなあ」といってにやりと笑った。さらに、「オレには郵便局長は性に合わない。だから郵便局長は堅物の伯父に譲った」と、家庭の事情まで話してくれた。その伯父というのは、のちに特定局長会の会長になり、とても厳格で几帳面な人であった。私もその後任としてその職を引き継いだが、あれこれとたいへんな気遣いをした。

いまになって、畠山さんのあの不思議な笑顔が何となく分かるような気がする。多くの村人たちと接する郵便持ちは、きっといい方言詩は書ける。それとは対照的に型に嵌まった郵便局長では詩は書けないと言いたかったのか。その答えは聞けずに終ってしまった。

「密造者」第88集（二〇一三年）

室井大和詩集『迎え火』の紹介

東日本大震災が発生してから、まもなく三年になる。この間、震災に関する詩や詩集などは多くの詩人たちによって発表され、上梓されている。それらの作品に触れるたびに被災地の悲惨さに胸を打たれ、自然の猛威と人間の非力さがまざまざと感じられるのだが、ただ、実際にあの震災に遭遇し、そこから生まれた作品には計り知れない真実性とその重量感が漂っているのは確かである。

室井大和詩集「迎え火」は、そんな一冊であるとともに、被災地の生々しい傷痕が描かれている。著者は福島県に居住し、被災地の実情を直視しているので、映像や写真などの画像にない迫力と切実感がある。

詩集は、「Ⅰ」と「Ⅱ」に分類され、震災をテーマにした「地震の町」など十一篇がⅠ部で、Ⅱ部には著者が述べているように日常に起きた事象をテーマとし、「グルジアのこと」など九篇が編まれ、直接的には震災はとりあげていない。

この詩集で特に目を引くのは、震災による人間の苦悩とともに牛や犬の野生化、玄関前で腹を晒して死んでいる「かなへび」など動物の登場によって、より一層の悲愴感や特異性が感じられ、その典型的な作品が冒頭にある「地震の町」で、つぎに紹介しよう。

町から子供がいなくなった
そして親もいなくなった
「ハーメルンの笛吹き男」のせいではない
放射能が恐いからだ
奴は見えないから
手に負えない

牛はどこへ行くのだろう
痩せて涙を流して
彷徨い歩く
浜辺や川原の雑草を深めて
飼い主は首を吊った

人っこ一人いない
ゴーストタウン
閉まったままのシャッター

ただ生暖《なまあたた》かい風が吹いていた
犬が野生化している
計画的避難区域
町の人のほとんどは避難している
でも
年寄りは動こうとしない
しっかり雨戸を閉めて
家に籠って
位牌を護っている
子や孫が帰って来るのを
一日千秋の思いで待っている

そんな中で
店を開いた夫婦がいる
米や味噌　肉や野菜　缶詰等の日用品だ
生きるための食料が足りない
戦後の日本の生活と似ている
この瓦礫の中から
幸せを見付けるために
拳を天に突き上げて
希っている

町の再生を

　また、この詩集の表題となっている「迎え火」は、「あの日から／叔父は帰って来ない／叔母も帰って来ない……」ではじまり、夏虫が霊のように火に消えて行くことで結んでいるのはとても切ない。

　さらに、この詩集は「震災記」と称して1から5までの散文形式の作品が掲載されている。十一年三月十一日から八日間の被災地のパニック状態を「福島民報」から抽出した記事とあわせて作品化している。特に原発の水素爆発などは克明に記録され、震災詩集としても後世に残すことに大きな意義があるように思えてならない。

「Ⅱ」部については、著者も「あとがき」で「どこかにヒューマニズムの詩があってもよいのでは」と記している。「夜汽車」などは、なんとなく震災とのつながりも感じられ、ヒューマニズムとしての代表的な作品といえるようだ。「野辺送り」もそのひとつとしてつぎに紹介する。

野辺送りの黒い行列が
のろのろと畦道を進んでいった
小高い丘を目指すと　山の中腹に墓があった
村の長老がもごもごと読経をあげた
黒装束の縁者は　カレーの市民のように
うなだれて土塊をかけていた
棺の主の友達は　棺に覆い被って
烏の群れのようだった
私も烏になって　言葉を失っていた

ハンドルを取られたバイクは谷川に落下
昇天した少年二人
同級会帰りの酒の勢いが　鉛色の悲しみとなって空
　に跳ねかえる
阿武隈高原の川内村
草野心平文庫があるところ
初夏には　山毛欅の木に吊り下がる泡の風船玉
モリアオガエルの孵化
晴れた日には太平洋が見えるところ
残された母と妹は噂に耐え切れず
関西方面に転居したという
死を急いだ若者
烏が勝ち誇ったように鳴いていた

阿武隈の空

〈備考〉村井大和詩集『迎え火』（書肆　青樹社刊）

「密造者」第89集（二〇一三年）

畠山雅任著『あるドライブ・街に咲く花』と『牡蠣取り』を読んで

著者の畠山雅任氏は、ご存知のように畠山義郎氏のご子息である。物書きも血は引くものだなぁと思いながら、標記の二冊に目を通してみた。もちろん、それを読むためには三七年ほど前に出版した義郎氏の「父と子の対話・まさひでもあぐら」を手元に準備した。さらにいささか立ち入ったことだが、雅任氏のこれまでの生活環境や創作活動等について多少知っておくことも、その作品を鑑賞するうえで大切であるように思われた。

そんなことで、この作品集について著者の「あとがき」や「おわりに」などの添え書きをひと通り読んでみた。まず意外なことは、雅任氏は相当以前から小説などを書いていたこと、それにこの二冊はすでに五年も前の平成二一年に刊行されていたということである。自費出版なのでそれなりに関係者には配本されたことと思うが、大半の読者は義郎氏の葬儀後に贈呈されたようである。しかしこの五年近くの間、義郎氏はこの作品集についてほとんど語ることはなかった。それにはいろいろな事情があったかも知れないが、ただ、それを弁明するかのような文章が「まさひでもあぐら」の〝あとがき〟にあった。

「わたしの子どものことをまとめて文章にしたりすることは、こんごやらないつもりである。それは子どものためになるよりも負担になる面も警戒しなければならないためである・後略……」と明記しているが、親心としてそれを貫いたとみるのが妥当であろう。それに雅任氏が小説を書いていたこと、さらには罹患されて入院を繰り返していたこと、その口述をご夫人がほとんど筆記していたことなどをまったく語らず、ただ黙々と一人立ちして行く息子の姿をしっかりと見つめていたに違いない。

さて、『あるドライブ・街に咲く花』は、第一部が入院中の体験記が中心で、二部はその補遺としてまとめている。三部は「僕が死んだ日」というタイトルで詩が二八編掲載されている。ここまでは口述筆記となっているが、四部の小説は病気になる以前の作品というから、当然筆者の自筆によるものだろう。

ところで、われわれ詩を書くものには、この本のようにジャンルの違った作品がある場合、なんとしても真っ先に読むのが詩作品である。その意味でまず感動的なものとして「僕が死んだ日」を紹介したい。罹患し、その苦闘の中で不確かな精神状態と曖昧な時間感覚がみごとに描かれ、終連の涙がなんとなく迫ってくる。

暑い夏の日
僕は一階の外階段で倒れた
掃除のおばさんと言葉をかわし、救急車を呼んで
貰った
まもなく救急車が到着し、名前と住所が聞かれた
どうやら僕はこのころ死んだらしい
それから主治医が登場し
スコープを使い僕の頭を覗き込んだ
傍らに助手の女子大生らしいのがいてそれを手伝った
あれから一年と少ししかたっていないのに
僕の頭のなかでは三十年も経ったような気がする
あの助手の大学生でさえ
おばさんになっていると思ったら涙が出てきた

また、鴉の詩は義郎氏の世界には欠かせない存在で常に同伴者の立場でとらえているが、雅任氏にも鴉をテー

マにした詩があり、次にそれを掲載するが、「鴉」をひとつの事象として見つめ、あまり深入りしないまま闘病生活とかかわって行くのがとても興味深い。

親子の対比という訳ではないが、義郎氏の代表的な作品で「詩碑」にも刻まれている「冬日・鴉」も記しておこう。

○雅任氏の「鴉」

身体を悪くして歩く練習をしている
すると鴉の鳴き声が聞こえた
見上げると
一羽の鴉がこっちの方を睨んでいるのと目があった
僕は、真っ直ぐ部屋へ逃げ帰った
どうしてだか知っているかい
鴉は次に死ぬ人間のところへ現れるっていうからだ
日を改め、僕は別の場所で杖を使って歩く練習をした
するとまた鴉が現れた
今度は広い所で逃げ隠れする様な場所はない
僕は素知らぬふりを決め込んで歩き続ける事にした
転んだっていいし、疲れてその場で止めてもいいと思った
その後で鴉が何をしようが勝手だと僕は思い込もうとした
確かに勝手なのだ
僕を突く事だって勝手だし
助けて部屋へ運ぶ事だって勝手だろう
そう考えると
鴉は掛け替えのない友達の様な気がして来た
僕は更に歩くのを続けた

○義郎氏の「冬日・鴉」

新雪をまぶり
新雪にまぶれ
浴する鴉
誰のために粧う
厳冬に向って
漁り
どんらんの食に
充足があったか
眩しい冬の日射し

第一部は、「宇宙人」など一四編のエッセーがある。

この本の題名となっている「あるドライブ」は、後の小説に出てくる〝菜穂子〟と重なり、小説との関連を示唆しているようだし、「水葬」も偶然出会った女性と水葬という特異な場面に巻き込まれる。もちろん「夜番」とか「戦闘機の夜」なども病院や患者を背景にした奇妙な話が展開されている。大半が散文詩的な発想で特異性があり、興味深く描いているが、いささか難解な面もあって口述を筆記にする仕事の苦労もたいへんだと思った。

最後の小説『街に咲く花』は、この書籍のおよそ半分のスペースをとっている。働き盛りの独身男が三人の女性との出会いを絡ませ、都会から郊外の小都市に落ち、そこで無力なまま埋まる人間像、さらに落ちぶれていく悲哀が侘びしさとなって犇々感じられ、なかなか読み応えがあった。著者も都会の憂愁、人生の孤独感を描きたかったと述べている。そして確実にそれが読者に伝わってくるというのは、著者の視点の確かさとその筆力によるものだろうと思った。また、これは別に単行本なりで小説集として出版することが、一つの位置づけになるように思えてならない。

もう一冊の『牡蠣取り』には、二編の短編小説と二〇編を超えるエッセーが編まれているが、身近なテーマや文体も比較的さらりと書いているせいか一気に読み終えることができた。また小説「牡蠣取り」の最期となる文末の描写は実に印象的で、限りない余韻として残っている。

「密造者」第90集（二〇一四年）

上野都詩集『地を巡るもの』の紹介

―尹東柱氏の作品も掲載―

久々に、心底から揺さぶられる詩集に出会った。上野都詩集『地を巡るもの』である。

私の勉強不足や多少のジャンル違いなどもあって、上野氏の詩人としての活動やその作品に触れる機会はほとんどなかったが、この一冊を読んでなぜか以前からこの人の作品に接し、深い感銘を受けていたような錯覚というか、不思議さがあった。特に本詩集のタイトルとなっている三章の「地を巡るもの」の十編は、朝鮮半島分断の悲哀や戦場と化したアフガン民衆の苦悩などが描かれ、さらに戦中の一九四五年、福岡で獄死した朝鮮人詩人、尹東柱（ユン・ドンジュ）氏の「たやすく書かれた詩」の作品を上野氏が翻訳掲載し、自らその返し詩として「―時を結ぶ返し歌の」という作品で、悲痛な想いや謝罪を切々と綴っている。

本詩集の「あとがき」や「略歴」欄によれば、上野氏は『フェアリイ　リングス』『此処に』『海をつなぐ潮《うしお》』、そして『地を巡るもの』の四冊の詩集と、翻訳詩集『牽織悲歌』『春の悲歌』の二冊を上梓している。北九州大学の外国語米英科を卒業し、のちに朝鮮語教室で韓国語を学び、現在は翻訳をしながら自主講座の韓国語講師をしているとある。この経歴をみても分かるように、日本に在住しながら、外の事情、特に朝鮮半島に精通し、その地にしっかりと根をおろしての視点は、広範でありながらも核心を捉え、その基盤醸成ができているからこそ、本詩集にあるようなすばらしい作品につなげたのだろう。

もちろん、本詩集は「三章」ばかりが突出している訳ではない。水と命と自然などをテーマにして「一章」には十編、「二章」にも十編ほど編まれ、それぞれが説得力のある作品ばかりである。

その「一章・春を待つ日に」に「落下」という作品があるので次に紹介しよう。

いくどか風が降りて／ひっそりと閉じた夏の花／長い雨が地に染み／音もなく開いた小さな堰《せき》／野は露《つゆ》を宿し／風は道を追う

辿れば今年の秋／願うことと／叶うこと／そのどちらも木立を縫う獣道《けものみち》／自らの飢えと渇きに　ただ遠くへ

秋を打つ鼓／天を鳴らす弦／測る踏み跡も見えないう

ちに／いきなりの一条の滝
森を裂く乖離《かいり》／渡る瀬も無い途絶《とぜつ》／振り向きざまの私を掬う／淡い昼の月
瀬音に吐息を込めて／道のわきにうずくまる私の影／ここならば／私を知る者はいないが／この青い淵に沈むとき／私を打て／風を削《そ》ぐ落下の刹那《せつな》に／私を鳴らせ。
願うことにも／叶うことにも／なお　背を追う白い刃
　おまえは死ぬな／　おまえは生きよ。

「二章・湖北のかたち」には、著者が鴨川の〝水〟に拘るものとして「泉」を紹介しよう。

記憶も定まらぬ遠い昔より／湧き出す一つの泉の水／それぞれに道を踏み／橋を架け／東と西に分け合ってきた民びとたち／竹、瓢箪《ひょうたん》、椀《わん》／水を汲む器《うつわ》はさまざま／汲む手の肌の色こそ違えども／大地に育《はぐく》まれる命の一つ／血となる水を守ってきた
いつか／広い海にたどり着くまで／細い山道　急な谷道を／肩に食い込む皮袋や桶《おけ》を担《かつ》いで
山が崩れ／川が干上がるたびに／また泉を探しながら／誕生と死を繰り返す約束あってこそ／まっすぐに／まっすぐに
昇る陽を目指し／草原へ踏み出したその時から／追いつき／追いつかれ／道を問い来る人に／私もまた泉を守る人を知る
乾いた椀のために／重い皮袋の水を運び／新しい一杯の水を差し出す朝／目覚め　立ち上がる手に満ちる命／手のひらのなかに／ゆらめき映る光
地の果てに水を汲む人がいて。

絶賛したい「三章・地に巡るもの」では、なんとしても『尹東柱／上野都・翻訳の「たやすく書かれた詩」』を紹介したい。

窓の外に夜の雨がしとしと／六畳間は他人の国
詩人とは哀しい天命だと知ってはいるが／一行　詩など書いてみようか。
汗の匂いと愛の香りでふわりと包まれた／送りくださった学費封筒を受け取り／大学ノオトを抱え／老いた教授の講義を聴きに行く。
考えてみれば　子どものころの友だちを／一人、二人、みな亡くし
僕は　なにを願い／ただ独り　沈んでいるのだろうか？

人生は生き難いものなのに／詩がこんなにも　たやすく書けるなんて／恥ずかしいことだ。
六畳間は他人の国／窓の外で夜の雨がしとしと
電灯を明るく　少しばかり闇を追いやって／時代のようにやって来る朝を待つ最後の僕。
僕は　自分に小さな手を伸べ／涙と慰安で握る最初の握手。

一九四二年六月

これに対して、上野氏の「返し歌」が切々と続くが、限られたスペースなので、その作品は省略する。しかし、この章には他に「「大丈夫です」」や「開花宣言」「座り込み」「砂漠の花」「二〇〇三年十二月六日――アフガン発」「足りぬもの」の作品があり、すべてがしぶきのない大波のように坦々と押し寄せる迫力があり、読むものにとっても何とかしなければと想うほどである。なお、尹東柱氏の「たやすく書かれた詩」はハングル語の原文も掲載されていたので付記しておく。

〈備考〉上野都詩集『地を巡るもの』（コールサック社）
「密造者」第91集（二〇一四年）

詩のまち北秋田
プレ国文祭「秋田の詩祭」を前に

本県で来年開催される第29回国民文化祭で、北秋田市が「現代詩フェスティバル」の会場となっている。同市は詩人町長（旧合川町）として知られた畠山義郎さんの存在が大きく、真っ先に現代詩イベント会場として選考対象になった。しかし、畠山さんはさる8月7日に88歳で他界し、来年の「国文祭」に参加できなくなったことは、とても残念でならない。

しかし、畠山さんの遺志を継ぐ詩人たちが、北秋田市を拠点に数多く輩出されている。畠山さん自ら創刊し、県内外の同人たちでつくる詩誌「密造者」は、半世紀にもわたる歴史を積み重ね、活動はこの地に詩的土壌をしっかりと育んできた。さらに同市で発行されている同人詩誌「ＫＯＭＡＹＵＭＩ」は、新感覚の詩人たちによる精力的な活動で新しい詩の世界を切り開いてきた。
また同市に定着した「北東北子どもの詩大賞」は、今年で21回目を迎え息の長い公募コンクールに成長している。これらの条件が整い、国文祭において現代詩の会場を誘致する上で、大きな要因となったことは誰もが知るところである。

県現代詩人協会（山形一至会長）では、毎年秋に「秋田の詩祭」を開催し、「詩の講座」と「詩表現を楽しむ集い」の二つの行事を行っている。

今年は「秋田の詩祭2013」と銘打ち、今月20日に北秋田市で開く「詩表現を楽しむ集い」を、来年の国文祭「現代詩フェスティバル」のプレイベントとして行うことになった。

「集い」では、詩人で農学博士の田代卓さんが、「2年間暮らしたブータン」と題して講演し、ヒマラヤ山脈で農業技術の指導に当たった体験を語る。田代さんの豊かな感性と優しいまなざしでブータンの国づくりを支援してきた姿は、詩人ならではの貴重な体験として聴講者たちに伝わるだろう。さらに、山岳農業の実態についての話も期待される。農業県である秋田の人たちにとって興味深い内容であり、講演が待ち遠しい。

例年の「集い」と異なるのは、講演前に地元芸能の祇園太鼓の演奏や合唱団「ル・ソレイユ」の歌声が披露されることである。もちろん、プレ国文祭の位置付けであるから、本番よりもスケールは小さくなるが、北秋田市の国文祭実行委員会も共催となっており「地域総ぐるみ」のにぎわいが期待できそうである。

もう一つの行事「詩の講座」は先月22日に終えた。2人の詩人から現代詩の意義や詩作体験についての講義があり、会員たちの自作詩の朗読や、意見交換なども活発に行われた。

今年5月には、日本詩人クラブ主催の「日本詩人クラブ秋田大会2013」が大潟村で開催され、全国から約120人の詩人たちが集い、菜の花や桜の咲き誇る大地の美しさに触れ、感動を胸に秋田を去った。

来年は「北欧の杜《もり》」のある北秋田市に数多くの詩人たちが集うことになる。国文祭までに土台のしっかりした「詩のくにあきた」をつくるためにも、プレイベントはぜひ成功させたいものである。

「現代詩は難しい、われわれにはあまり関係のないことだ」などという声が聞かれるが、詩や俳句、短歌などの愛好者に限らず、われわれの生活の中にはいつも詩心が潜在している。イベントなどに参加することにより、必ずや生活の中に詩としての潤いや糧を見いだすことができるはずである。地元をはじめ県内各地から、ぜひ多数の参加を願いたい。

「秋田魁新報」２０１３年10月９日

北秋田市を「詩の国」に

私が、この秋田県で第29回国民文化祭が開催されることを知ったのは、開催時の二〇一四年から三、四年ほど前である。どの県の次に開催されるのかは分らなかったが、国民体育大会などと同様に各県の持ち回り開催であるから、四十七年間に一度は巡って来るということだけは知っていた。それが二〇一四年と聞き、傘寿に垂《なら》んとす私などには二度とないチャンスであり、まさに冥土への土産にもなると思い、いつになく積極的に参加したい気持になった。

もちろん、そのジャンルは「現代詩フェスティバル」であり、県詩人協会や県内に住む詩人たちが一丸となって実施しなければ、秋田県の詩壇の評価にもつながるし、古くから自認してきた「詩の国あきた」は単なるキャッチフレーズであったのかと問われても仕方がないと思った。

幸いに、この国文祭に先立って、二〇一三年五月には「日本詩人クラブ秋田大会２０１３」が、菜の花いっぱいの大潟村で開催された。この大会の運営や企画立案などは、日本詩人クラブの佐々木久春氏（秋大名誉教授）が中心となって行い、広く全国へ呼びかけたのだが、各地から集まった詩人たちは、いうなれば〝詩の本職たち〟で大会運営やイベント内容などに敏感で、的確に判断、評価しているのだが、大会の運営や内容の充実、それに自然環境の豊かさが加わり、すばらしい大集会であったと絶賛された。

そして、この「日本詩人クラブ秋田大会」の実行委員会長であった山形一至氏（県詩人協会長）が、こんどは国文祭の「現代詩フェスティバル」の実行委員へ移行し、他の協会役員たちもそれぞれが実働メンバーとしてそれらのイベント企画へ集結した。そして、その裾野をさらに広げるために現代詩に限らず民俗芸能や高校書道部、一般文芸なども巻き込み、「現代詩フェスティバル」へと総力を結集した。

ところで、今回の「現代詩フェスティバル」の開催地の選択にあたって、本来であれば詩人たちが多く居住し、交通の便がよく、会場もしっかり整備されている秋田市辺りが最適という声もあったが、行政機関が主導であることと、いろいろな条件や制約があって北秋田市に決定した。

もちろん、北秋田市には開催地となる好条件が揃い、まず地域に根をおろし、全国的に活躍した故畠山義郎氏の生誕の地であること。それに詩人町長と云われたように行政機関にも精通し、生前には国文祭の会場招致にも関わり、市長などへも直接要請している。

また、この地には「北東北子どもの詩大賞」が設置され、二十一回に及ぶ開催実績があるし、生涯教育の一環として「詩の講座」が古くから設けられ、講師には「密造者」の同人代表である亀谷健樹氏があたっている。そのほか、同人誌として「密造者」や「ｋｏｍａｙｕｍｉ」が長い歴史を刻み、地域に定着している。このように、現代詩の土壌としてはみごとに醸成され、さらに自然環境など詩材も豊富である。やはり、この地が最適な開催地として選択したことには間違いなかった。

さて、今回の国文祭は、秋田県をあげての行事であり、どこの市町村でも行政が主導である。北秋田市側でも、組織づくりから各種イベント、それに絡む予算計画、人員の配置など詳細な実施計画をたてたのだが、当然のように職員だけでは対処できず、部外者から実行委員、企画委員、さらには一般協力者など詩人たちの応援が必要であった。

　それにしても、「現代詩」などというコトバは、一般的には馴染みが薄く、日常生活の中でも相容れないものがある。私もこの「現代詩フェスティバル」について二、三の方から「現代詩という詩が分からない」とか「なぜわざわざ現代詩というのか」「難解詩が多くて面白くない」などを尋ねられ、多少返答に困ったことがあった。

　そんな中で、市側の担当者にしても「現代詩」に対して特別な関心や興味があるならば別だが、一般業務、つまり仕事の一部として取り組んだ場合、この「現代詩」という用語にいささか抵抗があり、面食らったに違いない。しかし、日を重ねてその深みへ入って行くと輪郭も見えはじめ、だんだん構想が実現して行くたびに一種の喜びや達成感が加わり、国文祭が終ったいまは少なからず満足感に浸っているのではないかと、私は勝手ながらそう思っている。

　今回の「現代詩大会」の応募作品は、全部で四六〇〇篇という膨大な数字には驚いている。特に県内からは三七七一篇の応募で全体の八二％にあたる。これはいうまでもなく、地元の小中高各校の協力があったからである。地元校の大多数応募の傾向は、前回開催の笛吹市（山梨県）でもみられたが、いずれ入選以外の多くの作品がただこのまま埋もれてしまうのはとても勿体ない。この「現代詩フェスティバル」のために詩を書き、ふるさとを書き、その心情を書いたことは、これからの人生に少なからず影響をあたえ、少しでも役立ってもらいたい方策があれば大変結構であろう。

　最後に、県詩人協会などが中心となって、二つほど国文祭の記念事業を実施した。「秋田現代詩選集２０１４」が二十三年ぶりに刊行され、先達詩人二十五名の代表作を含む八十五名の作品が綴られている。

　もう一つは、北秋田市が「詩の国あきた」の本拠地になることを目標に、県内の詩人たちがそれぞれ数多くの「詩集」を持ち寄り、市の図書館などに「秋田県詩人コーナー」のようなものを設置できればという願いであり、すでに多くの詩集が寄贈されている。

「密造者」第92集（二〇一五年）

栗和実詩集『父は小作人』

―迫る終章の散文詩―

詩集『父は小作人』の著者栗和実さんは、「密造者」の「誌上参加」欄に、毎号のように作品短評を書いている。その視点は確かで、暖かく、優しさがあって、とても楽しく読ませてくれる。もちろん、面識はないが、そんなつながりもあって、一種の仲間意識みたいなものを感じ、今回は七冊目の詩集の上梓ということで、心から祝福申し上げたい。

そんな訳で、詩評というより、貴重な体験に基づいた詩集の紹介ということで次にその感想を記してみたが、お生まれも1928年で、私よりも七つ上の大先輩である。それに、私も百姓に生まれ、少年時代から青年期まで一応農作業の経験はあるものの、栗和さんのように実務としては戦前、戦中、戦後という混乱時代を農業一筋に生きぬいたそのキャリアには感服し、とても足元には及ぶものではないと思った。

さて、本詩集は、第一章に詩集名と同じタイトルの「父は小作人」に12篇、第二章の「ほたる」にも12篇、第三章の「音のする空」には11篇、そして第四章「やめるのは何時」に9作品が編まれている。

著者は、「今も毎日農作業を続けている農民詩人である」とコールサック社の鈴木比佐雄氏が詩集の帯で紹介している。それだけに、どの作品にも変化する農業の厳しさが坦々と迫ってくる。その代表的な作品を次に紹介しよう。

父は小作人

鶏五百羽のうち二百羽は
野犬にころされる
小作人の父は
犬取機を買い　足を挟む
棍棒をふり上げ死ぬまで叩く
敵を懲らしめるように
犬五ひき　轢き殺すように死なす
そして少年だった私に手伝わせた

豚の　きんたま
を引き裂いて取り出す作業もあり

豚の悲鳴は夢に現われた

さいわいにも牛は
崖から落ちて頭を打ち　即死
みるみるうちに腹はパンパンに膨らんでいった
その後に耕耘機を買った

米は大八車に山のように乗せ
大地主の元にはこんだ
大八車は長い列を作っていて
私は汗を流して
寒いでこぼこ道を大八車の後押しをした
少年達で働くのは小作人の子供ばかり
途中に　出合う
小作人は色々の人に頭をさげる

第一章には、このほか少年時代の百姓仕事とか、農協や自治会などのやりとりなどの作品が多く、時代背景がしっかりと捉えられている。

第二章には、自ら心臓弁膜症や結核などを患い、母や妻も病気と闘いながら農業を営む姿を描いたものなどが多く、この章のタイトルとなっている「ほたる」は、少年期の思い出が描かれ、掲載したい作品だがスペースの関係で割愛させてもらう。

第三章は、自衛隊の基地が浜松市内に「ドデン」とあり、それらが引き金となって爆炎を暗示する「音のする空」の作品になっている。

注目するのは終章「やめるのは何時」の最後にある「妻へ贈るざんげの手紙」という散文詩である。栗和さんは「あとがき」の一部に「この詩集は誰かに迷惑をかけることがないか　と　まず心配する……」とあり、さらに「詩も大半はフィクションをふくむ真実として書き上げたしだいであり、私の精神詩としておよみいただきたく……」とお断りしているが、栗和さんの総てがこの作品にあり、その想いは犇々と伝わってくる。

妻へ贈るざんげの手紙

もう、十年以上になる。平成十三年二月の朝、君はやすらかに、静かに死んでいった。思えば君も私も同じ一月の十七日に、それぞれの恋人と別れての見合い結婚であった。そんな事も忘れた長い年月だった。夫である私が書く手紙は、懺悔のようになるだろう。

ある朝、市場の食堂で食事をしたことがあった。おいしそうに食べる君の笑顔は、ひときわ白き花びらのようであった。が食事代と、野菜の売上げ代が同じくらいであったため、君はおこった顔になり、又、菊が上手に出来た年は大暴落となり、農家にみきりをつけた君は舘山寺のホテルで働くようになってしまった。

そんなところ、一月十七日に別れた君でない彼女の事で頭がいっぱいになり、家族にも暴力的な私に変化し、病気になり、精神も病み、死ぬばかりが近づいていた。

仕事のかたわら、寒い二月に、三十歳の私に、元気だった結婚式の二人だけの写真を枕元にもって来て言うのだった。「せめて畑の畔まで出られるようになって」、と泣くのであった。そして、「私はあなたの分まで働くから」と。浜名湖に生かしてある、「沙魚《はぜ》」という小魚を毎朝上げて来て、料理をしたその魚の肝だけを口に入れてくれる日々がつづき、八カ月ほどで私の元気を取りもどしてくれた。

そして思い出すのは十七歳になった私達の子供が事故で死んだ後の事である。子供が被疑者だからと地検の取調室に呼び出された日、君は魔法にかけられたように毅然とした母になった。すらすらと読み上げる検事の調書に「マッタ」をかけ、それはちがう、こうだと言いはるのだ。宇宙の摂理のように私をふるいたたせた。強き母の声に「ダンマリ」をつづける検事。五時間近くのやりとりで嘘でかためられた調書を正しい物に書きあらためさせることの出来た力は、愛する君の力が母となって出たのであろう。あれから私も強くなったのである。死んだ子供を中に一睡も出来なかった夜があったことなど夢のように思い出させる日が来た。働きすぎて透析に通うようになってしまった君は、私の葬式は派手にやって、と美しく笑うのであった。

慣習の強い村はいやだ、三方原に引っ越しをしよう、田畑を売ってと提案したのは君が三十歳の頃だった。新しい農業を志していたのだが、父母の反対にあい、私の弱さでつぶれた。十一日の夜に子供は死に、君は十一日の朝に死んだのは運命であろう。共に三方原の墓地に眠っている。私もすぐに行くから。

〈備考〉栗和実詩集『父は小作人』（コールサック社刊）
「密造者」第93集（二〇一五年）

荒廃する山村を描く『むらに吹く風』

—皆木信昭氏の十冊目の詩集紹介—

本詩集の著者皆木信昭さんは、その姓と同じ現在の岡山県勝田郡奈義町皆木の「皆木」なる集落にどっぷり浸りながらこの詩集をみごとにまとめている。しかも、その作品にある〝とき〟や〝空間〟は、わが国のどこにでもみられる情景だが、皆木さんでなければ描けない奥深さと緻密さにより、特別な共鳴と感動をよぶ詩集といってよい。すでに九冊の詩集を上梓している大ベテランで、テーマも農山村の過疎化という論議の尽くされた問題点ながら真正面から対峙している姿はどことなく瑞々しさが感じられ、一気に読破できる魅力が潜んでいる。

　詩集は、序詩に一編、一、二章に各八編、三章に七編と分かれているが、これは整理上の分類だと思われるが、すべて「むら」の歴史と現実に向き合い、力むことなくさらりと問いかけている。中には四編の散文詩もあり、「むら」の姿を詳細に描かれているが、他の詩と同じように長い作品になっているので、スペースの関係から序詩「むら」を紹介し、他は各章から「むら」の光景と人々の暮らしに特に心がうたれた部分をあげてみた。

序詩　むら

いちばん低いところを蛇行して川
川に沿うて細長い田んぼ
山裾を辿るように道
ところどころに橋が架かって
川向うに二軒　こちらに三軒
谷が狭まると道と川だけ
ぐるり曲がるとまた視界が広がって
田んぼや民家

どこまでも続く山峡には
さらに小さな谷がいくつもあって
谷あいには猫の額《ひたい》ほどの田んぼの跡
山の斜面のところどころには畑の跡
目くそか鼻くそほどの小さな田や畑は
だれがいつ頃拓《ひら》いていつまで耕作したのか
冬は雪が多くてもっぱら山仕事

奥山に入って炭を焼き
里山の木を伐《き》って割木や薪をつくり
裸になった山のくぼみや平地《ひら》の
切株を掘り起こし笹根を拾うて土を均《なら》し
急なところは畑　ゆるいところは田
雪が積もったら仕事にならず
雪が溶《と》けるのを待って出かけて行って
木の株一つを掘り上げるのに三日も四日も
笹根を拾うのに十日も二十日もかかって
ひと冬で出来上らなかったら二た冬《ふ》三冬《み》かけて

蕎麦《そば》が一斗穫れてもよろこび
小豆《あずき》が二斗もあったと自慢し
いねの小束が五十あったと背負うて戻り
冬が来るたんびに少しずつ山を拓《ひら》いていって
親のあとを子が継ぎ
子のあとを孫が継ぎ
最初は二軒か三軒
分家して四軒となり五軒となり
それがまた分家して次第に戸数がふえて
土居をつくり集落《むら》をつくり

これ以上田や畑にする所が無うなり
いねを作り麦を作り豆や芋《いも》を作り
炭を焼き割木や薪をこしらえて金に換え
蚕《かいこ》を買えば金になると聞けばどの家も蚕
牛の子が高う売れると聞けば牛
これからはタバコの葉と聞けばタバコ
養蚕場を広げようと棟数をふやし
牛小屋を建て　タバコの乾燥庫を造り
そのたんびに借金が増《ふ》えて
他人《ひと》が八時間働くところを十時間
十時間で足らなければ十二時間十三時間
働くことを生きるよろこびにして

むかし　美作国梶並庄西谷皆木《みなぎ》村
現在　岡山県勝田郡奈義町皆木
いつ頃から人が住みついたか知る術はないが
文化文政の頃津山松平藩検地帳によると
戸数四十八戸　男百十四人　女八十九人
田十三町八畝二十四歩　畑六町四反四畝
その後少しずつ増えていって
昭和二十年　戸数　六十一戸

男百二十一人　女百四十三人
田三十一町二反五畝　畑八町一反七畝
平成二十七年の現在
戸数三十四戸　男四十七人　女五十四人
田二十町六反一畝　畑二町一反五畝
専業農家一戸　兼業農家十四戸　非農家十九戸
非農家十九戸のうち無職十五戸
無職十五戸はどれも老人一人または二人暮らし
高齢化率四十八パーセント　空家十二戸
兼業農家はいねを作るだけの第二種兼業
元気な人は朝早うから勤めに出かけて
帰ってくるのは日が暮れてから
昼間は人通りのない道で猪の子が遊んだり
鹿が田んぼの中を悠々と歩いていたり
ひっそり閑としてあおい空が高い

以上の一編で、この詩集の梗概ともいえるのだが、前述のように各章にもぜひ紹介したい部分があり、次に掲載してみた。

一章「長い旅」に「長い旅」という一編があるが、その二連目の四行目に注目したい。

葉に露がある間に刈らないと
鎌が直《す》ぐ切れなくなるので
夜が明けるとすぐに親子で出かけて
牛の背に六束　人の背に一束
（以下省略）

どこの家でも競うように朝草を刈る。私などはそれが当然だと思っていたが、「ああそうだったのか」と農具に納得するものがあった。また、同じ作品にある出征兵士を送る情景もあの時代の人たちには懐かしさとともに、複雑な記憶として残っているだろう。

二章「むらに吹く風」には「山村」という一編があり、その一連目に山村に住む人たちが毎日のように見つめている光景が描かれている。特別に感慨にふけることではないのだが、詩作品として改めて考えてみれば、その視点の確かさにどことなく惹かれるものがある。

日は山から上って山に沈み
雲は山の峰に湧き
風は山から里に吹き
雨や雪は山に降ってから里に降り

水は山から流れて川をつくり
虹は里を跨《また》いで山と山にかかって
ぐるり　山が囲むむら

（二連目以下省略）

三章「家族」にある「家族」の終連を最後にあげたい。これはまさに山村の過去と現実の姿である。もう取り戻せない過去、いくら吼えても家族という現実さえも変化し「むら」はどこへ流れ着こうとしているのか、そんなことを考えさせられた一編である。

老老二人の夕餉
黙って箸を動かしていると
大勢で一つ食卓を囲んで
ワイワイ　ガヤガヤ
喋べくりあいながら
まるで競争するように箸を動かした
遠い日の光景がよみがえってきて
熱いものが込み上ってくる

〈備考〉皆木信昭『むらに吹く風』（コールサック社）
「密造者」第95集（二〇一六年）

尾花仙朔氏の『晩鐘』
―感銘深い二七〇行の長詩―

すごい詩集に出会った。尾花仙朔氏の『晩鐘』である。一気に読破しようとしたが、私の浅学非才の身では、あまりにも広く深く、しかも理知的で、そこに戦争が齎す宗教的、哲学的な無限の世界へとつながり、ページをめくっては思考し、更にまた読み返し、そんな繰り返しを続けた一冊である。

とくに、V章にある《百鬼夜行の闇に冥府の雨が降っている――国家論総詩説鈔録》という二七〇行に及ぶ散文詩（あるいは長詩か）は、長年、著者の温めてきたものが噴出し、その迫力に圧倒されるものがある。

そのV章には、前述の一篇のみ編まれているが、私なりに大要を次に記してみたものの、知識不足で必ずしも本筋を捉えているという自信はなく、一応紹介のつもりで要約したのでご容赦願いたい。

作品は、世界的に自爆テロなど危機的悲壮的な環境の中で《冥府の雨》をテーマとし、それに因んで、過去から現在へとその根源の究明が繰り広げられ、自由の海の民なる末裔のパレスチナ、旧約の神の国イスラエルに降る《雨》からはじまり、アウシュヴィッツの強制収容所を連想しつつ、これらの国の自爆テロやミサイル攻撃に、あどけない幼い娘の声「オカアサン　ワタシノ顔ドコヘトンデ行ッタノカシラ」と問いかける悲痛な叫び。その統治国イギリスの二枚舌外交で二十世紀の負の遺産となり、同盟国のアメリカにも《雨》が降り、キング牧師の「私には夢がある」の大演説も国家権力に埋もれてしまう現実。三大洋の上空に花火があがり、擬勢の平和の綱引き、魔性の嘴をもった双頭の鷲が国を襲い、民を守る盾だというが、国家は国を守らない。

　パキスタン、アフガニスタンの空を襲う根拠は曖昧、イランを悪魔の枢軸と罵ったアメリカが「またねぇ」「ありがとう」……「何か?」と核開発の応酬は藪の中に葬られ、アラブの春の闇は混迷が深まり、石油の利権を目論む大国の腹中にも《雨》が降りそそぐという。

　また、世界遺産、文化遺産のフランス共和国にも《雨》が降り、ピカソの「ゲルニカ」の画布を顫わせ哭いて、ハムレットの亡霊が夜な夜な現れ、大統領は立往生し、不眠となり《雨》はそこにも降りそそぐという。

　更に、《雨》はロシア、韓国、北朝鮮にも降りそそぎ、中華人民共和国では孔孟老荘子の思想の産道にも降り、人民代表者会議は紛糾する。

　日本の《雨》は、日清日露戦争、そして東京大空襲、広島長崎の閃光に迫り、詩筆を折った西脇順三郎、歴史の土間に座った光太郎の肩には愚直で誠実な雨が降りそそぐ。そして「大日本帝国の忌まわしき亀裂からふたたび姿を現した」日本。《和製「鉤十字」》の上陸、千鳥ケ淵を素通りして靖国へと《雨》は降りそそぐが、神にもなれず故郷へも帰れない英霊の咽ぶ声がある。更に政治・経済の国家間対立、地球資源の尽き果てるまで国益の綱引き。「こんな世界の国家は皆この雨の大洪水で水没してしまいますように　そして再び……」と《雨》の裏から見える杳かな雪原の少女が跪き祈る。

　アインシュタインの「人は死して粒子になる」その粒子とは魂の塵だという、幻の雪原の涯に「墓碑」が蜃気楼のように浮かぶ中、「宇宙の摂理のように日々時に顕れる光景あれはいかなる民のまぼろしであろうか?」と呟き、やがて「般若心経波羅蜜多　六根清浄」で結び、寂寥とした光景で終わる。

　本詩集には、「序詩1篇」「Ⅰ章には《命終の日に》など7篇」「Ⅱ章には《幻在地》など9篇、この章にはタイトル《晩鐘》が含まれ、カタカナと漢字を交えた唯一作品がある」「Ⅲ章には《月霊》など4篇」「Ⅳ章には《敗戦記》など4篇」そして「最終章には、前述の《百鬼夜行の世界の闇に冥府の雨が降っている》1篇」が編まれている。その中から短い作品だが、私にはどことなく心の和む《戦渦そして野分の跡》と本詩集のタイトルとなった《晩鐘》を紹介しよう。

《戦渦そして野分の跡》

戦渦の熄《や》んだ空の下で
嵐に薙伏せられた芒穂のなかから
仄かに光りつつ浮かびあがってくるものがある
嫋かに悲運に耐えた
羽に傷負う可憐な蝶の瞳であった
(そなた　秋の遺品のような瞳なのね)
と囁いて
両の掌に震える蝶をやさしく包み跪き
祈るように世界のはてに向っている
うら若い尼僧の姿をみた

《晩鐘》

暮方ノ空ノ湖《ウミ》ニハ
大主ノ金ノ鱗ノ魚ガイテ
姿ヲアラワシ
光彩陸離ノシバシノ間
魚ノ童ラヲツドラセテ
下天ノサマヲカタルノダ
アレ　ゴラン
彼方ヲ望メバ内戦紛争ノ耐エマナク
民族ノ覇権アラソウ相剋ニ悪霊アマタ跳梁シ
血ヲ血デ洗ウ災イ果テシナク
飢餓ノ間　恐怖ノ斧ニ囲マレテ
平穏ナ日々ノ生活ヲ請ウノミノ民ハ塗炭ノ地獄地図
此方ヲミレバ民ヲミナ衆愚ノ輩ト悔ッテ
法ヲ蔑ロ《ナイガシ》ニ禍根ヲ後ノ世ニノコス
権力亡者ガ跋扈《バッコ》シテ
民ノ世ヲ軍産複合体制ノ富国強兵ノ世ニモドシ
言論封殺ヲ企テル
時代ハズレタオゾマシサ
下天ミナ権勢オゴル世ナレドモ
イズレ栄華ノスエハ鳥羽玉ノ
夢魔ノ渚ニ水泡《ミナワ》ノゴトク消エテユク

愚カシク儚イモノヲ　トシカジカニ
夕虹ノ滅ビノ橋ニ居並ンダ
魚ノ童ラ　肩寄セアッテ口々ニ
アア　ナニユエカクモアサマシキヒトノサガヨ　ト
憐レメバ
マワリニイツシカ　ヒッソリト
命薄クシテ身罷ッタ
キヨラカナヒトノ童ラ寄リツドイ
酸漿色《ホウズキイロ》ノ星ヒトツ
瞬キ交ワス星ヒトツ
手ニ手ニモッテ　タダ言モナク涙グミ
祈リノ灯火《トモシビ》カザスノダ
遠ク幽カニ響ク

〈備考〉尾花仙朔詩集『晩鐘』（思潮社刊）

「密造者」第96集（二〇一六年）

地域性に富んだ「祝賀会」
―亀谷健樹氏の詩禅集と米寿のお祝い―

「密造者」の編集発行人である亀谷健樹氏が、昨年六月、詩集『杉露庭のほとり』を上梓した際「出版をお祝いする会を開こうよ」と、申しあげましたところ「いま少し待ってくれ」とのことだった。それから半年ほど経った一月、米寿記念を兼ね、エッセイを含む集大成ともいうべき大冊『亀谷健樹詩禅集』が刊行された。もちろん、この機会を待っていたのだが、私が県北に住む「密造者」の同人でもあるためか、各地の詩人や地域の方々から矢継ぎ早に「祝賀会」の開催を促された。もっとも、「祝賀会」に賛同する人たちが多く、実行委員を自薦する方もあったようだが、私を委員六名の一人として加えさせていただいたことは光栄であり、喜んで企画立案に参加した。

四月になっていよいよ委員会が動き、開催日は亀谷氏の都合も考慮して五月二九日に決まった。地域ぐるみの「祝賀会」になると、どうしてもそのスケールが違ってくるし、企画も地域の実行委員たちが主導で、いうなれば地域色に彩られた一種の「まつり」的なものへと企画されるのも当然であった。しかも亀谷氏は地域での高尚な「和尚さん」であり、茶道でも茶室、水琴窟などを持ち、その道でも造詣の深い方であるし、地域文化では「詩の教室」更には「北東北子どもの詩大賞」も手がけているので、参加人数もある程度抑えなければという空気だったが、結局はホテルの収容人数等を勘案し、案内者を特定したところ約八〇名の参加者となった。

さて、その「祝賀会」であるが、本番の前に企画提案されたとおり、ホテルのロビーに茶室を設け、詩人や地域の人たちとの顔のつながりが深い、実行委員の安部綱江さんが仕切って、多くの人たちが気軽に茶道を嗜んだ。それに、会場のテーブルなどに山野草を飾り、会場を和ませたのは実行委員の関源一氏である。

そして、いよいよ開幕の午後二時となると、著者が自作詩「天に駒跳ね　地に人の唄」の朗読がはじまった。(この詩は、地域性が深く、亀谷氏の独特なひびきのある朗読がほしいと委員たちの要望だったが、みごとにそれに応えてくれた) まもなく、突如として暴れ駒が現れ、それを宥める馬子と駒の会話が始まり、やがて「馬子唄」を唄うことでその場は決着し、駒は機嫌よくその場を去った。再び亀谷氏の朗読が続き、大喝采のうちに本番へと幕がつながれた。因みにこの駒は、地元「上杉郷土芸能保存会」所属の二人の演技であるが、「馬子」になった方は、本番でも流暢な司会をつとめた関源一氏である。

ここからは、出席者の挨拶が始まり、県詩人協会長で「密造者」同人、更にこのたびの実行委員長である石川悟朗氏、続いて北秋田市長の津谷永光氏、詩集の出版社長である鈴木比佐雄氏、寺院関係者としては米内沢の龍淵寺住職奥山亮修師、そして地域代表で檀家総代である実行委員の和田勇治氏がそれぞれ亀谷氏の地域貢献などその功績を讃え、米寿をよろこび、各人が時間の間延びを感じない素晴らしい祝辞で、出席者の拍手を呼んだ。特に、北秋田市長は一昨年の国民文化祭で詩人として活躍し、地域に貢献したことへの感謝を述べていたが、市政と文化を敢えて取り上げていたのはひときわ印象深いものだった。

そして、記念品の贈呈は、出席者で最高齢の詩人、木内むめ子さんが張りのある高らかな声で「おめでとう」を告げ、続いてお孫さんの真生ちゃんからおじいさまへと花束が贈られると、さすがの亀谷氏も目を細めて喜んでいた。もう一つの花束は唯一の女性実行委員である安部綱江さんが贈った。そして著者の亀谷氏が出版と米寿に多くの方々の協力と支えがあったことへの謝辞が述べられ第一部が終了した。

小休止のあと、祝宴が始まり、秋大名誉教授で詩人界でも大御所的存在の佐々木久春氏が、コメントをきりりとまとめて乾杯の音頭をとった。秋田の宴会は、凡そこの乾杯の挨拶が終るとアルコールもまわり、がやがやと騒ぎ、隣席の会話もよく聞き取れなくなるのが通例だが、この日だけは司会がスピーチを指名すると「なぜ？　なぜ？」と首を傾げたくなるほど鎮まった。最初のスピーチは北秋田市教育長の三澤仁氏、続いて県詩人協会副会長の吉田慶子さん、それに詩人、エッセイスト更にテレビでおなじみのあゆかわのぼる氏、最後は詩人協会副会長の駒木田鶴子さんの順でスピーチはすすんだが、四人とも話上手で、会場いっぱいに笑いがひびいたり、うっとり聞かせたりしたが、出席者も感じ入ったように聞いていた。

余興は、西馬音内の盆踊りさながら、詩人の藤原祐子さんのしなやかな踊りは現地でみているような錯覚をおこすほどみごとで、大喝采を浴びた。

会場が盛り上がったところで、お孫さんなど太平寺ファミリーが壇上にあがり、代表として副住職の亀谷隆道氏が謝辞を述べ、会場は家庭的ムードいっぱいとなった。更に、亀谷氏が作詞した二つの合川保育園の園歌がOBの先生たちも加わって合唱され、懐かしい歌に口ずさむ出席者も多かった。

閉会の挨拶は、県詩人協会名誉会員、「密造者」同人、「さきがけの詩壇選者」、そして今回の実行委員でもある山形一至氏が「素敵なつどい」であったと讃辞し、杯を高らかに上げて幕が降りた。

その後は、二次会、三次会、四次会ともつれながらも足を運んだ方もあったようだが、ともかく、ただの飲み会ではなく、文化の香りを地域いっぱいに広げ、新しい地域づくりへ一石を投じた「集い」であったことは確かで、この余韻はいつまでも残したいと思っているのはわたしだけではあるまい。

「密造者」第96集（二〇一六年）

寺田和子詩集『七時雨』を読んで

―心の洗われる新鮮さ―

寺田さんの詩集を久々に手にし、とても新鮮さに溢れ、読み応えもあって次々とページをめくることができた。表紙もまた物静かな山容から何かを語りかけてくるようで、【淡い青の世界】でも繰り広がっているのだろうかと一編一編楽しみながら読んだのだが、まさに期待どおりの素的な作品ばかりであった。

詩集は三部に編集され、Ⅰ章はドイツ紀行であるが、私も十年ほど前にフランクフルトからヨーロッパを少々巡ったのだが、いうなれば単なる観光旅行で、寺田さんのように高度な目的意識のもとに旅をし、詩を詠む姿勢をしっかりと抱えながら臨んだこととはずいぶん程遠いものであった。この詩集を読みながら後悔というか、わが旅の無意味さに引け目を感じない訳ではなかった。

さて、Ⅰ章の冒頭「ブーヘンバルト」では、強制収容所までのぶな林の中を複雑な心境で辿りつくが、そこは焼き払われた収容所跡地で、碑文などの寂寥とした情景がみごとに描かれている。そして終連では【二〇〇八年八月の終る日／乳頭高原のぶな林は雨に煙っている】で結んでいる。ドイツと乳頭、その空間と時間対比は意表とも思えるが、さらに作品のスケールを広め、深い情感を漂わせている。この章には、ほかにもこういった手法を用いている作品が多くみられるが、その手法の上手さが寺田さんの持ち味であろう。

続いてⅠ章には、ハーメルンからヒロシマの日とつなぐ「八月のモニュメント」。さらに大昔のころのけむりを描く「窓に」は、その二、三と続き、ここで高校生のころの小部屋の窓を引用したのは唐突のようだが面白い。「フランクフルトへ」は、定年退職の機長へ贈る乗客、乗員の拍手がきこえてくるようだが、喝采という派手さとは違い【淡いよろこび】の拍手に聞こえてくるのは、視点のとらえどころの上手さだろう。「ハーメルンへ」には、【ドイツでは／走っている人は　スリか泥棒と／みなされるから　走るな】とある。

ああ、そうだったのかと頷きながら一つのユーモアなのかと思った。また三連にある【時折見える　赤茶色の瓦屋根の家々】だが、私もドイツを歩いて何故か赤い屋根の多いのが気になり、機会あるたびに調べたりもしているが、いまだにその答えを見出していない。そして、また終連の引用だが、ペットボトルの水を【ゴクリ　と飲んだ】と結んだのは印象的だった。

ほかにも「ハーメルンの古い教会で」「ハーメルンの鼠捕り男」「古城」「パン焼きがま」と続き、「はしばみの木・Ⅰ」「Ⅱ」でこの章は終るが、寺田さんがシュベルツェル家の庭を散策し、その合間に見知らぬみの木】を尋ねている。私も関心があったので植物図鑑で調べてみた。カバノキ科で北半球に生える低木、高木で世界では二〇種で知られ、果実は食用。日本では二種を産するとある。漢字では〝榛〟と書くが、この木をどこかで見かけているだろうが、山林の多い私の地でもほとんど触れたことがない。

Ⅱ章は、大部分が季節の詩である。どちらかといえば軽いタッチが心地よいし、難解ではないので楽しく読める。いうなれば濃紺というより【淡い青の世界】で綴っている。「水仙月」は、雪国からさくらの咲く沖縄との比較でその終連に【ほんとうの春は／この雪の向こうから／風に乗って】と分かり易い。「春　浅く」「弥生三月春の歌」「夏の終わりに」「暮れてゆく」などの季節の順に編集されているようだが、最後の作品「ささやかな生のために」は人間としての生きぬく重さが迫ってくる。

Ⅲ章は、この詩集のタイトルである「七時雨」の作品が掲載されている。関連するものとして「七時雨は」と「七時雨山荘にて」の二つの作品だが、私は後者がタイトルに相応しい内容で、それなりの重量感や充実感があると思った。山歩きというか、目的を同じにする仲間というつながりは、人生のその瞬間、あるいはその通過点として何時までも心に残り、支えになっていることだろう。特に雷鳴の中、九十二歳の老人とともに恐怖の中を下山したのは二度と体験できないことだろう。互いに大きな足跡として、これからも心の中を去来することだろう。

そのほかⅢには印象深い作品が多い。「母よ」は水彩画のタッチを思わせるところもあるが、終連の三行は旅立った母への想いがせつない。「寝台特急［日本海］に」は、歴史詩としても、また個人詩史としても後世に残るものだろうが、終連の四行が重たくのしかかり、深く考えさせられるものがある。【老いた「日本海」は　去ろうとしている／時を経た今は弟も　いない／……私の記憶にある間は／存在する　と　信じながら】まさに同感である。「名前」もその謂われ、さらには空襲で死んだと思っていた人が生きていたという喜び、一つのドラマであろう。「社会の窓は」【密造者】の合評会でも話題になった作品だが、タイトルとは違って意外に真面目な作品であり、今一度読み返してみた。【あとがき】に代えて「明日を」の詩でまとめている。珍しいし、詩人としてこの方法は喜ぶべきだ。ただ私のように大体の出版物は【あとがき】を真っ先に読むものにとっては、いささか物足りなさはあった。

「密造者」第97集（二〇一六年）

「特集」有難うございます

今号には、拙著『友《やづ》ぁ何処《ど》サ行《え》った』の特集を編んでいただきとても感謝している。「密造者」はこの四十年余り、私にまるで我儘な子に居場所をあたえたように方言詩を書かせてくれたが、その大らかな編集責任者の亀谷健樹さんをはじめ、同人の皆さんには何ともお礼の言いようのない気持ちでいっぱいである。

　第二次「密造者」のスタート以来、顧みもせず下手で難読極まる作品をだらだらと並べ、時にはこれが〝方言詩〟とばかりの勝手な振る舞いをしてきたが、今になって反省しきりである。もっともその時間の流れを盾に、生涯の仕事として必ずしも充実感や達成感に浸っている訳ではないが、ただ方言詩を書いてきたこと自体には何の悔いも残っていないことは確かである。

　さて、今度の第四詩集上梓に際しては「密造者」同人である山形一至さんには早速「秋田魁新報」に書評を書いていただき、また、コールサック社（出版社）の鈴木比佐雄さんは、「白神地方ことば」のＰＲも兼ねて、広く全国で活躍の詩人たちに読んでもらおうと相当数をあちこちに発送してくれた。その感想や礼状がすでに一〇〇通を越えている。中には書評のような長文もあり、ハガキにぎっしりと感想を寄せてくれた方々もあり、こんなに沢山のお気持ちをひとり占めするのは勿体無いと思い、パソコンにしっかりと打ち込み、何かの機会に小冊子として配布したいものだと思っている。

そういえば、故畠山義郎さんは出版した書籍の読者から感想文などを小冊子にまとめ、出版記念祝賀会などで配布していたことを思い出し、私もその方法ですすめようとある方に相談したところ「それは良いことだが、あくまでも私信で微妙だから、発信者から承諾をもらうなど十分注意してやるべきだ」と教えられた。畠山さんも一人の方からであったが最後まで抗議をうけたとのことであった。

それもそうだと思い、いまはパソコンに大事に仕舞い込んでいる。でも「私も秋田生まれ、東北生まれ、父母も祖父母も、懐かしい訛りに引き戻される」とか「注釈もあり、ある程度理解できた」、「いつか朗読をきいたことがあって秋田を思い出した」など暖かい視点で感想を寄せてくれた方がほとんどである。拙い詩集に対して、わざわざその感想を寄せてくれた方々にこの場を借りて深くお礼申しあげたい。

とともに、これまで沢山の方々から素晴らしい詩集などをお贈りいただいたのに、その感想やお礼を失念していたことに深くお詫び申し上げたい。

「密造者」第99集（二〇一七年）

山形さんからの最後の葉書

私が山形一至さんのお名前を知ったのは、新聞か何かの雑誌の投稿欄で、彼のすてきな詩作品に触れ、一種の憧れのようなものを抱いた頃である。おそらく二十代のはじめで、私もようやく詩らしいものを綴り、魁新報などに投稿し、掲載されるといささか興奮気味に喜んだ記憶がある。

初対面は不確かではあるが、秋田市のどこかの会館で、NHKプロデューサーのTさんが結婚披露宴を挙げ、その席に招待されてのことだが、立食パーティだったので、山形さんらしい人と軽く自己紹介やら挨拶を交わしているさなか、突然、司会者が私にテーブルスピーチを指名したのである。「さあ、福司さん、あなたの番ですよ」と、山形さんはにっこり笑いながら私の肩をぽんと叩き、「頑張って」と激励しながらその場から去った。スピーチなどは不慣れで緊張度はますます高まるばかりだったが「待ってください、何を言えばいいのか、すっかりあがっています。次の方が終わってから挨拶させてくださ い」と、フロアから必死に訴えると、会場がどっと沸き、穴があったら入りたい気持ちになった。

そんな大失態があって四、五十年は経ったろうか。彼は定年で職を退き、それを機に「密造者」の同人に加わり、合評会などで語り合うことが多くなり、しかも同世代ということもあり、その交流もますます深まった。

そんなある日、思い出話のつもりであの結婚披露宴での失態のことをたずねてみると「そんなこともあったっけ？　みんな若かったからなあ、でもあれなら愛嬌ですよ」と微妙な笑顔をしていた。おそらくうっすらと彼の記憶には残っていたに違いないが、今更それを炙り出しても何の得にもならないと思い、彼の独特な人間的距離感のとりかたで優しさや思いやりとして、何事もなかったような素振りをしていたようである。彼はそんな対人間的な距離感のとり方はまさに天性的で、周囲との争いなどほとんどなかった。

先日のお葬式で、県詩人協会の会長である吉田慶子さんは「山形さんの怒ったお顔など一度もみたことがない、詩人としても人間としても深く敬愛されていた」など弔辞でその優しさを語りかけていた。確かに彼は現職時代は県外などの転勤生活もあり、多くの人たちと接触し、その人間性も逞しく磨き上げ、この五十年間でサイドライフの詩人としてもその実力を身につけ、秋田の詩界の最前線に君臨し、指導者としても各層から絶大な信頼を受けるようになった。

私は、年齢的に彼より僅か一、二ヵ月ほど先輩にあたるが、詩心や詩魂、詩論武装などは彼の足元にも及ばないのだが、プライベートなことではよく談笑した。現職時代はそれぞれ公務員、準公務員であった関係から共通するものがあり、在仙の頃の国分町の夜話などになると目を細めたり、ひそひそ話になったりすることも多かった。また、十五、六年前だろうか、わが町の鄙びた温泉宿で合評会をやったときの古ぼけた宿とか、山菜などがよっぽど気に入ったらしく、その後度々別のホテルなどに足を運び、夜遅くまで語り合ったこともあった。昨年の八月には、女房が腎臓で入院し、人工透析の処置となったが、その大先輩である彼から食事とか日常生活など詳細に指導を受けたり、経験談を聞いたりしていた。

この夏、彼が急遽入院したと聞き、少しでも癒されればと思い、わが町の山菜をゆうパックで少々送った。すると八月一日の消印で葉書が届いた。

「拝復。最近いろいろな会に出席できずに、わが身をなさけなく思っています。さて、このたびは錦地の逸品、ゼンマイを沢山送っていただき、心から厚くお礼申し上げます。私の最も好物ですので、おっしゃるように食べ方は十分覚えてきました。それに熊との闘いのタケノコは貴重です。大切に大切にしながら賞味させていただきます。ありがとうございました。私は目下入院中（七月十二日から）です。正式に病名をもらいました。「うっ血心不全」ということで、それほどめずらしいものではないそうです。歩くと息切れ、動悸がして安静が求められます。足も悪くなってきまして、病院↓透析センターは車椅子です。息をついている間は大丈夫なのですから何卒ご放心のほどを。寿命ですからくよくよしないことにしております。皆様お大事に。早々」

この葉書をいただいて二十日目の八月二十一日に彼は逝った。何かで、がぁ〜んと殴られたようで、虚しさがごうごう体内を吹き荒れ、人間の命の脆さにただ項垂れるばかりで何の手筈もなかった。

「密造者」第１００集（二〇一七年）

歴史として刻む一〇〇号

—地域にみとる文化の醸成—

一口に一〇〇号といってしまえば、単に一つの通過点のようにも思えるのだが、約半世紀という時間の中で、一冊一冊にかかわってきた同人たちの心情、そしてそれを読み、多くの提言、感想などを寄せてくれた読者たちの結集はとても貴重で、「密造者」という一つの歴史を世に刻んだことになるだろう。そして、いま一度その足跡を振り返り、自らの道標としてその活路を探る機会に出会ったことは、ある種の幸福感に浸ることにもなり、われわれに与えられた褒美といえばあまりにも手前誉めになるだろうか。

さて、創刊号から六号までの発行経緯や休刊になった状況、あるいは同人たちの動きなどは、この一〇〇号を記念としてどなたか執筆しているだろうが、もしその記録がなければ次号にでもその足跡を辿り、記録しておくべきだろう。しかし、創刊当時からの同人は亀谷健樹さんと磐城葦彦さんだけで、両氏にはまた負担をかけることになるだろう。

私が、同人の一員として加わったのは復刊となった七号、つまり一九七四年、三九歳のときである。確か畠山義郎さんのすすめで入ったのだが錚々たるメンバーに圧倒され、当時のことはまるで記憶にない。同人名簿によると、同期はいまも活躍中の工藤（旧姓丸岡で加入）直子さんであるが、総員一八名の同人詩誌として復刊スタートとなったのである。

この一〇〇号を機に、これまでの「密造者」全冊を集め、私なりにその流れに触れてみようとしたが、ひ弱い能力と体力とではとても消化できるものではなく、だとすればまずその手がかりとして「編集後記」に目を通すことにした。

読んでみると意外なことに、復刊まもない九号で編集責任者の亀谷さんのほかサブとして簾内敬司さんのコメントがあった。復刊と同時に編集に携わっていたようである。編集には何人参加してもいいし、年齢的な制限もないが、弱冠二二歳の新鋭を登用し、新風を巻き起こす狙いは決して間違いではないが、「密造者」の方向性からしていささか冒険的であったことは確かであろう。

尤も、簾内さんは当時の合評会などでも中心的な存在として発言していたし、ベテラン詩人たちの論戦にも堂々と挑んでいたのはそれだけの才能と実力があったから当然の起用であったろう。高校時代に白鳥邦夫さんに師事し、それを基盤として一八歳で魁新報の新年文芸で第一席（短編小説）に入選したほか、小説を書き、詩を書きまるで神童のように脚光を浴び、後には「秋田書房」を立ちあげ、出版などを手がけていた。（註・簾内敬司さんは昨年七月病気で逝去されました）

　ところで、「密造者」は当然詩誌として復刊したのだろうが、内容的には総合誌色の強いものになっていた。これは同人たちの活動分野、勢力性などの違いによるもので、どうしても詩そのものよりも、詩論とかエッセイなどを得意とする同人たちの動きが活潑になると、それが掲載作品に反映されることになるだろう。復刊当時はその傾向が強く、詩欄のページは半分にも満たない状態であった。もちろん本来の目標は純然たる詩誌として県北地方からその裾野を広げ、詩誌としてその存在を確立することにあったろうが、一時的ではあるが流れに変化が生じたことも否定できないようである。

　また、面白い傾向として復刊の頃の同人の顔ぶれをみると、二〇人中能代山本地方の関係者が九名と突出している。地域偏向とも思えるものの、同人が多いから歴史的にもその地が文化風土に恵まれているという訳ではないが、ただ、終戦直後この地方には一種の文化の嵐が吹き、地域全体に大きな刺激となったのは事実である。というのは能代を中心とした高校に東大の文系を卒《お》えたばかりの若い先生が続々と赴任した。白鳥邦夫さん、安島彬さん、田中守成さん、小林泰夫さんたちの逸材が地域に入り、学生達に限らず文学好きの若者たちと交流も盛んに行われ、地域力も高まり次々と逞しく育った。そして、その煽りというか影響というか「密造者」にも新風が押し寄せ、それとなくそのスタイルも変わっていった。

　優秀な人材が何故この地にだけ集中したのか、終戦の混乱期で就職先が無かったとか、N高の校長が先輩だったのでそれを頼りに北国まで着任という説もあるが定かではない。だが、結局は白鳥邦夫さん唯一人この地に残り他の先生たちは散り散りにこの地を去った。文化の灯もいまはひっそりと点っているだけである。

「密造者」第１００集（二〇一七年）

川柳・俳句

川柳

H25・1

肥満でも寒さは同じ今朝の駅

蛇の夢じっとこらえて無駄だった

助手席が割り込む車を嗤んでる

控え目な奴が踊った新年会

流雪溝詰まれば雪の計り合い

H25・2

真白な雪怨念のように掘る

この雪の用途はないか空を見る

鈍感な奴の裏にも目があった

人様を天から押さえ冬将軍

老いてなお姿婆の名誉は捨てもせず

H25・3

つぶやきを少し攫って春の風

どっこいしょ立てば背中に監視役

ざまぁみろ豪雪だって命あり

溜息を一つ大きくたそがれる

彼岸花買って今年も無事に生き

H25・4

金運が凶なり耳たぶ揺れている

生命線とぎれはしても父白寿

託児所のむかし豆の粉にぎり飯

喫煙はマッカーサーパイプの残像

外面がよくてストレス持ち帰る

H25・4

修羅など無縁と互いに背中向け

終章を探るばかりの昨日今日

老残を雑草のままじゃちと寂し

老域を覗けばぞっとする年令《とし》に

若き日のツケで膨らむ土フマズ

H25・5

蟻だけが逃げてうっぷん治まらず

まだ生きていたのか旧友ハガキ来る

五十回忌いまだ表札やぶにらみ

大金を貯めて不通に死んで行く

大百姓なったつもりの今朝の茄子

H26・1

水も湯も流れ炊事場輝《ひび》の病む

初詣さびれる里ぞいざ行かん

沢庵を摘まめばアベノミクス飽き

爪立てばその先みえる年齢《とし》になり

元旦やひときわ「まいど」声高し

H27・1　議会だより用

未来図を語るもそこに居ない俺

俳句Ⅰ

H25・2

十一文履いた受験子祈る背な

産地聞きうなずく夫《つま》や青菜汁

春一番冥土の道を掃く如し

朝霧や猫背は街角《かど》で戸惑へり

真っ直ぐな煙四、五本春近し

H25・3

閉校がまた一つ増え四月かな

もんもんと側溝を競る春の水
東京のどまん中なり蕗のとう
白神を潜りて里は春の水
八ツ当り子猫を叱る父が居て

H25・4

菜の花や背なに子はなく子守歌
土台石どっかり座る花見かな
離村史をあおる越境入学子
末っ子と親父とポチと春野かな

北四島わだかまりまま鳥帰る

H25・4

水無月や降らねば降らぬ小言なり
少子化の村へ子育て夏燕
ゆったりと青大将は穴を出る
飢餓塔へぺこり肥満児衣替え
ジャンボくじ当る隙なく五月晴

H25・5

雷鳴におののく過去は戦中派

無雑作に嫁の歩幅や夏座敷
少年の目は酸っぱくて青トマト
電線にあざむくままの夏鴉
平安の匂う古城や杜若《かきつばた》

H27・1

書初や漢字の流れ師に迫る
風花や葬儀帰りの車窓拭く
底冷えやひとこと語尾を濁し行く
朝ドラのえくぼは深き今朝の雪

太陽を逃がさんここぞと雪合戦

H27・1　議会だより用

大背が二つ並んで夕時雨

H27・4

老人の手に笹竹の子を乗せし
置き去りの子猫に人の声もなし
スコップの堆肥の中に蛇出づる
初音聞く曾孫玄孫の影もなく
鳥帰る空に道づれ願いけり

俳句Ⅱ　――二〇一八年病床ノートより

11・16（1・13号）初夢、㐂

初夢やまた終活の残りけり

モナリザも引けるにが虫㐂の歌

11・23（1・20号）寒卵、通

寒卵おとうとも来て少年期

11・30（1・27号）雪達磨、飯

街の児も二人居て空也雪だるま

大飯の父の哲学日の丸に

12・1　除夜の鐘

くるほしくなくしらじら除夜の鐘

12・7（2・3号）春隣、満

春隣り大耳お前なんざ呼ぶきない

半窓に満州の冬日寄せて死す

12・14（2・10号）梅、買う

あてもなく並ぶ売場寒梅や

白き命ヴィーナスもムッターも買う八十三才

12・21（2・17号）薄氷、シーズン

病猫ももっさり薄氷喘ぎけり

・蕗の薹

・止。

（編註）週刊誌「サンデー毎日」の「サンデー俳句王」に「北宗守」の名で俳句を投稿していた。日付の後の（）内は雑誌の号数、下の語句は兼題。

病床ノート　二〇一八年

10月18日
大量の排便　トイレから床に座ったま、、
動けなくなり、ようやく廊下に引ずれ、デンワ
車で辿りつく。山田君と□□□で応援。

10月19日
昨日のトラブルで浪岡へ行く予定を延期

10月20日
浪岡へ守の将来について指導員と打合に行く。
途中　　　　　　　　成田運転□□車

10月21日
山田（全日）。明日の消化器検診に美保子も同行予定

10月22日
午前は消化器内科に診察後、急きょ入院。予定外。
13時　７Ｆにきゅうきょ入院。２時に点滴。
美保子、山田が付添。夕方、紀子、トミ子、康雄、信裕。
山田全日

10月23日
芸文協関係連絡済（朝）。美保子、信裕、シメ３人くる
（午前）
◎整形の先生の診断。足の力、半分は残っているとこと
で多少希望あり。　◎レントゲン　◎不整脈などの血圧
検

10月24日
亀谷氏入院のため協会の会合に行けないとの報

10月25日
昼頃から点滴２本。午後２時より、昨日のＭＲＩの検査
結果と脊柱管狭窄との診断。リハビリを実施とのこと。
・美保子とシメくる。役場から石井さんが介護認定のた
めに書類をつくる。シメとミサは２週間後老人ホームに
入所の手続に行く。〈小生の意見もきかずどうだの１人
あるきだ〉
・午後から高砂泰三、渡辺□宗面会、□を向□くち□

10月26日
点滴２本。午後２時に美保子とシメが来て、退院の動向

というより施設探しに夢中。5時までかかるも未定へ

10月27日（土）

村岡の法要（欠）朝一番、山田□美くる。パンツ等と持ってくる。

山田半

点滴午前□□。岩舘に連絡。便意あるも空振り。

10月28日（日）

体調少しよし。点滴1本、10時半に岩舘くる。死と生きること□□を話し合う。とにかく未来志向美保子最終決定にくる。ＪＡの施設見込

10月29日（月）

朝方、成田先生がリハビリの状況を説明。廊下□□□山田7時30分、石田初江、伊藤クニ子、清水昭徳、木田□、シメ（山田二度目）

10月30日（火）

10月31日（水）

11月1日（木）

山田□～12時

排便1でできた（初）

朝7時に山田にテレ。アンソロジィの郵便物を送るため来てもらう。郵便を待たせてローソンでコピーをとってもらう。テーマをなおさずに送ったので、後日送付予定。シメ昼すぎくる。看護婦さんと森岳について話し合う。

（二者で）　　（山田半日―当方）

11月2日

山□、□□代□で9時にくる（山田　12時帰る□2Ｈ、本人）

トイレ2回　（2．15まで、2回目液状）

・伊藤レイ子（午前中）山田、昼前。小原□哉

・工藤恵子　・市川チサ、午後2時田中トミ子

11月3日

漢方を中止。夜は便の柔らかくなるくすり中止

朝方、□原君に現金□品を送ってもらう

11月4日
朝3時、下痢でトイレに自力。午前8時に先生が来たとき目まいで歩けず、ベッドへ戻る。10時50分トイレで自力。
山田、正午。伊藤クニ子とふく子、午前11時。□本政美、10：30

11月5日（月）
下痢相変わらす。朝5時にあり。夕方を□含めて×回。

11月6日（火）
朝3：40、排便、8時に排便、12時にもあり、夕方6時、朝5時、計6回
眠っていたとき、武田来る。浜口2度、3度くる。田中若子くる。
向のベッド退院（□□）浜口、カニミソ、桜干しを買ってくる。亀谷5時すぎにくる

11月7日（水）
朝5時
排便汚です。交換看護さんから□□
朝、先生2人（高橋先生をのぞく）来て、□当方森岳へ説明をきくに行く。水分をとる方向で検討。
便1回（3時空振）
寺田和子―お昼頃来訪。
夕方5時　北林鉄郎くる。（叙勲報告もあり、最高うれしい

11月8日
山田朝子9時前にくる。母の整形外科診察のためであるか、昨日は妹もこなかったのを心配して、また来たのである。
兄が昼近くに泌尿科に来たついで（□□姉貴、渡辺整形に来た）やってきた。びっくりした。小生よりも元気だ。
13：30に帰る。下痢まだいえず、14時2回。

11月9日
4Hに移動。シメへ連絡したというが、2時半になっても来ない。
山田だけで一人で片づけた。個室は静かだ。

11月10日
山田10時にくる。浜口さんも2時間くらい滞在。少々疲れた。山田はマグロの上を持ってきた。1930円(パック)なかなか入れないものだが、普だんならもっと甘かったかも知れない。

11月11日
夕方、トミ子と紀子と康雄くる。佐藤洋品から見舞をもらう。
(排便なし。下痢固くなる)
夕べは俳句□回□□、□□□□、光雄さんなどへハガキ書く。

11月12日
8:30、先生二人回診
9時30分、成田先生のリハビリ(30分)
排便　10:　少々出る。
10:30~入浴、疲れるも満足感
12:20、太□□□くる。
ハガキ・手紙　浅野ミヤさん、小野努　2通

11月13日
朝6時前便秘解消(4回くらいか)
11時リハビリ、船山11:30

11月14日
16:00　社協の鎌田さんくる。後見人制度というより、選択を選ぶことを告げる。
15日、弁護士くる予定(本院へ)

11月15日
信幸、紀子、12時にくる。植松、□岸そろってくる。理想郷の話、一席ぶつ。俳句が□□□頭から離れない。夜、すい眠失敗。

11月16日
排便　6時よし。リハビリな

11月17日
リハビリなし。ダメだな

11月18日

稔君に□□□□をたのむ。山田、シメにLetter □□□

11月19日

山□（久々）　ルミ子孫　シメ

11月20日

小沼夫妻、斉藤アツ子、村岡美由紀、村岡朋子

□新山田ルミ子親子　亜紀子くる（15時）

11月21日

排便３回

11月22日

風呂、佐々木□□来る　（排便２回）

（編註）□は判読困難な文字

解説

秋田白神方言詩に、心魂込めた生涯
―福司満の詩をめぐって―

亀谷健樹

不世出の秋田方言詩人、福司満の作品評価に就いて、解説の大役をになう事になった。
どれほどその任を果たし得るか自信は無いが、詩誌「密造者」同人の誼をもって書かずばなるまい。四冊の詩集を出しているが、その刊行順に読後感を述べたい。

◇

第一詩集　流れの中で　(昭和四九年刊)
藤里という農山村の近代化という急激な変わり様に、翻弄される意識の下で書かれた初期の作品群である。
野添憲治が「証言としての詩」という跋文を寄せている。その中で著者を「日本の山村がくずれ落ちていく時の哀しみの系譜を、ある時は山村の風景をうたいながら、またある時はドロ沼の底まで自分の足を運びながら、その傷口に視点をあてつづけた数少ない人」と論じている。
集中の一篇を抄出するが、その典型的な作品であろう。

まっ白な雪の落ちる音がする
ほのかな灯の燃える音がする
まだ地鳴りの遠いふるさとは
ひっそりと何にかを語り合っている

少年は走る
少女は駆ける
雪原のこのみごとな息吹き
そんな中で
おとなは東京へ出稼ぎに行き
東京の熱風を得意げに送り込んでいる
いつかどこかで病み
ひとつずつ崩れ落ちるふるさとの輪郭
それでも
少年は跳ねとび
少女はからからと笑い
北国の大空はきりきり乾いている

―後半・略―　「ふるさとの話」

ここでは現状を告発するだけでなく、古くから伝承されたなにか、をたぐりよせようとする前向きの姿勢が読み取れよう。これは福司のその後の詩の根幹をなす思潮と思われる。

◇

第二詩集「道こ《きやど》」は、著者が方言詩を書き初めた記念すべき作品集である。あとがきに「方言で書くことによって心情をより豊かに表現できる～一時代をその地域で生きてきた人たちの証として書き残す」とその詩的信条を語る。

確かに秋田の農山村の生活環境は劇的に急変した。彼はこの文明の侵蝕に強い危機感をおぼえ、風土のにんげんの語り部としてひたすら書き続けた。

さて詩集の中間部は、短詩が集められており読み易い。しかし方言に徹した特殊なジャンルだけに、さまざまな工夫が試され、作者の試行錯誤が伺われる。つまり本文にルビをどうするか、である。

たとえば「家計持《かまども》ぢの頃の／あの根性骨悪《こじょぽねわり》い顔《つら》コも消《ね》ぐなて」のルビのつけかた。

二つめは、上段は方言で、下段を共通語で書く二段作法である。

たんコかまりのスはだぎァ　　下肥の匂う畑
ころまし土よばるおど　　逞しい土の呼ぶ声

などで、いかにして方言を読者に理解せしめ得るかの工夫であろう。ただこの手法は二篇だけに終わっている。

三つめは、本文は平仮名で、ルビは漢字を使うなどの作品。

夕日こぁ／こさびしねえ《寂寥》だぎ／あげえ《赤》して／だども／わがじえど《若勢達》／んんな《皆》がらぶっ走ひだおん

四つめは〈あとがき〉に「ルビについて書きはじめの頃は片仮名を使ったこともあるが、この詩集では思いきって平仮名に統一した」と述べている。カタカナのルビは詩集を出す時、すべて平仮名のルビに書き直したと思われる。カタカナのルビは、やはり読みにくさもあり、詩そのものが硬質になり易く、同感である。

さて作品に就いてだが、短詩は秀逸が多い中から二篇を選出する。

朝《あさま》ネ表《めえ》サ出《で》だきゃ
農婦等《おなごど》ア
あちゃこちゃ寄合《だまな》て
みんな《んーな》同じ《ふとつた》顔《つら》して
みんな《んーな》同じ《ふとつた》方向《どこ》見でらけア

「死んだどや」

僻地《かっち》がらだおン
真夜中《くりやうち》がら牛追《べごぼ》て
市場《ひりば》近《ちきや》ぐなったきゃしゃア
やっぱし生《え》ぎ物《もん》だおン
じょっくり顔揃《つらそ》れで水飲《みづの》またン

「セリ市場《ひりば》」

同じ「顔」を主題にしながら、これほど「顔」に語らせる詩法は珍しく、ただものでない。

◇

第三詩集になると、方言で書かれた詩境も円熟期に入った感がある。巻頭の「村落《むら》」から短詩一章。

滅多ね無《ねえ》ごどだども
畦《くろこ》サ座《ねま》たきゃ
乳房《ちこ》サ摑《たもず》ぐ童《わらし》ぁ
けたけたど笑ってしゃぁ

「休憩《たばこ》」

農繁期の田んぼの畦。赤ん坊に授乳の風景。結びの一行、〝人間万歳〟である。

その他どの詩も、これまでの農民詩に無い土俗描写である。過疎にあえぐ社会性があるなど、単なる批判ではない。諦観ともいえない。どう仕様もない人間讃歌というべきか。

その中から当事自殺率日本一といわれた村の、昼と夜を見事に浮き彫りにした一篇。

あ、奴《あれ》まで逝《え》ったてがぁ
まだ白《しれ》え月ぁ　残ってらズなぁ

―中略―

この村コだば
朝《あさま》なれば
ダンプばり走《は》ひでぇ

昼間なれば
がらぁーと穴コ開《あ》えでぇ

夜《よま》なれば
年寄《としょ》りも若者《わげもの》も
なんだんでら狼狽《うるだえ》でしゃぁ

にっぽん一
人《ふと》ぁ死に急ぐ村だテ
好人《ええふと》だぁ
いだまし人《ふと》だぁてばり
喋《さべ》てらえねぇべなぁ

こんきゃもええ空だズなぁ
抜げったぎええ空だズなぁ
だども
夜なれば
何故《なして》だんでら鳥目コなテ
ふわぁと飛んで行《え》ごうなぁ

「人《ふと》の逝《え》ぐ村」

◇

第四詩集に至り、これほど〝人間の生死〟と真向から取り組んだ詩作品は稀有であろう。宗教者の生死観と異なる視点は注目すべきである。詩人の感性でとらえられ方言によって練られ、独自な詩境をもたらした。

そこにはにんげんの生き様と、死にゆく道程を農山村の生活者として語られ、迫真性が強烈である。

第三章〈友《やづ》ぁ何処《ど》サ行《え》った〉は、福司満最晩年の心象風景だ。平和そのものの村社会の日常に、七十年たった今も残る戦争の傷痕を告発する筆鋒は実に鋭い。

そして圧巻は、自分自身の終末を徹底的に見定めようとする執念。言葉を越えて迫るすさまじさである。

―前半略―
一時《えじンじ》なて

ごろっと着床寝《きどごね》したば
「死んでらたなぁ」だど
誰《だ》ぁ死人ぁ返事スもだて

五時　六時　七時
骨コも皮コも乾涸《ひから》びて
眼《まなぐこ》まで
しょぼしょぼめで
どらぁ
肝玉《きもたまこ》でも温《ぬ》ぐだめっかぁ

まだ目ぁ覚めでぇ
時計の音《おど》コ数《か》じぇだば
行《え》げっ行《え》げっ　行《え》げっ行《え》げっテ
何処《ど》サ行《え》げばええっテがぁ

「老い一日」

◇

終わりに、未刊詩作品の中から、私自身思わず涙ぐんだ詩の一部を紹介したい。夫婦愛の極致ともいうべき絶唱である。

家族《え》のごども
郷《むら》のごども
造作無《じょさね》ぐ捨《なげ》だまま
命《たまし》の荒縄《なわ》コ曳《ふ》ぐづたまま
何処《ど》サ旅《むが》たんでらぁ

今辺《えまだ》り
野山《やま》も　空気も　太陽《おひさま》も無《ね》ぇ
真っ暗闇《くれやどご》ぉ
泣顔《べちょ》かえでぇ
独《ふと》り歩《あ》るぎでもしてらがぁ

「最後《つぎあだり》の妻《かあちゃん》へ」—五連の内二・三連—

付記として、俳句と川柳を創作していた事を没後に知る。俳句・川柳それぞれ三六句あり、なかなかの佳句なので抄録する。

春一番冥土の道を掃く如し
—冬籠りからやっと解放された—

白神を潜りて里は春の水
―神仙の浄水と迎春の慶び―

つぶやきを少し攫って春の風
―さらわれてやっとよみがえるもの―

まだ生きていたのか旧友ハガキ来る
―共に年老いて知るなつかしさ―

未来図を語るもそこに居ない俺
―寺田和子が胸をつかれた一句―

以上ざっぱくな論評に終ったが、福司満の詩人像にいささか迫ったつもりである。語り足りない所は後世の研究者に託す他はない。

ただ第二詩集以後、一途に方言詩のみ書き続け、通常の口語詩を一切書かなかったのは不思議である。つまり秋田白神方言詩に殉じた詩人というべきか。

ともあれこうした特殊なジャンルの詩だけに、漫然と通読してはならないだろう。どうか繰り返し声を出して音読するようお願いしたい。

本人は生前、出版祝賀会の時など余興として歌曲を披露する機会が多かった。合唱グループの一員であったらしく、テノールの見事な歌声であった。

故に自作詩を読むにしても単なる詩の朗読ではない。朗々たる音声によって倍増された方言詩の魅力に誰しも酔いしれたものである。為にみんなから自作詩朗読のCDを切望されていた。それが没後にようやく実現したという。その刊行を心から慶び、楽しみにしている一人である。

終りに、ひとこと添えさせていただく。

「あんだ　行《え》ぐよ」
て　いわれたけんど
ほう　やっと　追い《かっぃ》付だじゃぁ
いっしょに　いいどこさ
えぐべしな

合掌

秋田白神方言詩の包擁力を体現した人

『福司満全詩集　「藤里の歴史散歩」と朗読CD付き』に寄せて

鈴木比佐雄

1

　私は二〇一六年初夏に秋田県藤里町に福司満氏と新方言詩集の打ち合わせのために訪れた。その前日は岩手県の文学者たちと会った後で秋田市内に泊まり、翌午前中には二ツ井駅に到着して、福司氏が出迎えてくれた。車中、藤里町の風景の中で歴史的な場所を話してくれ、それに聞き入っていると「ホテルゆとりあ藤里」に着いた。ホテルの支配人の応対から福司氏がこの町にとって大切な人であることがすぐに理解できた。そこで町の歴史や入院中の奥様の病状などをお聞きしながら食事をして、その後にご自宅に着いた。広い家であり書籍や資料に溢れた物書きの住まいであった。すでに送っていた私の編集案をじっくり二人で検討した。おおむねその編集案の流れを了解してくれ、追加の詩篇を入れて校正紙を出すことに決まった。タイトルに関して私は一章の章タイトルの「此処《こご》サ生《え》ぎで」を勧めたが、福司氏は三章の章タイトル「友《やづ》ぁ何処《ど》サ行《え》った」を詩集のタイトルにしたいと言い、その意を尊重して正式なタイトルと編集の方向性が決まった。全国の人が分かるようにルビや意味が分かりづらい言葉に註を多く入れたいという私の要望も快く引き受けてくれた。私は解説文を書くために取材も兼ねているので、様々なことをお聞きした。その中で、秋田の地元でも出版社はあるのにどうしてコールサック社に任せてくれるのかと尋ねると、福司氏は自らの方言詩を秋田白神方言詩としたいと言い、秋田県にとどまらないで、地域の言葉を愛する全国の多様な方言詩に共感する多くの人たちに届けたいからだとはっきりと私に語った。福司氏の言葉はとても思慮深く、しかも飾ることなく本当のことを語る信頼できる方だと感じた。

　仮に多くの人が生前の福司満氏と出会う機会があったならば、穏やかで落ち着いた風貌から安心感を与えられ、また温かな秋田白神方言の語り口を聞けば、とても懐かしい人に出逢った思いに駆られて、藤里町の生き字引のような見識に魅了されてしまうだろう。福司氏は、他者には優しく自分には厳しく鍛錬を重ねている求道者のような風格が感じられた。交流してみると福司氏は、少なくとも七つの多彩な顔を持っていることが分かってきた。

それは、①秋田白神方言詩を生涯書き続ける詩人、②その方言詩を魅力的に伝える朗読者、③その方言詩の試みを論理的に語り同時代の詩人の詩集を読み込む詩論家・批評家、④縄文時代からの歴史を視野に入れた藤里町の郷土史家、⑤藤里町の句会などで詠んでいた俳句・川柳の愛好家、⑥県の郵便局関係者から人望を集めた元郵便局長、⑦妻と障がいをもつ子供たちを慈しむ家庭人、と言えるだろう。その七つの顔が何ら矛盾することなく福司満氏によって体現されていたことは、ある意味で秋田県北部の歴史や文化や暮らしを一人の人物が担っていたとも言え、奇跡的な出来事のようにも感じられる。その魅力を伝えるために『福司満全詩集 「藤里の歴史散歩」と朗読CD付き』が刊行されたことは意義深いことだと思われる。

　本全詩集は既刊四詩集、郷土史の「藤里の歴史散歩」、単行本未収録詩篇、エッセイ・評論、川柳・俳句、病床ノート、解説文二名から成り立っていて、福司氏の詩・評論・郷土史論などの作品をほぼ網羅している。巻末には朗読ライブのCDが付いていて、福司氏の生の声を聞くことが出来る。

2

　初めの、詩人としての顔は、全詩集にも収録された第四詩集『友《やつ》ぁ何処《ど》サ行《え》った』の私の解説文『「凝縮された生命《いのち》を方言に宿す人」を読んで頂ければ、なぜ方言詩を書くようになったかは理解できるだろう。またその作品の特徴を私は下記のように紹介している。

《あとがきのこれらの箇所を読むと、福司氏が「自己に内在するもの」を表現する場合に、「方言で書くことによって心情をより豊かに表現できる」という、心情に突き動かされる思いから始まったことが分かる。その方言詩を書くことは、ニュアンスやイントネーションなどを正確に再現することの困難さを抱え込んだ、新たな詩的言語への挑戦であるという創作行為を語っている。さらに「一時代をその地域で生きてきた人たちの証」である郷土の人びととの言葉を芸術に反映させたいという強い語り部的な使命感を明らかにしている。》

　福司氏の秋田白神方言詩は、「一時代をその地域で生きてきた人たちの証」を書き残すという使命感を持ち、そのための新しい詩的言語を創造する試みだという志を抱いて生涯にわたって挑戦されたことが分かる。

二番目の、方言詩を魅力的に伝えた朗読者としての顔は、帯文で秋田を代表する女優の浅利香津代氏が「私の故郷秋田で数十年前、福司氏と出会い、その人柄と作品は丸ごと秋田だでぁ〜と一目惚れ！　自ら詩をお読みになった時、私の口は開いたまんま！　役者の〝わざ〟では絶対出来ない、山、川、風や生き物、人々がグングン伝わって来ました！」と語っているが、まさにこの通りだと思われる。秋田方言を語ることに定評のある女優でさえ脱帽するほどの魅力がその朗読には感じられたのだろう。

巻末に付いている朗読CDは、二〇一七年二月二十八日に藤里町教育員会が三世代交流館の図書室で福司氏の朗読会を開催した。秋田白神方言詩集『友《やつ》ぁ何処《ど》サ行《え》った』が刊行されて間もないころだった。それなのにすぐにこの朗読会が開かれたことはいかに福司氏が愛されていたかが想像できる。その一時間程の朗読とスピーチから重要な前半部分の三十二分を再録したものだ。この中で朗読された八篇を聞くことによって福司氏の方言詩の特徴の全体像を感じ取ることが出来る。参加者たちと福司氏の距離はとても近く一篇が終わると、福司氏は短い言葉でその思いを告げると、すぐに感想や質問が気軽に飛び交い、とても親密感のある関係で次の詩に向う間合いがとてもリアルに感じられる。つまりこの方言詩朗読会には、福司氏と聞き手が朗読詩の魅力を一緒に発見したいという共通感覚を抱いているライブ感が存在しているように思える。この朗読が展開していく。詩「秋祭《まづり》」では「神社《おみや》の石段《えしだん》」を登る息遣いをして祭に入っていくと昔の賑やかさだった。その時の主役だった氏子や神主や村人たちや神輿が現れてきて当時の熱気がタイムスリップしてくる。またその時の「若勢等《わがじえど》」たちがサイパンやシベリアで苦労したことも語られる。歴史と今が混然一体となって方言によって回帰されてくる。詩「村唄百万遍」では「ナンマエダー／ナンマエダ」のリフレインも微妙に変化していき、「赤痢疫痢《ひぎりえぎり》」からの恐怖に耐え忍んできた民衆の心情が甦ってくる。また詩「朝鮮牛《ちょうひんべご》」や詩「蝮《くそへび》」や詩「熊」から、暮らしの中で生き物たちの命と共存し対峙していた生々しい関係が立ち現われてくる。詩「学校ワラシ」では昔の野山で遊びふけっていた子供たちと現代の子供たちの管理されている姿とを対比させて、福司氏は根本的な違和感を感じている。詩「トーキョー」は都会の通勤風景や役人たちの生態やホテルの在り様などを風刺し笑い飛ばしている。最後には原宿に「牛《ベコ》ぁ」を放してみると蒼い顔をしている若者たちは顎が外れてしまうのではないかと想像して楽しんでいる。こんな痛快な方言詩を福司氏は実は淡々と真面目に朗読している。最後の詩「友《やづ》ぁ何処《ど》サ行《え》った」は友への鎮魂詩だが、死んでも友を想い続けている友愛の詩だ。福司氏がいかに情のある方だったかが理解できる。自分よりも友のことを想い続けている詩は数多く書かれていて、それが福司氏の方言詩の特徴の一つだと思えてくる。また福司氏の死生観もこの詩を読んだ後に自然に語られている。自殺を否定し、最後まで生き抜くことの大切さは参加者の心に刻まれたに違いない。ある意味でこの朗読会は福司氏の遺言のようにも思えてくる。この三十二分のＣＤは秋田白神方言詩の教科書的な連作長編詩として、末永く方言詩を愛する人びとの原典になり、大切に聴いてもらえるかも知れない。亡くなる一年十カ月前の福司氏の声は温かく参加者と心から会話を楽しんでいて、何度聞いても新たな発見がある。

三番目の、方言詩の試みを論理的に語り同時代の詩人の詩集を読み込む詩論家・批評家の顔は、「方言詩　今を書くべし」の中の次の方言詩を創造していく詩論を読めば明らかになる。

《方言を仮名書きのみにすることは、コトバとしての単純性があるし、抱擁性、更には時代性の包含にも欠けてしまうのではないかという疑問、それに音読などでも大変苦痛で、例えば、「えぐ」と書いた場合、「行く」とも「良く」とも解釈され、誤解が生じてしまうことがある。やはり、方言の持っているニュアンスをより強調的に表現するためには、その文体をルビでセットし、あるいは逆に漢字や現代語を方言にルビするぐらいの応用をすれば、それなりの深みや膨らみが読み取れるものと思っている。／方言詩は、過去への郷愁を詩うものと捉えられがちだが、決してそうとは思わない。確かにその地で生まれ幾多の人たちに育まれ、心と心を寄せ合うための土地コトバであるから、その愛着は当然過去へとつながるのだが、コトバまでも大きく揺れ動く今日、そこに生きるものとして今を書いてこそ、そのコトバの存在価値があり、意義があるのだと思わずにはおられない。》

このように福司氏の方言詩の詩論は、方言を今の時代にもう一度暮らしの中に身近に取り戻し芸術的な詩に高めるためには、工夫するべきだという創造的な方言詩論を実践的に考えていたと思われる。そのことを福司氏は方言詩の可能性を「抱擁性」と「時代性の包含」と語っている。方言詩のニュアンスが抱え込むこれらのことを念頭に置いて読むことによって、方言詩の豊かさを明らかにしたいと願ったのだろう。

3

四番目の、縄文時代からの歴史を視野に入れた藤里町の郷土史家の顔は、地元紙の北羽新報に連載された郷土史のエッセイを二〇一二年にまとめて刊行された『藤里町の歴史散歩』を読めば分かる。この本は縄文時代から現在に至るまでの藤里の歴史を一望できる。章タイトル的なテーマは〈藤琴「小能代」、袋小路、移住地として、菅江真澄の道、消えた寺院、戦時・村の証言、文化財、「伝統、民話、民俗」、集落、まちの変遷、功績者〉に分かれている。各章は、多いところは十近くにも項目が分かれている。藤里町の歴史、地理、文化、人物など、町の歴史の痕跡を丁寧にフィールドワークし、残された古文書や資料を駆使して書き残している。ご自宅に置かれてあった『藤里町史』に目を留めるとB5サイズの箱入りで、七〇〇頁を超えるものだった。二〇一三年に刊行されていて「編集を終えて」のあとがきは福司氏が書かれていた。藤里町民歌の作詞者名も福司氏であった。その編集委員会の委員長を務めたが、実際はその中の数多くの原稿を自分で執筆したとお聞きした。一九七五年刊の『藤里町誌』にも関わっていたそうなので、二回も編纂・編集に関わった福司氏は藤里町史の第一人者であることは、間違いなかった。車で町中を運転しながら、大きな屋敷で蔵がある家の前を通ると、あの蔵には菅江真澄などの未発見の資料が眠っているかも知れないと今にも蔵を調べに行きたいように語っていた。このような新資料を発見しようとする反応を示すことが郷土史家としての在りようなのだと知らされた。福司満氏の研究を後世の人たちがする際には、この『藤里町史』(平成二十五年十一月発行)を参照すべきだと思われる。藤里町の地名の由来から始まり藤琴集落・粕毛集落・矢坂集落・大沢集落などから記述される町史は叙事詩のような趣も感じられる。例えばこの地から徴兵されて死亡した約二〇〇名を超える戦没者名と亡くなった場所を歴史的な事実として記している。これほどの町史をまとめるためには町を愛する思いがどれほど深いかが私にも伝わってきた。

五番目の、藤里町の句会などで詠んでいた俳句・川柳の愛好家の顔については、詩人であったが、藤里町の文芸の裾野を広げたいと願い町の句会に参加していると福司氏から聞かされ知っていた。福司氏の心に刻まれる十句を挙げておく。

春一番冥途の道を掃く如し
朝霧や猫背は街角《かど》で戸惑へり
白神を潜りて里は春の水
菜の花や背なに子はなく子守歌
少子化の村へ子育て夏燕
雷鳴におののく過去は戦中派
少年の目は酸っぱくて青トマト
平安の匂う古城や杜若《かきつばた》
底冷えやひとこと語尾を濁し行く
病猫ももっさり薄氷喘ぎけり

六番目の、県の郵便局関係者から人望を集めた元郵便局長の顔については、私はほとんど知らない。しかし葬儀に来ていた多くの人びとは、詩人や文学関係者ではなく、地元の町民であり、郵便局の関係者であり、また町長、県知事、国会議員などの政治家たちだった。その多くはきっと福司氏との個人的な交流があったに違いない。その中でも郵便局の職員たちが数多く来ていて、いかに慕われていたかが伝わってきた。

最後の七番目の、妻と障がいを抱えた二人の子供たちを慈しむ家庭人の顔は、全詩集に収録された未収録詩篇の中の詩「最期の妻へ」、「あんだ　行ぐよ」と絶筆になった「坂の上のマルベの古家《え》」などを読めば、どれほど福司氏が妻と二人の子を慈しんでいたか、痛いほど伝わってくる。福司氏はもう一冊方言詩集をまとめたいと言い、また家族の歴史をテーマにしたエッセイ集を出したいと語っていた。その日が訪れなかったことは本当に残念なことだが、せめてこの全詩集がその代わりとなって、福司氏の思いが後世に語りつがれることを願っている。

詩集の打ち合わせが終わった後に福司氏は町を車で案内してくれた。粕毛川の氾濫防止や発電・灌漑用水のために建設された素波里《すばり》ダムや素波里湖に行き、しばらく湖面を眺めた。近くにあった石井露月の句碑にも連れて行ってくれた。また「権現の大いちょう」、近くに銚子の滝がありそれを望むような菅江真澄の歌碑などを見ながらその歴史をお聞きした。そして福司氏の実家のあった山間の集落跡にも連れて行ってくれた。そこでの父母や祖父母たちとの暮らしを語られた。それは私が福司氏の代表作と考えている詩「此処《ここ》サ生《え》ぎで」の舞台であったのだ。今は滅んでしまった集落跡で私は福司氏の寂寥感を感じた。

4

それから余談になるが、私の妻は藤里町の近隣の鷹巣町の出身で、祖父の藤原友規《とものり》は現在の大館市比内町に寺の次男として生まれ、当時の東北帝国大学医学専門部に入学し、大正四年に大学を卒業した後には、鷹巣町の藤原トキヱと結婚し、時期は不明だが当時の藤琴村に「藤原醫院」を開業して、深夜でも急患があれば馬や橇に乗って、遠くは藤琴川上流の太良《だいら》鉱山にも往診していたと妻の父母たちから伝え聞いていた。福司氏はその医院を引き継いだ現在の山下医院*に連れて行ってくれて、立派な病院であることを確認した。当時を知る近くの酒店の古老を訪ねてくれたが、店は閉まっていて会うことはできなかった。昭和二年九月に祖父は四人の男子を残して三十九歳で亡くなった。しかし祖父の地域医療への志がこの地に息づいていることを知って嬉しかった。また福司氏と妻の親族たちもこの秋田県北部によって生かされていたはるかな物語を知り心が震える思いがした。

詩集『友ぁ《やづ》何処《ど》サ行《え》った』は順調に編集・校正作業が進み出版された。その後に秋田県芸術選奨を受賞したことを電話で知らされた時には、福司氏はとても嬉しそうで、奥様も喜んでくれたと報告してくれた。町が開いてくれる出版記念会には参加して欲しいとも言われたが、奥様の体調が急変してそれが延期になったことは残念だった。

二〇一八年十二月二十九日の福司氏の葬儀の後に二ツ井駅から奥羽線に乗り、今にも雪で埋まり凍りそうな米代川の川面を眺めたことが心に残り次の三句を詠んだ。福司満氏という掛け替えのない存在を喪ったあとを少しでも埋めるために、これらの句が湧き上がってきた。福司氏の表現されたものを私自身も一人の表現者として語り継いでいきたい。

白神の方言詩人死す雪解川
米代川しんしんと雪凍河へと
藤琴の詩人郵便夫何処《ど》サ行《え》った

＊註／山下医院について福司氏は『藤里の歴史散歩』の「まちの変遷２　地域を守った２医院」で《軍医だった山下末平氏（関西の出身）が藤琴集落に開業し、村の名士としても活躍したので、医療の先駆者はこの人だと誰もがそう思っていた。／しかし、この山下医院の前身は「池田」というお医者さんが開業し、そこに入院したという年配者の証言もあり、それが確かであれば、近代医療が普及した明治維新後の村の空白期間がいささか判明したようである。》と記している。この「池田」が実は「藤原友規」であるかも知れない。または「藤原友規」から「池田」を介して「山下医院」へ引き継がれたのかも知れない。ただ祖母トキヱは、夫を亡くした後に引き継いだ山下医師から友規の子供一人を養子に迎えたいといわれたが、子供とは離れ難いと断ったと語っていた。しかし今となっては年配者たちの新しい証言が期待できないため、永遠の謎となってしまうかも知れない。

福司満（ふくし　まん）略歴

一九三五年一月一日　秋田県山本郡旧藤琴村（現藤里町）に生まれる
一九五三年　秋田県立能代高等学校卒業
一九九〇年　藤里町芸術文化協会会長（～二〇〇九年）
二〇〇五年　瑞宝双光章（郵政功労）
二〇一〇年　秋田県詩人協会詩人賞
　　　　　　秋田県芸術文化賞
二〇一三年　藤里町町制五十周年記念特別表彰
二〇一八年十二月二十五日　逝去

所属

「密造者」同人　藤里町菅江真澄研究会会長　藤里町文化財保護審議会委員
秋田県現代詩人協会・日本現代詩人会・日本詩人クラブ・秋田県民俗学会各会員

著書

一九七四年　一月　詩集『流れの中で』　秋田文化出版
一九九二年十二月　詩集『道こ《きやど》』　無明舎出版
二〇〇五年　六月　詩集『泣ぐなぁ夕陽コぁ』　秋田文化出版

二〇一二年　三月　『藤里の歴史散歩』　北羽新報社
二〇一七年　二月　詩集『友《やづ》ぁ何処《ど》サ行《え》った』　コールサック社　（第四十三回秋田県芸術選奨）
二〇二〇年　六月　『福司満全詩集　「藤里の歴史散歩」と朗読ＣＤ付き』　コールサック社

編纂・編集
一九七五年　八月　『藤里町誌』（編纂委員）
二〇一三年十一月　『藤里町史』（編纂委員会会長）

刊行よびかけ人 （順不同、敬称略）

亀谷健樹
小山純夫
袴田俊英
中村範子
石岡和志
堀田京子
寺田和子
佐々木久春
新川泰道
小松直之
石岡セツ
若松丈太郎
佐藤美保子
成田豊人
須合隆夫
川添能夫
小林シメ
くにさだきみ
石川悟朗
あゆかわのぼる
照内きよみ
菅原健三郎
徳沢愛子
永瀬十悟
若狭麻都佳
曽我貢誠
保坂英也
池内世紀子
高畠まり子
清水川修
利重修平
見上司
黒沢せいこ
川村マサ子
佐藤稔
秋野かよ子
丸山乃里子
駒木田鶴子
加藤俊作
安保鈴子
近江正人
佐藤千姫子
藤原祐子
朝倉宏哉
佐藤信康
安倍眞壽美
浅利香津代
高橋節子
豊島カヨ子
鈴木比佐雄
三浦順治
伊藤勲
門田照子
鈴木春子
ぼうずみ愛
坂田トヨ子
安宅キサ子
浅野ミヤ
金子均
浅利美津子
前田勉
吉田慶子
鵜飼孝
鈴木修一
森三紗
福井明子
小峯秀夫
武田英文
吉沢悦郎
薩摩鉄司
野木京子
水崎野里子
十田撓子
悠木一政
高田康三
畠恭子
淺山泰美
うおずみ千尋
小松春美
森岡正作
児玉堅悦
工藤昭市郎
永井ますみ
浅見洋子
佐藤真紀子
藤原喜久子
齋藤肇
鈴木三樹子
小島きみ子
根本昌幸
工藤直子
鈴木光影
今野月江
田中一男
東梅洋子
山口敦子
平塚鈴子
座馬寛彦
丘はなみ
大高孝雄
室井大和
齋藤貢
うぶな
田口映
塩田睦子
小笹鉄文
畠山純子
藤里町菅江真澄研究会
三浦ひろこ
田代卓
館花久子
村岡信裕
上野都
藤里町教育委員会

〔編集付記〕

一、なるべく原文を尊重しつつ、明らかな誤字、脱字は訂正しました。また、読みにくいと思われる漢字にはふり仮名をつけました。

一、本書には今日からみると一部不適切と思われる語句がありますが、差別や偏見を助長する意図はないこと、また、作品が制作された時代背景や文学性、作者が故人であることも考慮し、原文のまま掲載しました。

一、本書に収録した作品のテキストは左記のものを使用しました。

第一詩集　流れの中で　『流れの中で』　秋田文化出版　一九七四年
第二詩集　道こ《きやど》　『道こ《きやど》』　無明舎出版　一九九二年
第三詩集　泣ぐなぁ夕陽コぁ　『泣ぐなぁ夕陽コぁ』　秋田文化出版　二〇〇五年
第四詩集　友《やつ》ぁ何処《ど》サ行《え》った　『友《やつ》ぁ何処《ど》サ行《え》った』　コールサック社　二〇一七年
藤里の歴史散歩　『藤里の歴史散歩』　北羽新報社　二〇一二年
単行本未収録　詩編　（各作品末に記載）
俳句・川柳　草稿
単行本未収録　エッセイ・評論　（各作品末に記載）

石炭袋

福司満全詩集　――「藤里の歴史散歩」と朗読ＣＤ付き

2020年6月27日　初版発行

編　者　亀谷健樹　寺田和子　鈴木比佐雄

発行者　鈴木比佐雄

発行所　株式会社 コールサック社

〒173-0004　東京都板橋区板橋2-63-4-209

電話 03-5944-3258　FAX 03-5944-3238

suzuki@coal-sack.com　http://www.coal-sack.com

郵便振替　00180-4-741802

印刷管理　（株）コールサック社　製作部

＊装幀　奥川はるみ

落丁本：乱丁本はお取り替えいたします。

ISBN978-4-86435-436-3　C1092　￥3000E